転生幼女。神獣と王子と、最強のおじさん傭兵団の中で生きる。2

餡子・ロ・モティ

Anko Ro Moty

Regina

RB

レジーナ文庫

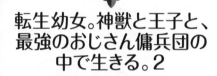

登場人物紹介
Character
ラナグ
腹ペコ神獣。
リゼのことを気にいっていて、
加護を与えたがる。
リゼ（織《おり》宮《みや》優《ゆう》乃《の》）
幼女に転生した本作の主人公。
見た目に反して豪胆な性格で、
異世界をマイペースに
生きている。

ジョセフィーヌ
（火の精霊）
アルラギア
傭兵団の隊長。
幼女らしからぬ
リゼを心配している。
バルゥ
獣人村の若き村長。
熱血で思い込んだら
一直線なところがある。
タロ（水の精霊）
精霊&妖精達
リゼに助けられ、懐いている。
精霊魔法でリゼを助ける。
風衛門
（風の精霊）
ピチオ
（千年桃の妖精）

目次

転生幼女。神獣と王子と、最強のおじさん傭兵団の中で生きる。2

隊長と王様と。

思い起こせば、ちょっとだけ前のことである。

私はある日突然この見知らぬ異世界に転生していた。

あろうことか、なんとも可愛らしい幼女の姿で。

名前はリゼ。身体は幼女で心は淑女で、ついでに魔力はチート級。転生の原因は不明。

そんな新生活の始まりだった。

腹ペコ神獣ラナグと仲良くなったのも、この世界へ来てすぐのことだ。美味しいものを求めて意気投合した私達は、共に歩き出した。

しかし、話はまだそれだけでは終わらないどころか、始まりもしない。

ついでといってはなんだが、異常に強い傭兵団のおじさん&お兄さんにも保護されてしまう。これがまた妙な人達なのだ。一介の傭兵団の一部隊にしては規模も大きいし、むやみに強いし、なんだか身分は高いし。

彼らを束ねているのはアルラギア隊長という人物。なのだが、さて……

私は今、隣に立っているその人物のことを考えていた。

アルラギア隊長は世間で、いったいどういう立ち位置にいる人なのだろうかと。

まず第一に彼は、ちょっとだけ名の知れた傭兵団の隊長だ。そのはずだ。

次に、私の保護者を務めてくれている人物だということも、挙げておこう。

彼の率いるアルラギア隊の皆さんはやや暴れん坊な面もあるけれど、それでも優しく紳士的な方ばかりだ。

隊長さんの年齢は、おじさんとお兄さんの間くらい。見た目は厳《いか》つい。

さてアルラギア隊長の基本情報はそんなところだろうか。なのだが、しかし。目の前のこの状況はというと。

少なくとも今この場での彼は、聖人か、皇帝か、あるいは化け物かなにかのような扱いを受けていた。王様っぽい人達がかしずいているのだ、アルラギア隊長に。

とてもではないが、そこらの傭兵隊長が受ける扱いとは思えなかった。

いや、そもそも彼のこれまでの生活状況からしておかしなところはたくさんあったのだが。それにしても今日はまた異様ではないだろうか。

そしてまた誰か身分の高そうな人物が挨拶に来る。隊長さんの隣にいる私としては、とっても非常に居心地が好くない。

まったく今朝は妙な場所に連れてこられたものである。まだ朝ゴハンも食べていないというのに。

ちょっとした混乱を見せる私の脳内。

昨日は寝る前になにをしていたっけと、少しばかり頭の中を整理してみることにした。

ええと、そう、昨日は神聖帝国という名称の妙な国の、これまた怪しい地下組織、古代神学研究所に乗り込んだのだ。

そこの職員に、とある木の妖精さん達が攫《さら》われたという話があったからだ。

ちなみに古代神学研究所というのは、帝国政府と裏で繋《つな》がっているような、危険な犯罪組織だとは聞いていたのだけれど、隊長さん達はお構いなしで、いつもどおり暴れていた。

結果、私は木と妖精さん達を見つけだした。その木々の名は千年桃《せんねんもも》。特別な霊木だ。

私達は彼らを地上のあるべき場所に戻した。

このあたりで急激に眠くなったのを覚えている。幼女の限界というやつだ。

なにせ幼女だ、夜はすぐ眠くなる。いかにこの世界に来てからの私の身体が元気いっぱいもりもりのもりで、チートな魔力が満ち溢れていようとも、眠いものは眠いのだ。

そう、もう一つ思い出した。

寝る前には確か、助け出した千年桃の皆さんから、桃源郷なる場所に招待され、祝福された苗木を一本いただいた。その木に宿っているまだ生まれたばかりの小さな妖精さんがいて、私についてきたいと言い出したからだ。

その苗木は今のところ持ち歩いている。ホームと呼ばれるアルラギア隊の拠点に帰ったら、どこか良さそうな場所に植える予定だ。

今この瞬間も、苗木の周りでは小さな妖精さんが元気に飛び回っている。

さらにその傍《かたわ》らにもう一名の別な存在。こちらは風の子という種族の精霊さんだ。

この子とは空の上で出会った。風の子さんは迷子になっていて、風神さんという格の高い神獣さんを捜していた。

なんやかんやあって一緒に風神さんを捜し、無事に、神聖帝国にて発見。

そこでお別れと思いきや風の子さんも、私と一緒に来ることに。今は私の頭の上に乗っている状態である。髪の毛の束の間から、オコジョっぽい白い顔だけをヒョッコリと出している。

こうして精霊一名、妖精一名が私達に仲間入り。

昨日の出来事はおおむねそんなところだろうか。

すっかり夜になって、眠り込んでしまった私はその後、ピンキーお婆《ばあ》さんの邸宅に運ばれて一泊。

お婆《ばあ》さんは神聖帝国の大魔導士で、アルラギア隊長とは古くからの顔馴染《かおなじ》みの人物だそうだ。


そして今朝になる。

おはようございますと元気良く起き上がった私は、朝ゴハンも食べずに隊長さんに連れられ、謎の魔導具によって転移して、この部屋の前に来た。

目の前に現れた扉を開けて中に入ってみると、そこにいたのが王様っぽい方々の群れだったというわけだ。どどんと居並ぶ高貴そうな人々が私の目に映る。

実際のところ詳しい身分は分からないのだけれど、頭に載せているのはどう考えても王冠であり、超高級カーテンのようなマントも肩に羽織っている。

もしあれらが全てコスプレだとしたら、あまりに高度すぎるコスプレである。

隊長さんは言う。神聖帝国での話がやや大きくなってきてしまったから、偉い人々に話をしておくのだと。

「なるほど。アルラギア隊長が暴れん坊で、昨日無茶をしたからですね」

「俺も多少は暴れたがな、リゼもだぞ。むしろリゼを放っておくと、いつもいつも出来事がどんどん大事《おおごと》になっていくと俺は思う」

「そうでしょうか」

「そんなおすまし顔をしても騙されないぞ。見た目はただただ可愛い子供なんだがな、リゼのお転婆ぶりは俺を上回ってるよ。まったくかなわんな」

言いながら、少年のような屈託のない笑みを見せる、ほんのりタレ目のアルラギア隊長であった。

そんないつもどおりの隊長さん。しかし誰も彼もが、この隊長さんに対してやたらと丁寧に、恭《うやうや》しげに挨拶をしていく。

周囲に目を移すと、隊長さんへの挨拶を終えた煌《きら》びやかな男女が二十名ほど、グルリと輪を描いて座っていた。

それぞれが近習《きんじゅ》を従えているので、けっして小さくはないはずの円筒形の建屋内は人で埋まっている。

挨拶が済むと、なんらかの会議が始まった。私はそれに耳を傾け様子を窺《うかが》う。

主な議題は二つらしいが、一つ目の議題は和やかに大きな問題もなく進行しているようだ。

初めに隊長さんからの説明があった。

アルラギア隊が神聖帝国の地下で違法組織と遭遇した。国際法に反する実験をしていたため緊急で処置をしたけれど、許してね。おおむねそんな内容であった。

これに対して、はいはい大丈夫だよと、皆さんが承認した。隊長さんは怒られたりはしていなかった。

どうもあの地下組織、古代神学研究所については、とある王様達の配下による別チームも探りを入れていたところらしい。

あの研究所の建物の向かい側に、異常に美味しい揚げ物屋台のおじさんがいたが、実はあの人は潜入捜査員の一人だったらしい。

あんなに美味しい揚げ物屋さんが!? と私は密かに驚愕《きょうがく》した。

あの妙に美味しいお料理は、調査対象の近くから追い払われないようにするための努力の賜物《たまもの》だとか。

努力の方向はそれで大丈夫だろうかと心配になるものの、効果はあるのだという。美味しい屋台ならば近くに常駐していても追い払われにくいのだそうだ。

王様達はもしあの地下組織の全容が分かるようなら、アルラギア隊長にもさらなる調査をお願いしたいと続けた。

アルラギア隊への正式依頼になるようだ。隊長さんはこれを受けた。

私達はどうせまだ神聖帝国内でやることがあるから、ついでに依頼を受けるのはなんの問題もない。むしろ好都合であった。

私は偉いのでちゃんと覚えている。そもそも昨日も桃狩りに行ったのではなく、特殊アイテム『風神の羽衣』を捜しに行ったのだ。桃ばかり食べて口の周りをベタベタにしていた風神さんのせいで、すっかり桃ムードになっていたが。

そんなひと通りのお話の間、私は静かにして、隊長さんのそばでお座りしていた。やや退屈だ。

私の隣には神獣ラナグもいて、ぴたりと寄り添ってくれている。

どうにも暇なので、皆さんの話を聞きながらも、私はこっそりラナグの素晴らしい毛並みを堪能する。ファッフ、ファフ、ファフである。

彼は見た目は犬だけれど、これでもかなり古い時代から存在してきた神獣らしい。

私との関係は、いわば美味しいものを共に探し求める友人だろうか。護衛役も務めてくれていて、頼れる相棒。そんな感じだ。

そんなラナグは周囲の様子などお構いなしで、持ち込んだライ麦パンをパクパクッと呑み込んでいた。

集まっている人間達など意に介さずといった風情の神獣さんである。

ちなみにこのパンはピンキーお婆《ばあ》さんの邸宅で朝食用に用意されていたものだが、彼はこれをちゃっかり毛の中に隠し持っていたようである。

私はまだ食べていない朝ゴハンである。

『リゼよリゼ。モサモサとするばかりで食べた気がしないものだな、パンは』

私を見つめて、のたまう神獣。そのくせ良く食べる。繰り返すが、私はまだ朝ゴハンを食べていない。

『ううむ、リゼの作ったパンは美味《うま》かったのだがな』

少し前に私が作ったアメリカンドッグのことのようだ。気にいってくれていて嬉しいけれど、しかし、どうもライ麦パンに関しては、私と彼の好みは違っているらしい。

文句を言うならそのパンをよこせと、強く思ったが、ラナグの食事速度は並ではない。すでにひと呑みで平らげてしまっていた。

早く帰って朝ゴハンを食べたい私をよそに、高貴っぽい人々は会議を進めていたが、小休止なのか、今度は雑談を繰り広げていた。

会議での話しぶりを聞いていてもそうだったのだが、雑談の様子からしても、やはりそんじょそこらの身分ではないように思える。

「皆さん王様っぽい雰囲気ですよね」

「まあ、だいたいはそうだな。他にも色々いるが」

こっそり隊長さんに話しかけるとあっさりうなずかれた。

色々いると言われて、もう一度よく見てみれば、中には人間とどこか姿形が違っているお方もいた。

あそこの方は、耳が尖《とが》っている。もしやエルフだろうか。

ズングリムックリのヒゲモジャなお方は、いわゆるドワーフっぽい容姿だと私は思う。

獣耳の獣人さんもいた。そして全員が、やんごとない身分ということらしい。

「皆さんアルラギア隊《うち》の特別顧客みたいなものなんだが……、まあこれはちょっとした秘密だからよそでは話さないでくれな」

「秘密ですか。ならばそんな場所に私を連れてこないほうが良かったのでは？　おしゃべりな幼女なのですから」

「おしゃべりかは別として、今回連れてくるべきかは確かに迷ったよ。しかし必要性もあってな。まあ大丈夫さ。うちの隊がいくらか王族連中と繋《つな》がりがあるってことくらいは普通に知られているし、そもそもこの議場内で見聞きしたものは、外では話せないようにもなっているからな」

「なるほどそうですか。ふむ、口外できない仕組みというと、あの入り口の扉にあった仕掛けですか？」

確かにあの扉をくぐるときには、そんな魔法がかかっていたのを感じた。

「あれも一つだな」

あらためてこの議場内に目をやると、端のほうでは物々しい警備の方も控えていらっしゃる。

「やはり幼児にはそぐわない場所ですね」

「まあな……実際そのとおりなんだよ。ただな、リゼにとっても必要になることだから今日は一緒に来てもらったんだ。いずれ大なり小なり無関係ではいられなくなるだろうから。だが本来なら……」

そこまで話して、珍しく真面目な顔をした隊長さんである。いつもはなにが起こっていたって、どこか飄々《ひょうひょう》としているのだけれど。

ともかくアルラギア隊の重要な関係者として私もいる必要があるそうだ。

ちなみに、ロザハルト副長も一緒にこの場に来ているのだけれど、その席はさらに居心地が悪そうな場所である。議長席のような一段高い場所なのだ。

「静粛に願います」

などと言いながら、彼はまるで玉座のような席に座っていて、なみいる王様の群れを取り仕切っているかに見える。

隊長さんにしろ副長さんにしろ、なにかを報告しに来た一介の傭兵という雰囲気は微《み》塵《じん》もないのだ。完全に、この場の中心人物はこの二人である。

その後も報告会はスムーズに進行していく。

後半は、主に私とラナグについての話だった。謎の幼女と神獣をアルラギア隊で保護しているという話だ。隊長さんは、これからも保護を担当させてもらうつもりだと言った。

同時に、私という存在がいかに善良で友好的であるかを語るアルラギア隊長。

がしかし、ここで議会はやや紛糾する。参加者の一部が、私の身柄を要求したのだ。

またそれとは別に、ラナグを求める声もあがっていた。

私も意見を求められたので、今後もアルラギア隊でと答えておいた。そもそも他の人達は、ラナグと私を別個で引き取るなどとのたまっているのだから論外だった。しかし会議はもめる。ややもめる。

ここは幼女という立場を利用して、先に帰らせていただこうかと思い始めた頃。

「では今のところアルラギア隊にお任せするから、なにとぞよろしく」

そんな話でまとまったらしい。

取りまとめの中心になっていたのは、主にロザハルト副長だった。なんとなく、王様っぽい人々からの信頼がある様子。

隊長さんにしても副長さんにしても、今日はとても真面目な顔をしてお仕事モードであった。二人とも、いつもむやみに好き勝手暴れているばかりでもないらしい。

さて会議の出席者達は、話が済むとすぐに私達が来たとき同様、シュピンシュピンと光の中に消えていくのだった。

「さっ俺達も帰って朝飯だ。ピンキー婆《ばあ》さんはああ見えて美味《うま》いもん食わしてくれるぞ。そのあとはもう一発、神聖帝国に潜ることになるかね」

そんなことを言いながら隊長さんは私達を連れて、再び転移の魔導具を使う。

「この魔導具ってあれですよね？　昨日地下に潜る前に、隊長さんが私に手渡した巻物」

「ああ、そうだな。ちょいと特別な品でな。どこからでも瞬時にこの場所に飛べる。本来なら必要になる国境越えの煩雑な手続きもなしでな。いや、どこからでもってのは言いすぎか。まあダメな場所もあるが、神聖帝国からなら問題はない」

そう言いながら今日も隊長さんは巻物を貸してくれた。もしもなにか危険な目にあったらいつでも逃げられるようにと。

ただしとっても貴重で特別なものだから、扱いには気をつけるようにと念を押される。

巻物が発動して無事にもとの部屋へと帰ってくると、ピンキーリリー邸ではすっかり朝食が食卓に並べられていた。私は歓喜する。ライ麦パンだ。

やや酸味のあるこの種のパンが、私は好きなのだ。

ただしフワフワ食パンも好きだし、アメリカンドッグだって好きだから、ようするにパンっぽい食べ物が、なにもかも好きなだけかもしれないが。

さあ食べるぞ朝ゴハン。ラナグに見せつけられたこともあって、私はもう辛抱がたまらなくなっていた。

贅沢にも今朝はクリームチーズまで出していただいている。

これを塗りつけて食べる。格別の風味であった。

さらに他にも皿が並ぶ。カリカリのベーコンっぽいなにかに、なにかの半熟卵と、ソテーしたほうれん草っぽい葉物。ラズベリーの葉のお茶に、少しだけなにかのミルクを入れたものまで用意していただいていた。

なんだか分からないものも混ざってはいるけれど、あまり細かいことを気にしてはいけない。

むしろ未知と謎の異世界で、こんなにも地球っぽいお料理をいただけることに驚くべきだろう。

私達が今お邪魔しているここ神聖帝国では、こんな感じの朝食は、比較的上流階級の人々のオーソドックスな朝食スタイルであるらしい。素晴らしい。

用意してくださったのは、この国で魔法学全般の外部顧問としてお仕事をしている大魔導士ピンキーリリーお婆《ばあ》さんである。彼女の朝食は、私のお腹を実にポンポコリンにしてくれた。

ちなみに。ちょっと食べるとすぐにお腹がポッコリ出てしまうのは、どう考えても私の責任ではない。子供って、そういうものだ。私は自分に強く言い聞かせた。いや、事実そうなのだ。間違いない。

こうして食べすぎの罪悪感を封じ込めることに成功した私は、あらためて食卓の周囲に目を向ける。いつの間にか部屋にはたくさんの精霊が集まっていた。

うーん、凄い。圧巻だ。今朝は妙に慌ただしいというか、たくさんの方々と顔を合わせる日だ。朝からヘビーである。並みの幼女なら、ぐずりだすであろう。

すみませんが、ちょっとベッドに戻って二度寝をさせていただいてもよろしいでしょうか。そんな気分である。

先ほど見たあの王様の群れも、派手派手しいものだったが、この朝食の食卓も負けず劣らず見ものなのだ。

どこからか集まってきた妖精達、精霊達。

今朝私が起きるとその時点で、ベッドサイドにもベッドの上にも現れ始めていた。

皆一様に、なにか相談事があるとか言っていたのだが。

なんだって人間の幼女のところへ押し寄せてくるのかと疑問に思ったが、原因はすぐに分かった。

どうも千年桃の妖精さん達がしばらく姿を消していたという事件は、付近の精霊や妖精の界隈ではこのところ話題になっていた出来事らしい。

それが昨晩、千年桃の木も妖精も急に戻ったことで救助をした私の話が出たそうだ。

困り事があればあの小さな人間に相談してみるといい。そんな噂《うわさ》が瞬《またた》く間に広まったという。

私も幼女の身だとはいえ、今はあまり暇でもないのだけれど、とりあえず彼らの話を一名ずつ聞きながら、デザートのドライフルーツをいただいた。そんな爽やかな朝だった。

そうしてちょうど食べ終えた頃、今度はピンキーリリーお婆《ばあ》さんの屋敷が爆散した。

本当に、なんという朝だろうか。

前世からカウントしても、私の朝史上、最も騒々しい朝だ。

美味しい朝食を食べ終えたあとだったことだけがせめてもの救いだったろうか。

さてこの爆発。何事かというと、例の古代神学研究所の人々の仕業らしい。

「それでピンキー、あいつらがなんだって？」

崩壊しつつある屋敷から飛び出しながら、アルラギア隊長は言った。

「昨日も私はハッキリ言ってるんだけどねぇ。いいかい、耳の穴をほじくり返してちゃんとお聞きよ？　あいつらは合法も違法もお構いなしの古代神学研究所の連中だ。白昼堂々私の屋敷を爆散させてくるような連中。帝国政府御用達《ごようたし》のアンタッチャブルな存在。それどころか神聖帝国内で最高権威の一人、光の大神官様でもうかつに手を出せないような危険なやつら。世界的な薬物犯罪の元締めの一つでもありながら、公権力にも深く根ざしている、神聖帝国の闇そのものだ……ってね、いいかい、こういう話は昨日の時点でちゃんと聞いとくもんだよ。突入して次の日になってから、あらたまって聞くんじゃあないんだよ。ごらん、私の屋敷がぶち壊されただろうが」

ピンキーお婆《ばあ》さんは、片付けが面倒くさいと言ってプリプリである。

先ほどからずっと屋敷の外は煌々《こうこう》と明るく、巨大な毒々しい色の大火球が降り注いでいる。

同時に激しい光や稲光、巨人の鉄槌みたいなものまで落ちてくる有様で、屋敷に張られていた結界にもヒビが入っていた。

割れる寸前のガラスのようなヒビ割れで、美しくも儚《はかな》い文様が屋敷の外と内の境界面に広がっていった。そして結界は屋敷もろとも爆散したというわけだ。

大変な有様だったけれども、対するピンキーお婆《ばあ》さんサイドもなかなかのものである。今、壊れて飛び散っているように見えるお屋敷の全てが、実のところ幻影らしい。

瓦礫《がれき》の一つ一つに手で触れられて、焼け焦げた匂いもあれば、重さもあるけれど。

幻影っていったいなんだろう。ここまで現実感のある幻影を再現できるなら、これってもはや現実なのではと思わなくもない。

「幻影術は私の得意技でね。見た目だけじゃなくて質感も、それどころか質量まで再現してある特別仕様だよ」

「ほうほうほう、質量のある幻影。なんですそれ、どんな理屈なのでしょうか」

「なんだい？　興味があるのかいおチビちゃん……ようしそんなら私の弟子におなりよ、仕込んでやるから」

外へと避難をしながらも、私はそんなふうに勧誘されていた。ピンキーお婆《ばあ》さんは屋敷が今の状態になっても、そこまで気にしていない様子だった。

さて、幻影術そのものは面白そうな術ではあったけれど、弟子の話はどうだろう。彼女の口ぶりからすると、ピンキー邸に泊まり込みの内弟子になれという話のようだった。

私は思う。内弟子とはいっても、肝心のお家が爆散されかけた状況で、よくぞまあそんな呑気な話ができるものだと。家がなくては内弟子もなにもあるまい。

どうもアルラギア隊の関係者は、豪胆な人ばかりである。

とまあそんな展開と並行して、避難ののち、私は屋敷（本物のほう）を転移術で別の場所に飛ばす作業に勤《いそ》しんでいた。

ピンキーお婆《ばあ》さんの作戦によると、いったんやられたふりをして時間を稼ぐのだとか。それで幻影を使って屋敷が壊れたように見せているのだが、本物の屋敷が残っていては不都合だ。ならば私がと、手をあげたのだ。

「はぁあ、しかし見事なもんだねおチビちゃん。よし、私の内孫におなり」

これを見ていたピンキーお婆《ばあ》さんは、先ほどからやや高揚気味だった。

さらに話がエスカレートして、今では内弟子を越えて内孫になれという話になっていた。

「子供達も独立しちまって、家に寄りつきゃしないし、こんな可愛くて天才の孫がいたら、はあぁ幸せだろうねぇ。なあアルラギア、この特大サイズの短距離転移だがね、本当にそっちのデカブツ転移術士がやったんじゃないんだよね」

「ああ、リゼがやっているが。あんまりよそで言わんでくれな」

「当たり前だよ。軽々しく口にできるような話じゃあないよ」

二人の会話に、デカブツと呼ばれたグンさんが交ざる。アルラギア隊の転移術士で、巨人の血が入っている大男グンさんだ。

「準備なしで今のをやるのは、まあ俺でも厳しいな。リゼの時空魔法はまだまだこなれてない面もあるが、とにかく桁違いのパワーがあることだけは確かだよ。行く末が楽しみだな」

「まったく、あんたらんとこでは、子供になんてもんを教えてんだい？　私がもっと順を追って基礎から丁寧にだね……」

「俺が教えたんじゃない。勝手にできちまうんだよ」

勝手にやってるとは、心外だった。私もひと言物申す。

「魔法全般の先生はこちらのラナグさんが務めてくださっております」

「はぁあ神獣様が先生かい。まったくなにからなにまでおかしな話だよ。よし、やっぱり私の内孫にしようじゃないか。内弟子の件はあきらめる。だから内孫としてうちにおいで。最高の国家魔術師への道筋くらいなら整えてやるから、明日からおいでよ」

「待て、待て待てピンキー。本気でリゼを誘うんじゃあない。リゼはウチの隊で預かってるんだから、勝手に連れてかれたら困る」

「しみったれめ。ねぇリゼちゃん。明日からウチの子になるさね～？」

いやはや返答に困る。子供にそういう質問はしないでほしいものだった。

ベーコンエッグな朝ゴハンは魅力的だけれど、この国に住む気にはなれない。あまり居心地のいい場所とは思えない。

まあアルラギア隊に愛着が湧いていて、そうそうお引っ越しの気分でもないというのが本当のところではあるが。

神獣ラナグはそんな二人に構わず私のほうへと手を伸ばしていた。基本は犬なので、手を伸ばすというよりは前足か。

『リゼこっちへ。瓦礫《がれき》が飛んできて危ないからな』

ラナグは今日も相変わらずだ。男前神獣である。

私達はそれから、大爆発に紛れながら、地下へと潜っていった。

爆発で死んだフリをしつつ、その間に敵の本拠地を襲って潰してやるぞと、隊長さんは楽しげに笑っていた。

「本格的に楽しくなってきたな」

やはり暴れん坊である。遊びじゃないんですよと言ってやりたい。

「それでリゼ、方角はこっちで合っているよな？」

「ええ大丈夫ですよ」

アルラギア隊長は、中央大神殿という場所の真下に行ってみるつもりらしい。

昨日潜った古代神学研究所の地下から、さらに進むとそこに繋《つな》がっている。

途中にも細々とした部屋があるが、そこは素通りする。

移動は隊長さんの土魔法。これによって全自動で神聖帝国の地中を進み始めた私達である。

これは楽ちんである。しかし掘っている間の待ち時間が発生して、やや暇だ……

そこで私は桃を煮ることにした。

「ああ～リゼ？　今度はなにをしてるんだ？」

「なにってもちろん、桃を煮ているんですよ？」

幸いにも鍋と白ワインと甘味料くらいの日常的に使う物品ならば、私は持ってきているのだ。

収納魔法は本当に便利。こんなときにこんな場所、ちょっとした隙間時間にお料理を楽しめるのだから。

もちろん今日のはお料理なんて大それたものではない。白ワインと砂糖っぽい甘味料で、皮を剥《む》いた千年桃を軽く煮るだけだ。

せっかくなので、私はまず生で、ほんの小さな角切りをひとかけら食べさせていただいた――

どれどれ、ん？　モグモグ、おや？　あれ？　そんなに美味しいものではない？

いやいや待てよ。確かこれは煮たほうが美味しい桃なのだ。ならばグッグッしようではないか。

張り切って煮る。

ところが結局その後、甘く煮てもそんなに……、格別美味しいとかはなかったのだ。

味が弱いというかぼけているというか。

そうか、これが千年桃、そうかそうなのか……

つまりは私が最も恐れていたことがついに現実となってしまったというわけだ。

とっても希少なものだから美味しいに違いないという現実離れした淡く儚《はかな》い期待は、結局のところ夢物語のお笑い種《ぐさ》だったのだ。

期待していたほどの味ではなかった千年桃、今はただ悲しそうにシロップの海に揺れているばかりだった。

しかしそんな私の横で、はしゃいで煮た桃に喰らいつく影が二つ。

『はぁあ～、しっみわたるぅ。これこれ、これよね千年桃』

『久しぶりに食ったが、腹はそれなりに膨れるな。しかも今回はリゼの手で調理された分だけ格別なものになっているしな』

千年桃は神獣さんチームにはそこそこ好評らしい。えっ、そうなの？　と私は思う。

『ま、年経た神獣にとっての滋養強壮剤のようなものだからな。風神クラスの神獣が、生のまま未調理で食しても腹が膨れるレベルの食材は希少だ。もっとも、人には無用の長物かもしれぬが』

そういう食材らしい。人間にとってはわざわざ育てて食べるほどの味でもなく、収穫量も極端に少ないし、あとは少々の回復効果がある程度。

超希少な食材のはずが放置され気味な果物。それが人にとっての千年桃。

『一般的に神獣って、神殿に行って神託を下《くだ》して、捧げ物として食べ物を持ってきてもらうの。それが一つの生き方で、捧げ物を食べると力が出る。そんな感じなのよね。でもこの桃はその工程なしでも満たされるくらい格が高いのよ。ドラゴンとかも似たような食材ね』

オコジョっぽい姿のまま桃のワイン煮にかぶりつく風神さん。こちらを見上げてため息を一つ、気だるそうに言葉を続けた。

『ふぅ。この神託っていうのがまたくせ者でね。通じづらいのよね～。とくに大きい神殿の人間ほど通じない。あれはきっと、身分が高いだけで神託を受け取る力なんてない人間が、上の立場にいたりするからね。困っちゃう』

『まったく面倒だが、神託もこの世界の理《ことわり》でな。大きな力を持つ年経た神獣はその分、他の生き物からの承認がないと存在を維持しにくくなるようにできているのだ』

『そうなの。立派な神殿を建ててもらったり、信仰や供物を捧げてもらったりしないとならない。食事もその一つね』

ふうん、大変だと私は思った。煮桃くらいなら、いつでも作ってあげたいが、風神さんはあちこち飛び回って、一か所に定住しない生活らしい。郵送でもしないとなかなか難しそうだ。

今日使った桃は丸々二個分。一つは風神さんのかじりかけだったから一・八個分というほうが正確だろうか。これを風の子も含めた神獣さんチーム全員で食したので、あっという間にペロリであった。

お鍋にはもはや桃シロップも残ってはいない。

桃の風味がついたトロリと甘い汁。言っておくが、私はこういったシロップは大好きである。甘すぎてどうのという意見も認めるには認めるが、それでも私は好きなのだ。炭酸で割って飲みたいものである。がしかし、私は偉いので、今回はハラペコでハラペコで仕方ない風神さんに譲った。

『はぁぁ満たされるぅぅ』

好物らしいし、なにより色々な話を聞かされたせいで、流石《さすが》に譲らないわけには……いかなかったのだ。繰り返すが、私の人としての偉さは、こういうところにあると思う。

『えっと、ありがとうございます。僕達の桃をこんなに堪能していただいて』

一方桃の生産者さんはそう語った。生産というか桃本人というか、千年桃の苗木の妖精さんである。

にしてもこの妖精さん。いつの間にやら凄くハッキリとおしゃべりできるようになっていた。どうやら他の千年桃達から祝福を受けて送り出された関係で成長しているらしい。

あんなに弱々しくて、ほとんど消えかけていたくらいだったのに。喜ばしい限りだ。

しかし……この彼には未だ名前というものがない。

一緒に来ることになったのにいつまでもただ妖精さんと呼ぶのも微妙である。なにか呼び名が必要ではないかと提案すると。

『えっ、名前を付けてくださるんですか？　嬉しいです！』

その眼差しはキラキラであった。是非お願いしますと言われてしまう。

こうなると必然的にもう一名、風の子さんのほうも同じような展開になる。

この子にもまだ名前はない状態だから、やはりこちらからも、キラキラした眼差しで名付けを希望されてしまった。

ふうむ、しかしどうしたものか。

名前か……そんなすぐには、私の踏ん切りがつかないではないか。こちらの世界では、精霊や妖精にどんな名前を付けるのが良いのやら。

しばし考えさせてくれと言うと、それならせめて仮契約だけでもできませんかと、二名並んで私を見つめてくる。

契約？？　それはなんぞ？　どうやら、契約というのを精霊や妖精と結ぶと、互いの力を分け与えられるようになったり、その他にも便利でお得な特典がいっぱいあったりするらしい。

ラナグに聞いてみても、それは事実のようだった。デメリットもとくにないそうだが、そもそも精霊達からの信頼が相応に高くなければ仮契約すらできないものだとか。

というわけで仮契約の儀式をラナグから教わる。

それから言われたとおりに私は指を立てて、名を名乗り、この二名に契約を申し出た。

桃さんと風さんが指を掴むと、繋《つな》いだ指が明るく光った。契約成立だ。良かった。

やってみたら信頼度が低すぎて契約失敗でしたなんてことにでもなったら、あまりにも悲しいではないか。心中密かに恐れていた私だが、上手くいって一安心。

桃さん&風の子さんも喜んでくれている様子。

名づけをすればさらに強い繋《つな》がりができるそうだが、それはまたいずれ。しばし考えさせていただこう。

「そろそろ目的地が近い。鍋がひっくり返らんように」

隊長さんが皆に目配せをした。どうやら到着らしい。

私は、イイズナ姿の風神さんによってしっかり舐め尽くされた鍋を、水魔法で洗浄してから収納魔法で懐にしまった。残念ながら桃パーティーはここまでらしい。

「到着だ」

地下大神殿

地中を突き進んだ先には、いかにも邪神かなにかが祀《まつ》られていそうな地下空間があった。

巨大な円柱が立ち並んでいて、奥には地下にそびえる巨大神殿の威容が見える。

神殿のほうを探知魔法で探ってみると……ううむ、やや判別しづらいが……かねてから私達が捜していた風神さんの羽衣らしきアイテムも発見できた。

どうやら私達が今立っているここは巨大空間の端っこのようだ。下水道のような狭い通路の一つで、薄暗い。

近くには、一見すれば荘厳かつ神聖で美しい建造物がいくつか並んでいる。けれど、致命的に違和感のある場所も目につく。

例えば地面の溝を這うように流れている液体だ。それは煌《きら》びやかだが毒々しい色鮮やかさをしていた。

人によっては美しい景色だと思うかもしれないが、見方次第では陰鬱《いんうつ》で毒々しくも思えるだろう。そんな景色だった。

神殿のほうから流れてきたカラフルな液体は、ここを通り過ぎてさらに下のほうへと続いている。

「魔導炉かなにかからの排水ですかね。垂れ流しにもほどがあるけれど」

ロザハルト副長は剣の先でカラフル物質をつついて、クンクンと匂いを嗅いだ。好ましくない香りだったらしく顔を顰《しか》めている。

なぜだろうか、なぜ剣先でそんなねっちょり物質を触るのだろうか。刃先にあれを塗りつけて、ポイズンソードにでもするつもりなのだろうか。

隊長さんもそう思ったのか隣で顔を顰《しか》めている。

「おいおいロザハルト、剣が汚れるだろ。そんなもんに触れたら、すぐにちゃんと浄化魔法《ピュリファイ》とコーティングを掛けなおすべきだな」

「隊長って、武器だけにはえらく細かいですよね」

「いやいや普通だろ。こんな混ざりに混ざった魔導廃液に浸したら、剣に流し込む魔力に僅《わず》かとはいえ干渉するぞ」

「どんだけシビアな取り扱いをするつもりです、それ。そんなの0．001％以下の魔法伝導率の話じゃないですか」

絡んでくるアルラギア隊長にロザハルト副長は適当な相槌をうちながら、どこからか取り出した透明なビンやら白い皿やら、試験管のようなものにカラフルねっちょり物質を採取し始めた。それを観察したり、薬品と混ぜてみたり、小剣の先をヘラのようにして使って、粉末の薬品と混ぜて、ペースト状のカラフルななにかを作り出したりと楽しそうだ。

「剣をそういうふうに使うかね。ロザハルトって実は大雑把《おおざっぱ》だよな。信じられんな。あ〜信じられん」

「煩《うるさ》いですね隊長はもう。今ちょっと調べ物してますからお静かに願いますよ。それにですね、世界中の大雑把《おおざっぱ》さを煮詰めて生成したような隊長にだけは言われたくありませんからね。大雑把《おおざっぱ》だなんてね。そもそも隊長の場合はただ単に武器マニアなだけですし。無駄にピカピカに磨いておいて、全然使ってない武器をどれだけストックしてあるのかって話ですよ」

「ふふん、それを聞くか。ならば答えよう。八九四一本ある」

隊長さんは、まったく迷いを見せずに断言した。どうやら所有している八千を超える武器の数を正確に覚えているらしい。

ロザハルト副長はというと、「そっ、そんなに持ってたのかっ⁉」とでもいうような顔と仕草を派手に展開していた。

ここで隊長さんはさらに畳みかけてくる。恐るべき追撃である。

「実は昨晩、もう一本買ったという事実も付け加えておこうか。八九四二本目は今、店でオプションをつけてカスタマイズ処理をしてもらっている最中だ」

「ば、馬鹿な⁉　さらにもう一本買っただと？　そんなもの、もはやどうやって使うというのか。毎日一本ずつ使いつぶしたって、八九四二日かかるということですよ」

「そりゃそうだろうよ。もちろん一日で八九四二本を使いつぶせば、一日しかかからないって計算なわけだが」

「そんなの詭弁《きべん》だ！」

「そんなことはない。現にこうして、こうすれば、一度に千本くらいなら扱えるわけだしな」

隊長さんは語りながら、どこからともなく取り出した千のナイフを、どうやっているのか分からない方法で投げつけた。

投げた先はこの地下空間の奥にある大神殿の、その隣にそびえる長大な邪竜の石像。

高速で投げつけられた千のナイフによって石像は粉々に破壊される。

ただし石像とはいっても『中身』がちゃんと入っていた。邪悪な殺気をプンプンと発散させているし、石像の下には人の骨らしきものまで転がっている。

石像の中から姿を現したのはカラフルな竜。いや、竜というにはやや微妙か。毒々しいほどに美しい色をした蛇のようだった。

ラナグによると、邪竜の一種だとのこと。

なんとも巨大で異様で恐ろしい姿のモンスターだったけれど、出てきてすぐにグラリと体勢を崩し、千本のナイフが突き刺さった体を地面に打ち付け、そのまま動かなくなった。

その巨体の近くから今度は別の小さなモンスターが大量に湧く。あまり美しいとはいえない光景が続いていた。私はどんどん帰りたくなってくる。

隊長さんと副長さんの二人は嬉々として突撃。発生する先からモンスターを蹴散らしていく。

まるで踊るように。あらかじめ決められた振り付けや殺陣《たて》が存在するかのように二人は動く。背中合わせでアイコンタクトもないままに、0．1ミリの誤差も許されないような精緻な舞踏を披露していた。

一方転移術士のグンさんはグンさんで、短距離転移術をちょこちょこ発動しながらなにかをやっている。

よくよく注意して周囲を観察してみると、どうやら彼はそこかしこに記録用の魔導具を隠して設置している様子だ。

この地下施設での出来事を映像や音声や、魔力の痕跡として残しているらしい。

おそらくは、今朝のあの王様っぽい人達への提出用なのだろう。

「まぁ、こういうのも大事な仕事だからな」

暴れん坊傭兵団なアルラギア隊の中でトップクラスの顔の厳《いか》つさを誇るグンさんだけれど、実は細かいお仕事が好きだ。

私はいまいち手が空いているし、その装置にも少々興味が湧いたので、一つお借りして見せていただいていた。

「ほうほう、これはこれは。こんなものもあるのですね」

「こんな道具がなくても、似たようなことができる術はあるんだが。ただ客観的な証拠品にするにはこっちのほうが向いてるからな。記録として残しやすい」

「なるほどなるほど」

教えていただきながら観察を続ける。

この先端部分はガラスレンズではなく、水晶玉が使われているのか。

記録を行う部分はフィルムなんかでもなければ、もちろんデジタルデータでもない。

映像や音を光や風の魔力に変換して保存する仕組みか。

しかしここが地下でかなり暗い場所だということもあって、記録された映像は微妙な映り具合だ。画質に関してはお世辞にも上等とはいえない。現代地球の科学技術が優勢か。

それにしても魔力痕の撮影機能というのは面白かった。邪竜像のあたりが禍々《まがまが》しい色味で渦を巻いている様子が映し出されている。

それからあとは……ズーム機能はないらしい。やはりやや物足りなく感じてしまう部分もある。

ふうむ、この光を集めている部分が丸い水晶玉だけれども、ここは球体よりはレンズ、それも複合レンズにしてやれば、映せる範囲やズーム、明るさ調整などの性能に改良の余地もあるかもしれない。

あるいは、暗視カメラも良い。赤外線を使ったカメラだ。

以前やったレーダー式探知術の応用でできそうな気もする。上手くいけば、暗い場所でももっと綺麗に撮影できるアイテムになるのだが。

流石《さすが》に魔導具は特殊な機器だ。今この場で私のような素人が手を加えるのは難しいだろう。魔法ならば個人の感覚でいくらでも応用が利くのだが。また機会を見て……

そんなことを思いながら、グンさんと魔導具談義をしていると。

「ちょい、ちょいとリゼちゃん。今そこのデカイのと話しながら考え込んでいたこと、私にも聞かせてみな、いや是が非でも聞かせてもらわなくちゃあ困るね」

参戦してきたのはピンキーお婆《ばあ》さんである。

求められるがままに、ここがこうでアレがああでと説明してみると。

「よし、私に弄《いじ》らせてもらうよ。リゼちゃんの話を聞いてたら久しぶりにワクワクしてきちまったね」

「久しぶりに？　ですか」

「私の家は代々魔導具屋なんだ。今でこそ店に出ちゃいないけどね、私も少しはかじってる」

唐突に張り切りだしたピンキーお婆《ばあ》さんだった。

流石《さすが》に高精度の複合レンズをこの場で作るのは難しいだろうけど、どうだろうか。

私は彼女に知っていることを伝え、二人であれやこれやと試してみる。

すると赤外線方式の暗視カメラについては、恐るべきことにすぐ試作品が完成した。

驚く。このお婆《ばあ》さん、なにげに本当に凄い人である。

一方、お婆《ばあ》さんはお婆《ばあ》さんで驚いていた。

「はぁぁぁあ。こいっつは驚いたね。ほんとにできちまったじゃないか……。うーん……

こいつは……」

そして僅《わず》かな沈黙のあと、ピンキーお婆《ばあ》さんは一転してにゃんにゃんとした猫撫で声を発した。

「ああ～リゼちゃんそれでねぇ、ものは相談なんだけどね、こいつはうちの、スイートハニー家の商会で権利をとって売り物に……、ああもちろんそれなりの対価は払うよ？　なにも横取りしようってわけじゃないんだから。そうじゃなくて、一緒にさ、ちゃんとした商売にしようじゃないかって話なんだけどね」

急に、ご商売の話が始まっていた。

またしても激しく勧誘される。彼女からは今朝、弟子に来いという誘いも受けたばかりだが、あのときの比ではないほどに熱烈な誘いが私を襲っていた。

「お願いお願い！　リゼちゃんお願い！」

私としては前世の記憶をちょろりとお話ししたにすぎないので、この仕組みは好きに使ってもらっても構わなかった。

しかし、そのあたりはスイートハニー商会の面子《メンツ》をかけてきちんとやりたいらしい。

グンさんが言うには、この商会は確かに立派なものだとか。

ピンキーリリーお婆《ばあ》さんは私の手をガッシと掴む。

「損はさせないよ。一人でやるより、ウチと組んだほうが絶対に得さ」

彼女は熱を帯びた視線でこちらを見つめていた。

私としては、協力するのはまったくもって構わない。そもそも一人でそんな仕事を始めるつもりもない。

やはり商売などというものは、販路があって信用があってブランド力があって、職人がいて売る人がいて事務仕事があって成り立つものだろうとは思う。

というわけで、ならば詳しい話を詰めましょうか、という方向に話が進む。

「いよっしゃあ。まあ具体的な契約内容はこれから決めようかね。それじゃあさっそくだが、うちの店に来てもらって……」

「ちょっと待てちょっと待て、婆《ばあ》さんと幼女で商魂たくましいこったが、今はその前にここの記録をちゃんととりたいんだがな」

気がつけば隊長さんがこちらに戻ってきていた。魔物達とのバトルを終えたらしい。

「なに言ってんだいアルラギア。ったく野暮天だね。この新型の技術革新はあんたじゃ分からんね。こいつは商人ギルドも真っ青だ。ったくこれだから野蛮な傭兵団どもはいけないよ。そもそもだ、少しは婆《ばあ》さんの忠告を聞かなきゃバチがあた……」

「分かった分かった、話はあとで聞くさ。ただすまんがこっちの仕事も片付けさせてくれ」

そう言ったアルラギア隊長が指す方向。邪竜がいたあたりに目をやると。色鮮やかな竜は粉々に砕かれていたし、溢れていた魔物も今はもう掃討されていた。

すっかり脱線したが、今は魔導具開発を楽しんでいる場合ではないのだ。

そう、あの毒々しい色の邪竜、あれは、大神殿の奥にいる偉い人が、奥の手として用意していた怪物だったと私は思うのだ。

私はたいそうなしっかり者なので、魔導具談義に興じつつも、裏では並行してそのあたりの調査もしていた。地下大神殿の中を探知魔法で探り、そこに悪の大神官ぽい雰囲気の老人を見つけた。

俺様は邪悪だぞと言わんばかりの雰囲気。実際、その偉そうな老人は周囲の人々から「暗黒大神官様」と呼ばれている。

重要そうな人物なので、行動を見守っている最中だ。

暗黒大神官様は、見た目もしっかりと暗黒大神官感がある。

彼の指の全てには、巨大な宝石のついた禍々《まがまが》しいほど荘厳な指輪がはめられている。黒く尖《とが》った爪。フードの奥では眼も赤く光り、挙げ句の果てに、口からはフシュルフシュルと黒いガスを噴出させている。人間をやめていそうな感じがする。

このお爺《じい》さん、日常生活はどうなっているのだろうか？

本当に別にどうでもいいのだけれど、ついつい彼の生活について考えてしまう。買い物のときとかは黒いガスの呼吸はやめるんだろうなとは思う。表に出るときには、神聖大神官などに変身するのだろうか。あるいは一般人か。まだしばらく彼の様子を見ていたい衝動にも駆られるけれど、しかし私はそんな無駄なことをするためにこんな地下にまで来たわけではないと思い出す。

そう、まずは風神さんの羽衣の奪還とか、その他諸々……、色々あってきたのだ。現にこうして今も羽衣捜しは続けているわけだし。なにも暗黒お爺《じい》さんをただ眺めていたわけではない。

なんと羽衣は暗黒大神官が隠し持っていたのだ。流石《さすが》私だなと感心する。目の付け所が適切だ。

私はとりあえず、ここまでに探知した暗黒大神官と彼の周囲の動向を隊長さん達にも伝える。親玉っぽい方がこちらに向かってきていますよと。

どうやら暗黒氏は竜の石像が破壊されたのを感じとって、こちらに急行しているらしい。

私は彼の到着を待ちつつ、引き続き大神殿内部を探知していく。奥へ、そこからぐぐっと上のほうへと探知範囲を拡大していく。

地表のほうまで見てみると、実に真っ当そうな巨大神殿に続いていた。

白亜の宮殿。ドーム天井の付近では、白の大理石で作られた天使像が優雅に羽を動かしてクルクルと舞い飛んでいる。

とにかく彫刻として秀逸だった。もしもあんな出来の良い動く石像を地球のお年寄りに見せたならば、千パーセントの人がここに入信してしまうのではないだろうか。そう思えるほどの出来栄えだった。

一事が万事その調子で、地上にある白い大神殿は圧巻の超建築だった。

建物の名称は白の大神殿。トップはおそらく光の大神官という人物。どうやら暗黒大神官と対をなす存在なのではと推察できる。

二人は装備品も良く似ていて色違い。内在している魔力は光と闇で反対だ。

「暗黒大神官か。本当にいたんだな。都市伝説だって話だったが」

見たものを伝えるとグンさんがポツリと呟いた。曰《いわ》く、暗黒大神官という存在は一部の人々の間ではまことしやかに噂《うわさ》されていたのだとか。

様々な逸話の黒幕として囁《ささや》かれるような謎の人物らしい。

そんな話をしつつ私達は地下大神殿に近づく。壊れた邪竜像の前を通り過ぎる。ふと思う。

「そういえばラナグ。この邪竜っぽいものって、食べないの？」

以前からちゃんとした竜が食べたい食べたいと言っていたラナグだから、まっさきに喰らいつきに行くかなと思っていたのだが、いっこうにそんな気配はないのだ。

それで聞いてみたのだが、ウゲロゲロ、みたいな顔をされる。

食べないらしい。えええ、せっかくの本物の竜だというのに。あんなに食べたがっていた本物クラスの竜らしいのに。なぜだろうか。

『あれは邪竜。邪竜は美味《うま》くない』

味の問題らしかった。

「でもつまり美味しくないということは、食べられはすると？」

『ま、まあな。食べられなくはない。不味《まず》いがな』

「ふうむ、それなら……」

『ま、まさかリゼ。食べろとは言わぬよな？　あれは本当に不味《まず》いぞ。考えてもみるのだ、あれはアンデッドモンスターを大量に湧き上がらせ、支配するようなやつなのだ。とてもではないがアンデッド臭くて食べられたものではない。しかも今回のやつは石像に憑依させた半端物。身が少ない。だからリゼ、そんなものは拾わなくていいぞ』

「ああ大丈夫。念のために一応とっておくだけだよラナグ。灰汁《あく》抜きとかしたら意外といけるかもしれないし、もしくはなにか別なことにも使えるかもしれないし。念のため」

そんな話をしながら回収をしに行く。

『わ、我は絶対に喰わぬからな。いくらリゼでもアレは美味《うま》くならんと思う』

「そんなに警戒しなくても。念のため、念のため。どちらにしても竜なんて貴重なものには違いないでしょ？　邪竜であろうと地竜であろうと」

『わふう。まあな。人間にとっては相当なレア素材ではあるだろうな。我は好かぬが。全然好かぬが。ちっとも好かぬが。なあ我は炎竜とかが好きだぞリゼ。焼けるような刺激がたまらぬのだ。胃の中がカッカとしてきてな。高ぶってくるのだ。そこに氷雪系の魚介魔獣でクッと喉を冷やしてやるのが暑い時期には最高なのだ』

ラナグはそんなことをのたまったあと、鼻先を軽く邪竜のほうに向けて、クンクンと動かしてから、クルッと振り向いて眉間と鼻先にシワを寄せた。またしてもウゲロゲロ的な顔である。

私は邪竜の残骸をざっと集めて亜空間に収納しておく。邪竜はすでに石像だったときのようにカチコチになって砕けていて、とくに匂いとかはない。化石のような状態だ。

おおむねしまい終わったところで、先ほどからずっとこちらに向かってきていた例の暗黒大神官氏の一行が到着した様子。そして開口一番、張り裂けんばかりの大声をあげた。

「じゃ、邪竜像が⁉　邪竜オンディンダライライライライが⁉」

隊長さんと副長さんが壊してしまったあの邪竜、名前はオンディンダライライライライというらしい。オンディンダ、ライ、ライ、ライ、ライ。名前の最後のほうが少しばかり長すぎるように思える。

長い。オンディンダライライライライまででではダメだったのだろうか。

「ああ！　オンディンダライライライライよっ‼」

流石《さすが》は暗黒大神官だというべきか。一度たりともライの数を間違えることなく、壊れた邪竜の小さな破片を大切そうにかき集めていた。

「く、ぐぅぅぅ、ここまで破壊されているうえに、破片のほとんどが消失させてあるとは。これではもはやもとには……」

どうやら破片さえあればあの邪竜を復活させられるような口ぶりだった。

なるほど良かった、私としてはそこまで考えていたわけではないが、幸いにも破片のほとんどはすでに亜空間収納にしまい込んである。

牙などは黒曜石のように艶やかに暗く光っていてなかなかの逸品だし、妙にカラフルな表皮も面白い。

どちらも癖は強いが良質な武具の材料になるとグンさんが教えてくれた。たとえラナグが食べなくとも十分に使い道はありそうとのこと。帰ったら人間チームで分ける予定だ。

さて、暗黒大神官はキッとこちらに視線を向ける。

「貴様らはいったい何者か!?　神聖なるこの地へ土足で踏み入り、我らの研究成果を破壊してくれるとは」

どうやら彼らは今のところ、こちらの素性が分かっていないらしい。暗黒大神官などと呼ばれる大人物にしては、いまいち手ぬるいように思える。

さてこの邪竜だが、やはり彼らの研究成果だと言う。

あれはもともとが石像で、それを依《よ》り代《しろ》にして邪竜を召喚したものらしい。つまりは半分くらい人工的に作り上げた邪竜、そんな感じのようだ。

確か彼らは人工神獣なるものの研究をしているはずなので、この邪竜像もその一環なのだろう。

昨日の千年桃の妖精さん達にしても、人工神獣の材料として連れ去られていた。

こうして地下大神殿の中を探知している今も、次々に囚われの精霊や妖精っぽい存在が見つかっていく。なかなかの数だ。

『これだから、神聖帝国の連中は気に食わんのだ』

ラナグはご立腹だった。思えば彼はこの国に来る前から、あまり神聖帝国が好きではないと言っていた。

暗黒大神官はこちらをじっと見ていたが、おもむろに一歩二歩と下がっていく。代わりに彼の後ろから武器を携えた緋色の衣の神官集団が前に進み出てきた。

どうやら彼らは、また別な研究成果を披露するつもりらしい。

暗黒大神官氏を囲むように布陣した男女の声が揃って響く。

「「炎獣イフリタス、現れ出でて我が意に従え」」

なんとも威勢の良い掛け声だった。

同時に、彼らの身体から炎が噴き上がる。そして、炎で形作られた怪物の姿が現れた。

怪物に表情はなく、意思も感じられない。ただ無差別に炎を撒《ま》き散らしていた。これが人工神獣研究の成果の一つらしかった。

その姿は神獣や精霊というよりも、自我なく暴れ狂う魔物によく似ていた。

『醜悪。哀れな魔物を生み出してなんとするのか』

我が家の神獣ラナグは、眉間に深くシワを刻んでグルゥと小さく喉を鳴らした。

人工神獣研究とはその名が示すとおり、人工的に神獣や精霊に近い存在を作り出す試みのようだ。

材料は妖精、精霊、神獣、またはその存在の一部。

本来は自然界に普通に存在するのが精霊や神獣達だ。例えば火の精霊ならば火の中に棲《す》み、炎を自在に操るような魔力を持っている。

ただ基本的に彼らは自由奔放で人のことなど気にしないし、人に力を貸し与えるなんてこともめったにないそうだ。

精霊よりも上位の存在だという神獣の場合は、いくらか人間との接点もあるというが、それでも気まぐれだ。

直接人間に力を貸すのではなく、捧げ物や信仰心の見返りとして、間接的に加護や特殊な能力を人間に授けてくれるのだとか。結局彼らはほとんど人間の思ったようには動かない。

それならば、思いのままに動く神を自分達の手で創造し、それを信奉すべきである。

「それが崇高なる理《ことわり》。我らのあるべき信仰だ!!」

暗黒大神官は叫んだ。

ここまでひと通りのお話は、勝手に暗黒氏が演説を始めて教えてくれたものである。

ちなみに妖精、精霊、神獣という順番で、より上位の存在になっていくという。

祀《まつ》るための神殿が建立《こんりゅう》されるのも、神獣だけだそうだ。

とすればだ。ラナグも風神さんも、それなりの立場にあるということになるが。

「うーん」

『どうかしたかリゼ？　ここは空気が悪いから、そろそろ帰るか？』

神々しいほどのフワフワ感もあるが、おしゃべりをするととっても普通の犬さんだ。いまいち、偉い感じはない。

普通の犬はおしゃべりをしないという問題もあるかもしれないが、ともかくラナグのことは今は横に置いておいて話を戻そう。

この本来は自由奔放であるはずの精霊や妖精の、力だけを取り込んで新しい存在を組み上げてしまおうというのが、ここの人達の新技術。

無理やり精霊や妖精を別の器に取り込むのだそうだ。例えば宝石の中に封印してしまうとか、あるいは人の中に取り込んでしまうとか。

グンさんも目を細めて語る。

「はぁしかしとんでもないな。人工神獣はまだ新しい技術で、副作用も山盛りだという情報だったが、事実のようだ」

炎の人工神獣（実験中）の力を呼び出していた神官達は今や、自らの身体を焦がしながら襲い掛かってきている。ほとんど自爆のような形での突撃。逆巻く炎が吹き荒れている。

そんな彼らには、隊長さんと副長さんが応戦している。

魔力の流れを探知してみると、燃え燃えな神官達は、どこか別な場所にいる精霊から力を引き込んでいた。

ふむ、では私のほうはそちらを攻略しておくか。そう考えているとちょうど、

『リゼすまないが、囚われている若い精霊達を助けておきたい』

ラナグが歯がゆそうに言った。

以前に聞いたことがあるが、ラナグ達神獣の世界はなにかと制限が多いのだ。世界に大きな影響を与える力を持つから、管轄外のことは手を出しにくいとか。

私はラナグの柔らかな手触りの毛皮を撫でて答える。

「もちろん、このリゼさんに任せていただきましょう」

目の前の戦闘は隊長さん&副長さんにお任せすることにして、私は転移術士グンさんに保護者役をお願いし、飛んだ。

地下大神殿の奥、精霊達が詰め込まれているいくつかの部屋の一つへ。

どの部屋もかなり厳重というか、物理的には扉や窓の一つもない。完全に閉ざされた空間になっていた。部屋ごとに転移妨害という種類の結界も張られていた。

つまり普通の転移術では侵入不可能な造りになっている。

というわけで私は一度、亜空間に飛ぶことになった。

そう、いつもは倉庫として使っている、あの真っ暗な空間である。

基本的には生き物を入れるのは禁止な場所で、空気もなければ空も地面もないような意味不明な空間。

もしも本音を言わせてもらうのならば、入るのはちょっぴり怖かった。

なので、転移術のプロフェッショナルであるグンさんについてきてもらったわけである。

わざわざこんなおっかない方法をとらざるを得なかったのは、ひとえに結界をすり抜けるためである。

一般的な転移術というやつは、直線的に空間を飛び越えるイメージだが、これは途中に結界を張られると、基本的には通り抜けできない。

迂回が必要になるのだ。

そこで今回はまず亜空間へと渡った。そこからさらにまたいくつかの亜空間を渡り歩くと、上手くいけば目的地に出られる。上手くいかないと、とんでもない場所に繋《つな》がる場合もある。そんな荒業だった。

いつもなら怖いものはお饅頭くらいしかない私なのだが、今回ばかりはおっかなびっくりであったと白状しよう。

「アルラギア隊長にはとても言えん。リゼにこんな術をやらせたなんてなあ」

グンさんはグンさんで、別な心配をしている。

『ふふんリゼなら、これくらいなんてことない。最悪事故になっても、我がなんとかするしな』

ラナグはいつもどおりである。私がやること、なんでもかんでも大丈夫だと言うのではないかとすら思う。頼もしいやら、そうでもないやら。

なにはともあれこの方式だと、途中に結界があっても関係なく通り抜けられるそうだが、利点ばかりではない。渋い顔でグンさんが言った。

「言っておく。この方法は普通は高度かつ特殊すぎてできない。だからこそ妨害する側も対策してない場合がほとんどだ。そもそも下手にやると、亜空間に行ったっきり帰ってこれなくなるような事故までありえる」

つまり、とっても危ない。

グンさん曰《いわ》く、このタイプの転移術に対しても、一応対策方法はあるようだ。それについても聞いてみるが。

「参ったな。すまんがそのレベルの結界を張るって話になると専門外で、俺のほうがリゼについていけなくなってくる。結界はブックのほうが詳しいからそっちに頼むよ。ホームの結界も、基本的にはあいつの管理だしな」

といった具合だった。そんなふうに魔法トークに花を咲かせながら、密室へ侵入していった私達だった。

まずは一つ目の部屋。小さな真四角のお部屋に、炎の精霊数十名が詰め込まれていた。力を封じられているのか炎はなく熱くもなく、黒い姿が燃えカスのようにプスプス。煙だけが漂っていた。彼らの瞳は怒りで見開かれていて、その怨嗟《えんさ》は突然の訪問者である私達に向けられていた。

すぐにラナグと風神さんが語りかける。

『静かにしておれよ、今この娘がおぬしらを解放する』

『暴れないでね～』

もし解放したら、すぐに私が黒焦げにされそうな雰囲気だったものが一転静まる。

私は炎の精霊達を拘束していた呪縛の鎖を断ち切った。

同時に、外の気配に異変を感じた。

様子を見に一度そちらに転移して戻ってみる。

ふむ、予定どおり上手くいっているのではなかろうか。

例の神官達の身体から炎の魔物が抜け始めていた。炎が散り散りになり、霧のように消え去っていく。

宙にはただかすかに火の粉が残って舞った。同時に神官達は崩れ落ちる。

「なんだ？　なんなのだ？　馬鹿な、人工神獣γ《ガンマ》式の力が消えた？　神官どもの魂魄《こんぱく》の奥底にまで刻み込んだ人工神獣の力が⁉」

暗黒大神官氏は、何事が起きたのかと困惑しているようだった。

ということで、ようし。次のお部屋へレッツゴウである。

「しかし短距離転移に関しては、すでに俺よりリゼのほうが上だな。それでまだ魔法を使い始めてまもないっていうのだから恐れ入るよ。もう大国の宝物殿にだって気づかれずに侵入できるクラス。天下一の大泥棒にもなれる」

「グンさん、私はどちらかというと大泥棒より探偵のほうが好みです」

「ん？　そりゃあそうだな、フフ」

それからしばしの間、各種の探知術を駆使して精霊達を捜しては、亜空間経由タイプの転移術で移動を繰り返し、囚われの精霊達を解放して回る。

さて今、私の手元には行方不明の精霊リストがある。

今朝、ピンキー邸でお話をした精霊の方々からも、この話を頼まれていたのだ。たくさんのお悩み相談があったが、結局そのほとんどは、身内が攫《さら》われただとか、行方不明になっただとかの話だったのだ。

頼まれて動くからには捜し漏れがあってはいけない。そう思って特徴などを聞いてメモしてきたのだ。

偉い。私という人間は、実に真面目な仕事をする人物だと、内心で自画自賛する。

見つけては一名ずつチェックし、また別の部屋へ。

今度の部屋には大きなガラスの筒があった。試験管にも見える。

中は培養液のようなもので満たされていて、小さな生き物がフヨフヨと浮かんでいた。

中でなにかがうにょりんと動いているが、それ自体も透明なのか、形がよく分からない。

ラナグがガラスを破壊。ちゅるんとすべり出てきたそれは……半透明な子グマさん。

ゼリーっぽい質感の、可愛らしい子グマさんであった。

『くまぁ？』

くまぁと鳴く子グマさんがこちらを見ている。

どうやらこの子も精霊の一種ではあるらしい。

さてこの室内。隣にはもう一つ別な台があるので、そちらにも目を向ける。

台の上には細かな文様の彫られた器があり、その上でメラメラと炎が燃えている。炎の中には割れかけた卵があり、そこから雛鳥が顔を覗かせていた。

これまたこちらをじっと見ている。皿の周囲に張られていた結界を丁寧に取り除くと、卵のヒビが広がり始めた。中の生き物がパキパキと殻を割って出てくる。

と、それは可愛らしい子ガモさんであった。

子グマ&子ガモである。両者とも、中から出てきたのは良いが、なにをするでもなく、ただこちらを見つめていた。

そしてこの二名、リストには載っていないのだ。ウーンと思う。

ラナグ&風神さんに見てもらうと、どちらも精霊の一種ではあると断定してくれた。ならば他の精霊と一緒に、外に逃がすべきか。

一応、クマ&カモさん両人の意思確認もしてみる。

もしも彼らが望んでいないのに連れ出したりしたら、それこそこちらが誘拐犯だ。精霊攫《さら》いになりかねない。

二名ともまだ言葉が微妙で意思の疎通には難儀したけれど、どうやら、他の精霊達と外に行きたい様子。

そこで近くの精霊達と一緒に脱出することに。

私は皆さんをひとまとめにして千年桃の丘へと飛ばした。

さてこうして一仕事終えたので戻ってみると、そこではまだ隊長さん&副長さんが、暗黒大神官一派とバトルをしている真っ最中だった。バトルといっても、主に暗黒大神官が精霊の力を失った神官達を起こそうと必死になっているだけだが。

「貧弱な無能どもめ！　なにを倒れておるか。ありえぬ。こんなことが起きてたまるものか」

可哀想に。彼らが用意していた研究成果の全てが、次から次へと消え去ってしまったらしい。

「あっ暗黒大神官様!!　申しわけございません、申しわけございませんっ!!」

するとそんな声と共に数名の神官達が、地下大神殿の奥からこちらに走ってきた。中に一人だけ見慣れた人物もいるなと思って確認すると、昨日の古代神学研究所で、所員達を取り仕切っていたおじさんだ。

古代神学研究所はどうやらここの下部組織というか、フロント企業のようなものらしい。

おじさんは、ひたすら謝っているばかりだ。暗黒氏から早く本題を言えと促されて、それからしぶしぶといった様子で口を開いた。

「全ての精霊部屋から、精霊が消えました」

「なぁあぁん？　馬鹿を言うな。消えたとはなんだ？　襲撃でもあったのか？」

「いえそれが、まったく破壊の跡も侵入を試みた痕跡もないのですが、中身だけが消えているのです」

「ありえんわ！　あそこは完全に隔離した密室だぞ？　この私自らの手で完全なる封印を施してある場所だ！　そんなことは絶対に起こりえん。超級破壊魔法で内部ごと壊すか、私が精霊どもを呼び出さん限りはありえんことだ。良く見たのか？　お前達は間の抜けたマヌケばかりだからな」

「それが何度確認しても中はもぬけの空なのです。集めてきた全ての精霊が姿を消してしまったのです」

　彼らは亜空間経由タイプの転移術についてはあまり知らないらしく、まるでちょっとした密室事件のような扱いになっていた。

　密室事件か、なんとなく甘美な雰囲気のする言葉だなと思う。

　実は私も、いつかどこかの名探偵のように颯爽《さっそう》と謎を解決してみたいものだと思いながら、日々を過ごしている。が、いっこうにチャンスがない。

世の中、そう簡単に事件もチャンスも転がってはいないのだ。

ましてや魔法のあるこの世界に来てしまっては、もはや密室事件なんて成立しうるのだろうか。

転移魔法とか空間操作とか、なんでもありにも程がある。憧れの密室事件よ、我が前に現れたまえ。殺人とかはちょっとヘビーなので、できれば軽めの事件が望ましいです。

心中で密かにそんな願いを呟いていると、ここで暗黒氏がこちらを見た。

「馬鹿者どもめが、いつまで妙な幼女にまで侵入を許している」

私のことらしい。微妙に失礼な言われようである。

「死なん程度に痛めつけろ、捕らえろ」

なんてことを言うのだろうか、これぞ真の乱暴者である。

彼は精霊の力を抜かれた部下達がバタバタ倒れていくせいで、ご機嫌ななめだった。

さらには自分が侵入者と直接戦うはめになったと言って激怒し始める暗黒氏。

周囲には普通の人間姿に戻った、ただの疲れた労働者達が大量に横たわっているばかりだ。

考えてみると、炎に焼かれながら戦わされるというのは、かなり劣悪な労働環境である。可哀想に。今日は安らかに眠るといい。

暗黒大神官はここにきて、ようやく自らバトルに参加し始めていた。

「全てに等しく滅びを与えん、降り注げ『暗黒流星群』」

必殺技っぽい魔法が発動しかける。

がしかし、アルラギア隊長の攻撃に邪魔をされて不発。その後もいなされる。暗黒氏は到底アルラギア隊長には歯が立ちそうにない。それでもなぜか隊長さんはとどめを刺さない。隊長さんにしては珍しく時間をかける。

おそらくだが、この地下大神殿の記録を撮っておくためだろう。そう思って眺めると、もうあからさまに時間稼ぎをしているのが見てとれた。

「グウウ、化け物かッ、なんてヤツラだ。次だッ、次を持ってまいれ。もはや温存はできぬぞ、ありったけ持ってくるのだ」

暗黒大神官の得意技は召喚魔法らしかった。

神官達がなにか特別な魔導具を持ち出してきては、悪魔っぽいのやら幽鬼、邪鬼っぽいのやら、不死系モンスターやらを次々に呼び出す。

暗黒大神官の見開いた眼は、煌々《こうこう》と赤黒い光を放っている。赤い瞳がぎょろりと動き、また私を見て、そしてラナグを見つめた。

「そうか、一連の出来事は、そこの神獣の仕業か」

『いや違うぞ。リゼと人間達だ』

律儀に答えるラナグだが、もちろん相手に声は聞こえていない。相手は話を続ける。

「そうか、おかしな幼女についているおかしな存在。報告にあった神獣の巫女《みこ》と未知の神獣か。となれば他の人間は邪魔者の傭兵団ということになる。今朝ほど殲滅《せんめつ》したという報告があったが、どうやらなにか手違いがあったらしい」

死んだふり作戦は、意外にもちゃんと効果があったことが判明。彼はまだまだしゃべる。結構おしゃべりな人のようだ。

「ふふん、かえって都合が良い。神獣様にも巫女《みこ》様にも我らの実験材料になっていただこう。ここがどこだか分かっているだろうに。けっして幼女を連れて遊びに来るような場所ではないわ」

それは確かにそう思う。世間一般の常識に照らし合わせて考えれば、幼女を連れてくるような場所ではなかった。もっとも私が無理を言ってついてきたのだけれど。

隊長&副長&グンさんは、気まずそうに顔を見合わせた。

ひと呼吸おいてから、

「どうにも、うちの幼女はお留守番なんてするようなタマじゃないらしくてな」

アルラギア隊長は首をクイッと傾《かし》げてそう答え、

「そうなりますね」

私は胸を張って同意した。

「……どちらでもいいわ。どのみち傭兵団如きが我々に刃向かってなにができる。名うての傭兵団だとは聞いているが、我々に対してここまでのことをすれば、もはや世界中どこに向かっても行き場所はない。それは覚悟のうえだろうに」

「さあて、どうだかな。ところで、そっちはそんなものか？　他に手札がないようなら、そろそろあんたを倒してしまいにするんだが」

隊長さんはいつもどおり余裕綽々《よゆうしゃくしゃく》な雰囲気。挙げ句の果てに、もっとなにか見せてみろやいと煽《あお》りだす。

やはり、なるだけ記録をとっておきたいようだ。

一方暗黒大神官は、普段はイエスマンばかりに囲まれているのかもしれない。煽《あお》り耐性が皆無であった。

怒りで目玉がボンッと飛び出してきて、同時に青紫色の涙を流す。どちらも比喩ではなく、本当に目玉が飛び出してきて青紫色の涙なのだ。ホラーなおじさんである。きゃあ怖い！　とでも言って顔を背けたい気分だった。ただ、なんだかそういうのは上手くできない私なので、表情だけでも怖がっておく。

「リゼ、そう気持ち悪そうな顔をするな。あとで美味《うま》い肉を買ってやるから」

隊長さんが言った。今のは怖がっている淑女の表情であったのだが、微妙に伝わっていないらしい。残念でならない。

にしてもここで「美味《うま》い肉」を持ち出してくる隊長さんの神経の太さ（デリカシーのなさ）は流石《さすが》である。この光景の中にあって美味《うま》い肉を食べたいとは思えないのが普通の人間だ。せめて柑橘系のシャーベットだろう。

と思うのだけれど、それは別として、もし選べるのなら私は焼き魚が食べたいなとは思う。

考えてみればこちらに来てからまだ一度も食べていないのではないだろうか、焼き魚。私のこの窮状を隊長さんには申し伝えておく。

もし選べるのであれば、今日の晩ゴハンには美味しいお肉よりも白身の焼き魚を希望すると。

「よし、それなら今晩は焼き魚にしよう。どこで買って帰るかな」

「隊長、神聖帝国では、制限されているからこそ生臭物《なまぐさもの》の取り扱いは豊富だそうですよ。港のほうに行けば店もあります。そうだグンさん、確か前に話していたあの店……」

「ああ、ラッキーフィッシュマンズ鮮魚店か。新鮮で上等な魚介が安く手に入るらしいな」

「「よし、そこにしよう」」

話は決まったようだった。帰りは鮮魚店に寄って、焼き魚に合った白身の魚を買う。そういう話に決まった。もしも可能であればなにか醤油のようなものも手に入ればありがたいけれど、それはあまりに贅沢がすぎるというものだろうか。

そうこうしている間に、飛び出した目玉をラナグに弾かれて紛失してしまった暗黒大神官氏が、手下をたくさん集めて大きな魔法陣を一生懸命に構築していた。

「これが本当の切り札だ」

暗黒氏の呟きと共に、その場はお祭りの如き盛り上がりを見せる。

米俵のようなものや、肉に魚に野菜類、海の幸も山の幸も山盛りになって魔法陣の真ん中に高く積まれていった。まるで年貢だ。これで年貢の納め時、そういう意思表示なのかもしれない。

そう思ったのも束の間、魔法陣が暗黒に輝き始める。

暗黒大神官と部下の人々の叫ぶ声を聞く限り、これで破壊神なる存在を召喚するつもりらしい。隊長さん達は、よしこい大歓迎という様子だった。

さて、まあ結果だけ言ってしまえば、そのあとに破壊神は召喚された。見事な破壊神だった。絵に描いたような立派な破壊神だった。が、すぐに倒された。

もちろん隊長さんによるもので、有無を言わさず破壊神を殴り飛ばしていた。

せめていつものナイフぐらいは使えばいいのにと思ったのだけれど、八九四二本もあるらしいナイフは、その一本も使われることがなく、隊長さんは拳一つでほとんど一瞬のうちに破壊神を破壊していた。

ある意味では、おおむねいつもどおりの日常の光景だけれど、あまりに瞬間的な出来事だったために、召喚した本人はなにが起こったのか理解できていない様子。

「召喚失敗だと⁉　くそっこんなときに」

なんて言っていた。暗黒氏には破壊神が瞬時に倒されてしまったのが見えていなかったのだ。あまりに可哀想な光景だった。

「破壊神の召喚さえ順調にできていれば貴様らなどに後《おく》れはとらぬぞ」

そうとも言っていた。

可哀想ではあるけれど、私は混乱に乗じて風神さんの羽衣も取り返す。これは仕方のないことだった。もともと風神さんのものなのだから。

思えば、そもそもこれが目的で来ただけなのに、えらい騒ぎになったものだ。

いよいよこの地下の光景も音声も情報も、必要なものは十分に記録にとれたらしく、最後に神殿内部にあった違法薬物の製造設備なども破壊されていった。

というよりも、隊長&副長で破壊神を破壊したときにはすでに、地下大神殿の大部分も破壊されていた。破壊神もろとも神殿を破壊。それはもう破壊したほうが破壊神なのでは、なんて思わなくもない光景だった。

そしてこれもまた、相手方はなにが起こっているのか理解不能のようだった。

邪魔くさい傭兵どもとやり合っている間に、別のなにかが発生して崩落事故まで起こってしまった。そういう認識らしかった。

「よし、帰るか。崩落してきて危ないしな」

そうして崩落する地下大神殿の中、やりきった顔でこちらを振り返る隊長さんに私は思った。やはりこの人は暴れん坊であると。

千年桃の丘にて

地上。すがすがしい！　千年桃の丘に戻ってみると、外は夕暮れだった。

普段は人気《ひとけ》のないこの場所にヤーヤーワイワイと賑やかな声が溢れていた。

歩く木々、歌う炎、踊る水。行方不明者を捜していた精霊さんやら妖精さんやらが、皆この場所で、解放された攫《さら》われっ子達と再会しているところであった。

なかなかの大人数。そして多種多様な種族。

『グォオオ』

『ザワザワサッワサワ』

『ケーッケッキョキョ』

それぞれがそれぞれのやり方で、感動の再会である。

中でもイフルと呼ばれる炎の精霊の一族は、たくさんの仲間がまとめて攫《さら》われていたから、解放された今かなりの大所帯だ。

彼ら一族が集《つど》った姿は、まるで山火事の如き壮大さがあった。

それを中心にして、他の精霊達も列をなすように百鬼夜行。私や隊長さん達やラナグ達の周囲をしばらくグルグルと回っていた。

そんなふうに皆が、やーやーとお祭り騒ぎでいる中……ぽつん。

二つの小さな背中が、誰とも合流せずにそこに立っていた。そしてキョロキョロしている。なんだか近くで見ているだけでも、心もとない気分になってくるキョロキョロっぷりである。

小さな背中の一つは子ガモの姿。火の皿の中で卵から顔を覗かせていた子であった。

もう一つは子グマでゼリーのように半透明。

『あのガラス管の中に入れられていた個体だな』

ラナグが言った。

彼らには、他に仲間がいないようだった。しかも、おそらくは生まれたばかり。

子グマさんのほうは寂しそうにしゃがんでいるが、子ガモさんのほうは、『元気をお出しなさいよ、さあ、私達ももう行くわよ』的なことを言っている雰囲気。

子グマさんは答えて、『ありがとう、うん、僕も頑張るね』みたいなことを言っている気がする。

なんだか心配になって、近づいてみる。

どちらも妙に弱々しい。私の髪の中に潜り込んでいる風の子さんや、千年桃の苗木の妖精さんも生まれたばかりの存在だけれど、彼らと比べてもなんだか儚《はかな》げだった。

風の子さんも桃さんも、地面に降りてきて、不安げにクマ&カモさんを見ていた。

『この二名の場合、迷子というよりは……あの地下で生まれたのだろうな』

ラナグは言った。やはり孤児らしかった。

彼らは生まれた場所が悪かったのか、本来なら自然界との繋《つな》がりを強く持っているはずの精霊なのに、それが希薄なのだそうだ。

チビッ子達の前にしゃがみ込み私は尋ねてみる。行くとこがないのかと。

初めはどう答えていいのか分からない様子だったけれど、少しして、うなずく二つの小さな影。

私は問いかけた。もし良ければだけど、一緒に来てみるかと。小さな二つの影はぴょこんと首を上げた。こちらをじっと見て、うなずきながら鳴いた。

ならば良し。

「集《つど》え精霊よ。我が名はリゼ！　願わくはこの名において契約したまえ」

思い切って指を差し出してみると、二名とも、はっしとそれを掴んだ。

淡い光が彼らを包み、それが収まるとラナグは言った。

『うぬ、一つ拠り所が生まれて、いくらか存在が安定したな』

そう、応急処置という面もあって、私は精霊契約を申し出たのだ。

我が家にはすでに精霊一名、妖精一名をお迎えすることは決まっているのだし、隊長さんもホームに来ても構わないと言ってくれた。

しばらくはおどおどしていた二名だけれど、ぴょこぴょこ歩き出し、さらにこちらに近づいて私と目が合う。

『ピョピー』

『くまくぁ』

と鳴いた。すぐに風の子さんや桃さんともじゃれ合い始め、なんとなく一安心。

その頃他のたくさんの精霊の方々は、相変わらずグネグネと蛇行しながら散会しつつあったが、去り際の彼らは、こぞって私達になにかお礼をしたいと言っていた。

私は少し考えて、それからラナグ達とも話をして答えた。

今は必要なものはあまりないと。

私はそこまで答えて、手元にいる生まれたばかりの小さな三名の精霊と一名の妖精に目を向け、言葉を続けた。

これからいつか、この子達が独り立ちしたときに、なにかあったら手助けをしてやってほしい。そのように伝えた。

この子らは、私の勝手で連れ帰ることに決めたが、おそらく、人間の近くで精霊や妖精を育てるのは稀《まれ》なことなのだ。とくに炎のカモさんと水のクマさんは、他に身寄りもないようだし。だから、いつか彼らがもとの世界に戻るとき、迎えてやってほしいとお願いをした。

風の子さんや千年桃さんにしても、やや特殊な環境で育つことには変わりはない。

炎が舞い、水が歌い、木々が囁《ささや》いて『できることは限られるかもしれないが、必ずそ

うしよう』と答えてくれた。

このとき傍《かたわ》らで流れを見守っていた風神さんが風の子さんを見て言った。

『貴方は、とってもいい場所を見つけた風ね』

それから彼女は私に小さな鼻先をあてた。

『確かにちょっと特別なことだけれど、リゼちゃんなら大丈夫。皆特別いい子に育つわ』

ここでの全てが終わってから風神さんは、神殿で渡りの儀式を済ませると言って歩いていった。

しばらくして。

私達がホームに帰還するための転移陣を待っていると、突風が吹いた。

荒れ模様だった空が、今はすっかり澄み渡っていた。

今日の晩ゴハン

さて帰還である。晩ゴハンである。

私達は帰り際にしっかりちゃっかり鮮魚店に寄って、上等な白身魚を購入し、それからホームに帰りついた。

面倒くさい出来事の多かった神聖帝国だったけれど、このラッキーフィッシュマンズ鮮魚店は本当に素敵なお店だった。見たことのないお魚の数々、清潔で美しいショーケース。

その中から今日選んだのは小ぶりの鯛のようなお魚。しゃちほこのように金色に輝いていて、形もしゃちほこ感がある。その輝きっぷりから、キラリと呼ばれているお魚だそうだ。

残念ながら醤油は手に入らなかった。なので今回はオリーブっぽいオイルで皮をパリッと焼き、シンプルに塩を振って食べることにした。

私は帰るやいなやコックさんのキッチンへ直行し、魚を焼き始めた。う〜ん。久しぶりのお魚である。魔導コンロの網の上でジュウジュウ。

このこんがりとした皮目にほどよい脂、キラリはこれが美味なのだそうだ。

今回魚を食べるにあたって、私はお箸も用意した。

そこらから木の枝を手に入れてきて、隊長さんにナイフを借りて削り出したのだ。焼き魚には、箸が合うと私は確信している。骨を取り除きやすいし、なによりも気分が出る。

いざ、焼きたてのキラリの皮目に箸をそっと押し当てる。と、パリッという僅《わず》かな音と共にホンワカと湯気が上る。これがたまらない。

なるほどキラリは白身魚とはいえども脂がほどよくのっていて、淡白さはあまり感じない。

今日のオリーブ&塩味も十分に美味。はっきりとした味の粗塩で、ふくよかな味わいのキラリに良く合っている。とはいえやはり元日本人の身としては、お魚にこそ醤油が欲しくなる。これにカボスでも搾って、キリッとした醤油の味で引き締めてやったらどれほど美味《うま》かろう。これはもういかんともしがたい。

腕組みをし、ううんと唸《うな》る私だった。すると慌てたように声をあげたのはコックさんだった。

「お、お嬢どうした？　焼き方になにか問題でもあったか」

今日も今日とて食事を共にするコックさん。本日の焼き魚晩ゴハンづくりも、当然のように手伝っていただいてしまった。

「どうせ暇だからな」

なんて言うコックさんだけれど、実はそこそこ働いているのでは？　私は最近そう思っている。

今回の神聖帝国でも、副長さんがちょこちょこと彼に連絡をとっていた。法令に関する調べ物をしたり、なにかと裏で仕事をしていたはずだ。

そんな一流の通信術士であり料理人でもあるコックさんは今、捨てられた子犬のような目で私を見ていた。

もちろんコックさんの焼き魚は完璧だ。そもそも私などは平均的な日本の一般淑女なのだ。

かつて日本人だった頃、家で魚を焼いて食べるときには、後片付けが面倒くさいからという理由で魚焼きグリルではなくフライパンでガシガシ焼いて、焼きすぎて硬くなってしまうような人間だったのだ。

それに比べると今日のコックさんの焼き魚は完璧な焼き具合だ。中までふっくら。形もくずれることなく、程良い焼き色。だけれども、ただ、私は醤油が欲しかっただけの話である。

そう伝えるとコックさんは目を見開いたあと、どこか遠くに意識を向けた。

「ショウユ……か。聞いたことがある」

「あ、あるんですか⁉」

「ああ、あくまで伝説だがな……」

それから始まる醤油伝説。そうか、醤油もあるのか異世界。すぐにどうこうできそうな話でもなかったので、今回は情報を仕入れるだけで満足とした。

またいずれ、我が手に掴もう遥かなる醤油伝説よ。ああ醤油よ……夢が広がる。焼き魚にほうれん草の御浸し、焼きおにぎりに醤油ラーメン、日本蕎麦。

出汁と溶け合う優しい醤油の味や、ジュウジュウと焼ける香ばしいあの匂いに思いを馳《は》せる。そんな私の隣では、神獣ラナグが一際大きな魚にかじりついていた。

ラナグはキラリだと腹が膨れないそうで、一名分だけもっと貴重で大きな魚を仕入れてある。

キラリと同じく鯛に似た魚の仲間だけれど、半分くらい竜になりかけているような力強い姿の巨大魚だ。

登竜鯛という種類で、大きくなると天にまで昇り実際に竜に変化するとかしないとか。日本で竜に変化する魚といえば鯉だけれど、どうやらこちらでは鯛が竜に変わるらしかった。

ラナグは丸焼きで食べたいとおっしゃるので、今回は鉄串を刺して、鯛の尾頭付きっぽく焼き上げてみた。

見よう見まねの素人仕事ではあったけれど、串で姿を整えて、コックさんが用意してくれた炭火で焼いて、火の魔法で仕上げて、尻尾には飾り塩なんかも振り掛けてある。

なんとか形にはなっただろう。

登竜鯛の塩焼き、尾頭付きの完成である。ここまで見栄えにこだわって焼く調理法は見たことがないと言って、コックさんはいつもの調子で感嘆してくれた。

かなりの大魚だから、こうして見るとまるで鯉のぼりだ。大きな真鯉ほどではないけれど、一番下段で泳いでいる子鯉くらいの迫力はある焼き魚となった。

「見事なもんだなぁ。食べるのが勿体《もったい》ない。いっそのことこのまま冷凍保存して飾っておきたいほどだ……、いや、せっかくの熱々焼き魚に、なんて暴言を言ってるんだろうな俺は。熱いうちに食べるのこそが礼儀ってもんだな」

確かに冷凍保存はどうだろうか。鯛なら多少冷めても美味しいけれども。

コックさんの葛藤をよそに、ラナグは問答無用で喰らいついていた。

『がるふぅ、リゼの魔力が染みていて至極美味なり。よし、もう一本！』

お気に召したようだった。でも、ありませんよ。一尾しか。ラナグのために特別に買ってきたものだし、焼き上げるのにもどれだけ手間がかかったことやら。

そんな登竜鯛の尾頭付きを、ラナグはほとんどひと呑みにしてしまっていた。骨も気にせず、まるかじりでモグモグのモグ。

ゴクリと呑み込むと、ラナグはニンマリと口角を上げて満足そうにニヤリと笑う。それからのもう一本おねだり宣言であった。ありませんけれど。

『ふむぅ、仕方あるまい。ならば今度はクラーケンでも獲ってくるから、それをこんな具合の焼き物にしてくれ。炭火とリゼの火魔法でお願いしたい』

ラナグは自分で食材を焼くのは上手くできないらしい。まるコゲか、あるいは消し炭も残らないそう。しかも自分の魔力で焼いたものだと神獣としての飢《う》えが満たされにくいのだとか。生まれ持っての性質で、そういうものらしい。

『リゼのゴハンは満たされる。感謝している、ありがとう、大好きだぞ』

やや久しぶりの直球ストレートなラナグの台詞《せりふ》が炸裂して、私はうろたえた。ズシャリと後退りすらしてしまう。それを追撃するようにラナグはモフモフボディを寄せてくる。

そもそもラナグは人間よりもずっとストレートな性質の存在なのだろう。けれどこういう物言いに対して、嬉しくもあるが恥ずかしくも感じてしまうメンタリティーは日本人の血の成せる業だ。はたしてこの幼女ボディの中に、日本人の血が継承されているのかは分からないけれど。

『さて、それではまたそろそろ、リゼになにか酬《むく》いねばならぬが、さて』

今日のラナグは千年桃のワイン煮も食べている。だからまた少し魔力に余裕が出てきたという。

それでなにかもう一つくらい新しい加護を私にという話だった。けれど、今はとくに必要な加護もなにもないので、取っておいてもらうことにした。

『分かった、今日のところは溜めておこう』

まるでどこかのポイントカードのようなことを言う神獣さんである。

食べたら眠たくなったのか、私の隣でクルリと身体を丸めた。

『リゼ、ありがとう。我は感謝する』

目をやると、ラナグは私をじっと見ていた。

「なーに、そんなふうにあらたまって」

『我は世界一幸せな神獣なのかもしれぬと、思ってな』

そう言って彼は眠りについた。

スイートハニー商会

「信じられないねまったく。こんなに金になる幼女がいるもんかね！」

酷く品のない台詞《せりふ》だなと私は思う。発言者はピンキーお婆《ばあ》さん。今日も元気いっぱいだ。

さて神聖帝国でのゴタゴタも済み、焼き魚も美味しくいただいた翌日。

私達はピンキーお婆《ばあ》さんにお呼ばれされて再び帝国に。スイートハニー商会にお邪魔していた。

「おいこらピンキーリリー、うちのリゼにそんなゲスい言い方をするんじゃない。そもそも子供で金儲けをしようとしてくれるな」

「なーんだいアルラギア、別にあんたのもんじゃなかろうよ。ね～リゼちゃん。リゼちゃんもお金大好きだもんね～。ババと一緒にお金儲けするもんね～？」

なるほど。ここまであけっぴろげにお金の話をされると、かえってすがすがしいような気にもなるが、いや、やはりゲスゲスしさは否めない。「わたしお金だーい好き」などと言う幼女はいなかろう。

さてさて昨日の今日で再び神聖帝国の土を踏むとは思っていなかったが、いざ遊びに来てみるとなかなかに楽しい。スイートハニー商会は思った以上に大きな商会だった。

ピンキーお婆《ばあ》さんは大魔導士だというだけでなく、スイートハニー商会の創設者で魔導具業界の権威としても名高いのだそうだ。彼女の父親の代までは、町の小さな魔導具店だったようだ。

私がここに呼ばれたのは例の件。昨日、地下で試作した撮影用の魔導具についてだ。赤外線カメラの開発や、ズーム機能に使うレンズ。私がそのあたりの技術情報を提供する代わりに、報酬をいただく契約。

ただ基本的なお話はすでに地下での暇な時間に済ませてあるので、この契約締結はサクッと済んだ。

「っしゃあ！　さあ商売商売！　新しい商売のタネだよ！　皆気合を入れてやっておくれよ」

「「「はいっ、お婆様《ばあさま》!!」」」

ピンキーお婆《ばあ》さんの声に一族の人々らしき男性達が、声を揃えて返事をし、部屋を出ていった。

アルラギア隊長といるときとはかなり雰囲気が違うというか、扱いが違うというか、「お婆様《ばあさま》」と呼ばれて丁重に扱われ、恐れられてすらいるようだった。

私もお婆様《ばあさま》と呼んだほうが良いだろうかと聞いてみたが、

「なあに、お婆《ばあ》ちゃんでいいさ」

と言われてしまう。それはそれで呼びにくいので今のままでいかせてもらう。

それからピンキーお婆《ばあ》さんは、私に贈り物だと言って、杖を数本持ってきてくれた。

「リゼちゃんはずっと素手で魔法を使ってたからね。なにかしらあったほうがいいと思って用意したよ」

言われてみれば確かに、私は手ぶらである。必要性を感じなかったからこれまで持っていなかったが、普通は魔法を使うときには杖や魔導書などを手に持つものらしい。

『我は使わぬぞ』

ラナグ先生の魔法は神獣スタイル。やはり微妙に人間とは違うところもあるらしい。さてこうしていくつか提供していただいた魔法の杖なのだけれど、とても悲しい出来事が発生してしまった。壊れるのだ。

いただいた杖を、どーれ試しに使ってみようと振ったと同時にボフッと鈍い音。

「ん？　んんん？　どうもおかしいね？　まさか不良品？　困ったもんだねうちの商会も弛《たる》んでるんじゃないかい？　どれ、それじゃあこっちを使ってみな」

しかしまたもやボフン。その後も、一本や二本ではなく、ことごとく壊れた。

「うちの杖は強度だって一流なんだ。今渡したやつはどれも、冒険者ランクS級の魔導士が雑に使ったってそんな壊れ方はしない……うーん、どうもリゼちゃんには、杖は向いてないね。やっぱり……素手か」

酷い話だった。

聞けば杖という武器は、術者の潜在的な魔力を効率的に引き出してくれるアイテムらしい。

これが私と相性が良くないのだとか。杖のほうで勝手に私の潜在魔力を引き出して勝手に壊れるのだろうという見解だった。

「あとはまあ、こんなのもあるけどね。まあ結局は変わらないかねぇ」

その後、困り果てたピンキーお婆《ばあ》さんが持ってきたのはイカズチの短槍というアイテムだった。雷属性の魔力を中に溜めることができる魔法の槍らしい。

「これは攻撃対象に突き刺して、槍の先から雷撃を放っても良いし、シンプルに天空から雷を呼ぶこともできる優れものだよ。リゼちゃんが魔力を流し込むと間違いなく壊れるけど、攻撃対象に刺してから魔力を流せば、壊れる前に一度だけ効力を発揮するはずだ。まあ暴発だけどね」

「待てピンキー、暴発ってなんだ。そんな危ないものをリゼに渡すんじゃあない。喜んで使い始めたらどうするんだ」

アルラギア隊長が止めに入るが、その言い様は私を擁護しているようで、むしろ暴言を吐いていると思う。まあいいけれど。

さてそれで、これにしても私が魔力を送り込むと結局は壊れるのだが、イカズチの短槍はとにかく大量に不良在庫があるというのでもらい受けた。

どうせ余っているから、壊れる前提でいくらでも持っていけというお話だった。

私としては杖のほうが知的な感じがあって好ましいけれど、無料でくれるというのだから槍でも文句はない。

ちなみにこのイカズチの短槍。なんだってそんなに余っているのかというと、使える人が少ないからだそうだ。

使いこなすには雷属性の魔力持ちか、あるいは風と土の対極な二属性を持った者でないとならないらしい。そしてそんな人はほとんどいないから、こうして売れ残っていると。

「火水土風が基本の四大属性とすると、雷なんてのはちょいと特殊でね。しかも水や火の魔力は自然界にも豊富でそこらじゅうにあるが、雷って現象はそうそうお目にかかれるもんでもない。普通の地域なら、年に数回、空から降ってくりゃ良いほうだからね」

この世界では、基本的に火の魔法を使うには火の魔力、風の魔法を使うには風の魔力、それぞれの属性にあった魔力が体内に必要だ。

だからこそ扱える魔法属性は生まれつきある程度決まっている。

この槍のような魔法武器の場合は、あらかじめ誰かに頼んで魔力を詰めておくこともできるが、それでも雷属性は使い手が少なすぎるらしい。魔力を充填《じゅうてん》できる人すらめったにいないのだ。

「この短槍、性能は折り紙つきなんだけどねぇ。上等な材料が安く手に入ったからって作りすぎたね。まあ大量にあるから、いくらでも持ってっておくれよ」

とりあえず十本。使うか分からないが、どうせ亜空間倉庫の容量も膨大に余っているので収納しておいた。

「それじゃあ私もリゼちゃん達と出てくるから、あとは頼んだよ」

「「「はいお婆《ばあ》様。リゼ様アルラギア様も本日はまことにありがとうございました」」」

商会のお兄さん達からやたらと丁寧なご挨拶をされつつ、私達はその場をあとにした。

それから私達は、町の様子を少しばかり見て回った。

いくつかの神殿の前を通り過ぎ、昨日は地下からしか見なかった白の大神殿にも足を運ぶ。

町の中は平穏そのもの。昨日発生したいくつかの出来事などは、まるでなにもなかったかのような情景だ。

神殿関係者からあとをつけられたり監視を受けたりすることもない。白の大神殿の中に足を踏み入れてもなにも言われない。

ただ、探知術を広げて地下のほうを探ってみると、そこにあったはずの大空間はすっかり消え去っていて、綺麗さっぱり埋め立てられていた。まあこれを埋めた人はどこかの隊長さんなのだが、それにしても異常に平穏だ。

ピンキーお婆《ばあ》さんはその異常さに気がついたようだ。

隊長さんを見て渋い顔をしている。

「なぁあんた達、いったいなにをどうしたってんだい？」

「さあてな。俺達は偉いさんからの依頼で陽動作戦に関わっていただけだからな。地下の崩落事故やらなんやら、詳しいことは知らんよ」

そういうことになっているらしい。あくまで自分達は雇われて言われた仕事をしただけだということに。

「いいかい、私もあんたらみたいな碌《ろく》でもないのに関わっちまったから、どこかに身を隠すつもりでいた。商会も情勢が落ち着くまでは帝国からはしばらく撤退だとも思っていた。ところがどうだい、今朝になってみたら皇帝陛下から直々のご連絡をいただいたよ。このまま今までどおり暮らしてくれるようにってね。えらく丁寧な口ぶりだった。気味が悪いったらなかったね。で、なにがあったってんだい？　皇帝陛下なんて、最近ではどこに行ってしまったのか影すらも見えなくなっていたお人だよ？」

皇帝陛下、そんなのいたんだ、と思ってしまう。

「さあなぁ、俺達も詳しいことは分からんよ。今回の仕事に、どこか偉い人同士のなにかが絡んでいたんじゃないのか？」

「うぅうん……。そんな、もんかねぇ」

ピンキーお婆《ばあ》さんは意外と素直な性格をした大魔導士である。

横からロザハルト副長も加勢する。

「そういうものですよピンキーさん。俺達なんて依頼されて動いてるだけですから。詳しい話なんて分からないことばかりですよ。傭兵なんてそんなものでしょう？」

「ああそうだ、ロザハルト副長の言うとおりだ。俺達はただの傭兵で雇われて仕事をするだけだ」

「うぅうん。腑《ふ》には落ちないが……、そんなもんかねぇ。まあいいさ。私は損しちゃいないし。ああそうだ、いったん避難させたから、屋敷の中がちょいと散らかった。あとで片付けを手伝いなアルラギア」

「分かった分かった、それくらいならやるよ」

すんなりと話が別な方向にまとまっていく。なんとも大雑把《おおざっぱ》な人達だ。

「まぁまぁリゼちゃん。あんなんでもウチの顧客は公的な表の組織だけだから。危険はあっても怪しさはないからね」

いつもの王子様フェイスから爽やか笑顔を繰り出すロザハルト副長。いやいや、できることなら危険もないほうが望ましいのだけれど？　と私は思う。

『リゼ案ずるな、なにがあっても我が守ると誓おう。安心してモシャるがいい』

ラナグはいつもどおりだった。ちょっと恥ずかしい台詞《せりふ》を言っているはずなのに、あまりの変わらなさに、なんだか安心感すら覚えるようになってきている。

私はラナグの背中でしばらくの間モフついていた。公道においてこのようなあられもない姿を晒《さら》すのは、淑女にはあるまじき行為かもしれない。けれどしばらく背中に乗ってモフつかせていただいた。

そうこうしていると今度は前からお爺《じい》さんがやってくる。雲に乗ってフヨフヨ浮かんでいる仙人みたいな人、カシウ団長だ。

アルラギア隊長が所属していることになっている、エルダミルトの傭兵団の団長だ。

「まったく、おぬしらのやることはワシの領分を越えとる。毎度毎度な。無茶はするなよ。まあ好きにやれ、元気でやれ、たまには顔を見せろい」

「おう、爺《じい》さんも元気でな」

それだけ言って、またどこかへフヨフヨと飛んでいってしまった。どうやらかなりの放任主義らしい。

三精霊と一妖精

この日、午後は神聖帝国からホームに帰ってきた。私は自室近くのお庭で過ごす。

『キャウピィ』

この鳴き声は風の子さん。彼は私の肩のあたりで丸くなって日向ぼっこを楽しんでいる。

たまに耳元でも鳴くので、びくぅっとさせられる。ぞわりっとさせられる。いくら可愛い声で人懐っこく鳴かれても、耳元はダメだと思う。

さてこの子、出会った頃の見た目は、ほぼただの毛玉だったけれど今では風神さんのイイズナモードに似た姿になっている。相変わらずの小動物感だけれど、少しだけ長細く成長している。

風神さん曰《いわ》く、風の神の眷属《けんぞく》達は成長するに従って、それぞれ好きな場所に散らばっていき、その場所の風を司《つかさど》るようになるのだとか。

『ピャウピャウ、ピィー』

この子の場合は私の毛髪の周辺を生きる場所として選んだらしい。もはやおいそれとは離れるものではないぞと決意を固めたような表情をしていた。

私とてまだ幼女の身であるというのに、まさかさらに小さな存在を育てる立場になろうとは思っていなかったが、いや、私が選んだ道である。

『ピャイ！　ピョイピャイッ！』

そうか、ピョイピャイッ！　か。元気に育つのだぞ。

この子はまだ基本的にはピャイだのピョイだのとしか話せないのだけれど、なんとなく意味は分かる。どうやら名前が欲しいと言っているようだ。

そうか再びこのときがきたか。きてしまったか。名前問題の再燃である。

まあ確かに固有名詞がなくては不便だろうとは思うから、いよいよここらで決定してしまおうか。

このところ私は考えていたのだ。この子にとって相応しい名前を。いくつかの候補を出しては、本人やラナグ達にも聞いて、考えてきた。

ようし、それではいよいよ付けるか……

風座衛門さんでどうだろう。カゼザエモンさんだ。

ふうえもんさん、風衛門《ふうえもん》さんではどうだろう。

おや？　ぴんとこないらしい……。良い名前だと思ったのだけれど……では……

『……ぴゅぃ？』

「風衛門さんっ」

『ピュイ。ピュルルゥーイッ』

おお風衛門さんよ。気にいったか、そうか。よしよし。風衛門さんは嬉しそうに私の周りを飛び回り、キラキラとした風の軌跡を薄雲のようにたなびかせていた。

風太郎も候補だったけれど、これはぷうたろうとも読めてしまうからやめておいたのだ。住所不定で無職な感じがでてしまう。

もちろん風太郎でも、フウタロウと読めば偉大な娯楽小説家になりそうな素敵な名前ではある。そもそもこの世界では漢字なんてないのだから、私が頭の中でどう思うかだけの話なのだけれど。とにかくこの子の名前は今、風衛門さんに決まったのだ。

正式に名前を決めてみると、風衛門さんは煌々《きらきら》と光を発して飛び回り、それから私の胸元に飛び込んできて姿を消してしまった。姿は見えないけれど、今までよりもなぜか近くに感じる。

ラナグ曰《いわ》く、名付けを通して人と精霊は一層結びつきが強まるらしい。

これまでは仮契約の状態だったが、これで本式の精霊契約が結ばれたようだ。

風衛門さんはしばらくするとまた姿を現し、今までどおり私の髪の毛の中に潜り込んだ。

柔らかなそよ風に撫でられたような感触が、私の後頭部を吹き抜ける。こそばゆい。

さてそしてもう一名。はいどうぞ。

『あ、こ、こんにちは。いい天気ですね』

千年桃の木の妖精さんである。

こちらは普通におしゃべりができる。もちろん普通の人間には聞こえないけれど。

『よ、よろしくお願いします』

とても礼儀正しい。真面目そうな男の子という印象。ただしこれまた性別はない。

いやこの子に関しては、性別がないというよりは、男子でもあり女子でもあると考えたほうが適切なようだ。雌雄同株で一本の木に雌花も雄花も咲かせるのだから。

見た目はいかにも妖精らしくて、トンボのような透明な羽が背中に生えている。手の平サイズである。

ちょっと前まで神聖帝国の丘に生えていた彼。

今さっき、私の部屋の窓からも良く見える場所に植えつけ終えたところだ。植えつけはもちろんアルラギア隊長の許可をいただいている。

一本の小さな木、その周りを妖精さんは飛び回る。

さてこの植物はその名のとおり、新しく植えても実の収穫は千年も先になる。だから普通は、果てしなく気が長く、寿命も長い種族の好事家《こうずか》でもなければ栽培なんてしようとも思わない。

私の場合も、いずれ収穫をしてやろうと意気込んでいるわけでもない。

もちろん千年先までお付き合いすることもできないのだろうし。

『基本的には樹木ですから、放っておいていただいても勝手に育ちます。あとのことはどうぞお構いなく』

とりあえず植えつけてくれればあとは勝手にやるというのが千年桃の妖精さんの言い分だった。

ただし、これまた名前は付けてくれと依頼を受けている。

それで……彼の名は、ピチオさんとした。

言わずもがな、桃のピーチからきている。桃男、ピチオさん。

いやしかし待ってほしい。私自身の名誉のために強く主張したいのだが、もう少し格好良い名前もいくつか提案したのだ。しかしピチオさん本人が気にいったのがこれなのだ。

どうも地球世界の言葉を使った名前は、こちらの精霊や妖精には異国情緒溢れた素敵な響きに聞こえるらしかった。逆にどうやっても上手く発音できない音もあるようだけれど。

風衛門さんとピチオさんはそれぞれ収まりの良い場所を見つけたようで、そのまま休憩モード。私のほうもここでふっとひと息ついて、近くの石に腰かけた。

だがしかし、これだけで安心してはならない。なぜなら、私達のところへついてきた存在は二名だけではないからだ。

二名の名付けを終えて、目の前には、子ガモのような姿の精霊と、プルンプルンとした子グマっぽい精霊がいた。

『ピーヨリ、ピヨピョ、ピッピヨリ』

子ガモっぽい子のほうが元気に鳴く。ピヨピヨとヒヨコのような鳴き声だけれど、声色は妙に落ち着きがあり、賢そう。

『ピヨ』

私が移動すると、そのあとをぴったりとついてくる。

『ふむ、やや特殊だが、やはり子鴨フェニックスの一種だろうと思う。不死鳥系の神獣の幼体だが、今の段階ではまだ精霊だ』

種族判定をしてくれたのはラナグ。より正確に判定するなら、その亜種か特殊個体であるようだ。ややこしくなるので、とりあえずは子鴨フェニックスとしておこう。

さて、この子鴨フェニックスなる精霊はカモの赤ちゃんのようなズングリとした姿。羽にはほんのりと聖なる炎を纏《まと》っているけれど、触れても熱くはないし、むしろ回復効果のある炎なのだそうだ。

そして彼女の名は……ジョセフィーヌさんとした。

『ピー、ピヨリッ』

優雅に大空を羽ばたいてくれそうな名前だと私は思う。これまた性別はないそうだけれど、どこか女性らしさを感じさせるジョセフィーヌさんだ。名付けが済むと彼女は、ひとしきり私の周りを飛んだあと、膝に乗って一度姿を消し、またその場に現れて落ち着いた。

そして次。最後のお方どうぞ。

『くまぁ?』

今度は子グマさんのほうに目を向ける。

見た目は子グマ。ただし『くまぁ』と鳴くクマである。ガォとか、そういう勇ましい

ある。

声は一切出さない。

質感としては、プルンプルンのモチモチである。

スライム的な瑞々《みずみず》しい質感だ。瑞々《みずみず》しいというか、水々しいというべきか、ゲル状である。

一見すると、ほとんど子グマのヌイグルミに見えるかもしれない。だけれど、つまむとムニョリンと伸びる。

水饅頭の如くもっちりとした子グマである。

これまでモフモフ系の独壇場であった我が家に、プルプルモチモチ系がやってきたわけだ。

彼の名は……タロさんとした。

これまた付けた名を呼んでみると発光現象が始まって、しばらくすると収束した。タロさんは私の足にしがみつき、一度姿が消えて、また現れた。

見た目は変わらない。相変わらずのプルプル子グマである。

『大雑把《おおざっぱ》な分類としては水の精霊だ。水クマに近いとは思うが』

またしても、種族判定をしてくれるラナグ。こちらも確定ではないとは言うが、大まかな分類だけでも分かるのはラナグだけである。

ちなみに人間にとっては、この子ら全てが未知の存在らしい。

というか、かの古代神学研究所や地下大神殿の神官達ですら、捕まえていた精霊達がどういうものなのかなんて正確には判別できていなかった様子なのだ。

ほとんどは、とりあえず捕獲できたのを押し込んでおいただけという雰囲気であった。

それにしてもううむ、なんということだろう。思い返してみれば、そもそも私が神聖帝国に赴《おもむ》いたのは、迷子の精霊を一名送り届けるためだった。

帰ってきてみるとどうだろう、私は精霊三名と桃の木の妖精一名を両腕の中に抱いていた。

ふ、増えている。驚愕《きょうがく》の事実だったが、ともかくこうして、私は名付けの儀をひと通り終えたのだった。

『ところでリゼ。あやつらはなんなのだ？』

引き続きお庭でのんびりしていると、ラナグが鼻先でなにかを指し示した。

「あやつら？」

そこには建築術士チームの方がお二人いた。建物の陰に半身を隠しながらこちらを覗き込んでいる。

あれはレッドデーモンさんとファントムさん。本名は知らないが、皆からはそう呼ばれている。

建築術士長ブックさんの部下でもあり、私のお部屋を造ってくれたり、なにかとここでの生活について気に掛けてくれたりしている優しい方々だ。

はてなんだろうか。なんとなく怖い顔でこちらを見ているような。

いやしかしお二人とも基本が強面《こわもて》で、表情が読み取り難い。レッドデーモンさんは額にほんのり角っぽいものがあるし、ファントムさんは蒼白い顔に、ちょっとした黒い牙がある。

ふむ、もしや私の部屋があるこの建物……ペットや精霊の同居がダメな物件だったのだろうか？

一応アルラギア隊長には許可をとってあるけれど、実際に管理をしているのは建築術士チームの人である。

念のためお話を聞いておこうとかと思って一歩近づくと、
あ。どこかへ行ってしまうお二人だった。

小動物にまみれし者

SIDE　建築術士長ブック

リゼちゃんが神聖帝国から帰ってきた翌日のことです。

我が建築術士チームの一員が、慌てた様子でこちらへ走ってきました。

「なんですか、どうかしましたかレッドデーモンさん。今、結界の定期メンテナンスをしているところなのですが」

「それどころじゃないんですブック術士長。大変です、驚異No．001、コードネーム『女神』が帰還しているのですが」

「ああ、リゼちゃんですね」

「そう、リゼちゃんです。大変です。まみれているのです。小動物に、リゼちゃんが！」

「ああ、確かに。妖精と精霊を連れ帰ったみたいですね」

彼は可愛らしい存在に対する免疫が極端にないのですが、今日もどうやらパニックになっているみたいですね。

「うっわわぁぁぁ」

　そしてもう一名。

「叫ばないでファントムさん。貴方も、またリゼちゃんが可愛すぎてどうしていいか分からないとか言うんでしょうね」

「もはやあざとい級の破壊兵器です、あの子は」

「ああそうですか。全然言葉の意味が分かりませんし、会話が成り立ちませんが、それより二人とも、他に驚くところがあるでしょう。あれ小動物ではなくて、精霊ですよ。そっちのほうがとんでもないと私は思いますが」

「「……確かに⁉」」

　まったく、普段はとっても優秀な術士達なのですが、対リゼちゃんとなると、いかんせんポンコツですね。

「さてと、その件ですが。ちょっと部屋の内装に手を入れたほうが良いかとは私も思っていました。対策としてはなにがいいか。精霊の棲《す》む場所というのがどんなものなのか……」

「術士長、申し上げます。千年桃の木の妖精は部屋の外に植えつけたようですからとくに問題はないとして、対応が必要なのは他の三精霊。水と火と風の属性を持った精霊のようです」

「術士長、私からも申し上げます。三種の精霊達にはそれぞれ、炎の聖杯、耐水シート、風のヤドリギの設置を試そうかと思います。これを申請いたします」

ようやくお二人は仕事モードの顔になって、まともなトーンで会話を始めたようです。

私は答えます。

「はい、今すぐにできる中では最善の処置かと思います。そのようにしましょう」

仕事は優秀で、極めて真面目な二人なんですけどね。うーん。

私には、この二人に対する最善の処置がなんなのか、いまいち分かりかねています。

吸血鬼村

さて私が庭先で寛《くつろ》いでいると、レッドデーモンさん&ファントムさんがブックさんを連れて戻ってきた。

相変わらずの手際の良さで、彼らは私の部屋の内装を精霊同居仕様に改装してくれた。

これはありがたい出来事だった。

水クマのタロさんは周囲をびちょびちょにしがちだし、子鴨フェニックスのジョセフィーヌさんはメラメラしがちだったからだ。

それと、三人がこの子らを歓迎してくれている様子だったのもありがたい。

人間と精霊は基本的にあまり近い場所には住まないと聞いていたから、他の隊員さん達の迷惑になる可能性も考えていただけに喜ばしい。

『ピョイピャイ』

風衛門さんが皆を代表して挨拶をしたようだ。残念ながら相手には聞こえていないが、姿だけはちゃんと認識されている。

精霊は普通、人間からは見えないように姿を隠して暮らしている場合が多いらしいが、今のこの子らはくっきりはっきり見えている。私と契約をしているから、その影響らしい。

それから数日間。

子精霊達の希望で、近隣の魔物退治に勤《いそ》しむことになった。

ただし千年桃の木に宿る妖精ピチオさんは木からあまり離れられないから、彼を除いた三名の精霊だけだ。

この世界では、妖精と精霊にいくつか生態の違いがあるらしい。

木に宿る妖精ピチオさんは、木の成長と本人の成長がリンクしている。

精霊のほうは、魔物を倒して瘴気《しょうき》を祓《はら》うことで成長し、格が上がっていくらしい。

これがまたラナグくらいの年経た神獣ともなると、いくら小さな魔物を祓《はら》っても成長には繋《つな》がらない。腹の足しにもならないのだとか。

そんなわけでいざいざ外に出て三精霊の訓練開始。

怪我でもしないかと気をもんだ私だけれど、彼らは皆、意外にも十分に強かった。

とくに風衛門さんは、

『ピュイピュゥイ（たくさん強くなってピチオ君もリゼちゃんもみんなも守るんだい）』

というような気炎を上げていた。

ジョセフィーヌさんもヤル気がてんこもり。最も好戦的であり、非常に気高い戦乙女である。

『ピヨッ（笑止！）　ピヨリッ（返り討ちですわ！）』

などと言いながら魔物討伐に勤《いそ》しんでいた。

とはいっても、どうも見た目がヨチヨチ歩きというか、お尻がフリフリというか。

三名とも立派に魔物と対峙しているのだけれど、ヨチヨチ歩きを見ていると、やはり心配せずにはいられない。

ホームの近辺にはそこまで強力なモンスターは出てこないから大丈夫だとは思うが、

もしもに備え、私も近くで見守った。ラナグもいるし、隊員さんも誰かしら私達のそばにいてくれた。

さらに数日後。

今度は私が、隊長さんから基礎の体術や護身術の稽古《けいこ》をつけてもらうようになっていた。

「セイッ、セイッ、セイッ。はいリゼッ」

アルラギア隊長が拳を突き出す。それを見ながら私も突き出す。

「セイッ、セイッ、セイッ」

これまで戦いにはあまり積極的に参加していなかったのだけれど、いまや私にも守るべきものができてしまったのだ。

三精霊と一妖精を引き取ることになったからには、やはり私もいつまでも小さな子供みたいなことを言ってられまい。

なにかがあったときのためにも、力をつけておかねばならない。というわけで。

「えいっ、やあ、どっこいしょっ」

勇ましい掛け声と共に、手足をバタバタさせる私であった。

やってみると、小石くらいなら私の拳でも砕けるには砕けるようだ。しかしアルラギア隊長と比べると、流石《さすが》にまだまだ形にならない。

「やはり筋が良い。リゼだけのことはある。よしよし、もういっちょう」

とはいえ隊長さんもわりと喜んで教えてくれているように思う。

彼としては、私のように戦闘経験が浅くて、そのわりに他の能力が高いと、悪い人達から狙われやすいと考えているようだ。どんどん強くなれと言われてしまう。

ちなみにロザハルト副長からは、隊長が無茶な訓練をし始めたらすぐに訓練を中止するようにと忠告を受けている。

まず隊長さんは普通の人間の身体能力というものを分かっていないのだそうだ。これくらいできるよね？　という基準が異常なのだと熱弁を繰り返していた。

そんなふうに周りからさんざん脅されつつも始まった体術訓練だったけれど、今のところは酷い目にも恐ろしい目にもあっていない。

幼女なりにパンチを放ち、キックを放ち、走ったり転げ回ったりした程度である。

とまあ今日もこうして基礎的な体術訓練に勤《いそ》しんでいたのだけれど。

「リゼ、俺はこのあと、ちょいと出かけてくる」

そんなことを言い出す隊長さん。なんとなくだが、事件の匂いがぷんと周囲に立ち込めているのを感じる。詳しく話を聞いてみると……

近くの村に、吸血鬼が出たという。

地球では吸血鬼といえば、若い女の生き血を好んで吸うという変態的なモンスターだが、こちらでも、それなりに厄介《やっかい》な存在らしい。

『ちょうどいい。子精霊達の栄養源になるやもしれぬ。行ってみようではないか』

話を受けて、今度はラナグ先生が張り切りだした。

私は精霊を育てたことなどないから良く分からないのだけれど、ラナグは吸血鬼も良質な栄養源になると言う。

私はチビッ子達を眺める。ふうむ、吸血鬼か。風衛門さんとジョセフィーヌさんはヤル気もりもりな様子。水クマのタロさんは、いつものままでのんびりムード。どっちでも良いよ的な雰囲気である。

では……行くとしようか。

新しい子らを迎えた私達は今回、新しい布陣で出かけてみることに。

私と三精霊。付き添いはベテラン神獣のラナグ先生。率いるのは特殊人間なアルラギア隊長である。

ピチオさんはやはり木から離れられないのでお留守番だ。代わりになにかお土産でも持って帰ってこられると良いのだが。

吸血鬼に襲われたという村を目指して、私は風に乗った。

頭には風衛門さんが乗り、ポケットには小さくなったラナグ。肩のあたりには子ガモのジョセフィーヌさんが、右腕には子グマのタロさんがしがみつく。

身体のいたるところが精霊、あるいは神獣にまみれている。

風衛門さんもジョセフィーヌさんも自分で上手に飛べるはずなのだけれど、なぜかこうなった。

アルラギア隊長はいつものように空中をゲシゲシと蹴りながら駆け飛んでいる。

ちなみに今回の吸血鬼の件は冒険者ギルドからきた話だとか。隊として受注した仕事ではない。隊長さんと私が個人で引き受けた形になる。

とある村の近くで吸血鬼の発生が確認されて、その村から応援要請がきたのだとか。

そしてどうやらこの世界の吸血鬼も、おおむね私が知っている吸血鬼と似たような性質を持っている様子。人間に噛み付き、血を吸うらしい。

「リゼ、大丈夫だとは思うが念のため気をつけてくれよ。吸血鬼に噛まれると、噛まれた人間も吸血鬼化するからな。しかも女のほうがよく狙われる。まあ、本当は幼女を連れていくような現場じゃあないから、ホームに戻ってくれたほうが安心なんだが……無理だろうなぁ」

「流石《さすが》隊長、よくご存知のようです」

「ああ、だいたい分かってきたよ。淑《しと》やかにも見えるんだが、中身はとんだお転婆娘だ」

お転婆娘とは、またずいぶんとやんちゃな言われようだった。もう少し言いようはないものかと思案してみるのだけれど……適切な表現は私にも見つからなかった。

「しかし真祖ヴァンパイアってのなら倒したことがあるが、さて普通の吸血鬼は初めてだな。どんなものか」

隊長の声はいつもどおり冷静でいて軽やかだった。ピクニックに行く少年のような純真さで不敵な笑みを浮かべている。吸血鬼退治に行くのがちょっと楽しくなってしまっているようである。

隊長さんは私のことをお転婆だなんて言ってくれるけれど、彼のほうこそが、まさに中身はやんちゃな少年そのものだ。

この人はきっと危険とか魔物とか冒険とかバトルとか、そういうものが大好きな、やんちゃ少年な紳士なのである。

今回の相手の普通の吸血鬼なんて、隊長さんからすれば遥かに格下のモンスターだろう。それでも彼はなんとも楽しそうだ。

どうやら隊長さんは強い相手と戦うのも好きだし、別に強くもない相手と戦うのだって好きなのだ。もしかすると私はアルラギア隊長の戦闘狂ぶりを過小評価していたのかもしれない。

戦えるなら相手が強かろうが弱かろうがお構いなしのおかしな紳士なのである。私のような淑女とはずいぶんと異なる思想の持ち主である。

「アルラギア隊長こそ気をつけてくださいね。もし噛まれて吸血鬼化して暴走でもしたら大事《おおごと》なのでは？　止められる人なんているのでしょうか」

「人は……どうだろうな。あまりいないかもな。うちの隊の連中ならなんとかするかもしれん。しかしリゼも同じだからな。リゼが本気で暴走でもしたらどうなることやら。俺でも止められるかは分からんぞ。ああそうだ、ラナグなら俺でもリゼでも止めるんじゃないか？」

そう言われたラナグは、とてもとても面倒くさそうにして鼻先にシワを寄せた。無駄な体力を使わせてくれるなよ、腹が減るから、ということらしい。

とりあえず皆さん噛まれないようにだけは気をつけましょうという話になった。

さて、今回の目的だけれど、私は隊長さんとは違ってなにもただ遊びに行くわけではない。

せっかくの異世界だから色々と見て回りたいという動機も実のところある。あるけれども、メインの目的は三精霊の栄養補給だ。

この子らも戦う予定だから、噛まれないようにだけ十分に注意を促す。

そして私達は到着した。したのだが。

「ほぅ、こいつは少し厄介《やっかい》だ」

いざ到着してみると、現場の村はすでに壊滅していた。見事なまでの全滅。少し前までこの村に住んでいたであろう人間達は、すでにもれなく全員が吸血鬼化していたのだ。

隊長さんにしてみると、少々面倒な状況らしい。

ただ強いだけの相手を倒すのならば隊長さん一人でもほとんどの場合問題にならないらしいけれど、今回は違ってしまっているのだ。

村の住民は吸血鬼化しているとは言っても被害者であり、まだ回復の見込みがある。

隊長さんからすると、暴れづらい状況だそうだ。

一方ここで、この様子を見たジョセフィーヌさんが、ピヨ、ピヨリと言った。

子鴨フェニックスな彼女が、ここは自分の出番でございますと言わんばかりの顔をしていた。

『ピヨピヨノ、ピヨリ（私は聖なる不死鳥の端くれなのです。さあリゼさん、共に精霊契約に基づく魔法をお見舞いしようではありませんか)』

と言っているようだ。

それを見て、神獣ラナグ。

『おあつらえ向きだな。実戦練習にも、精霊達の成長にも。とくに今回はジョセフィーヌか』

これを受けて、ジョセフィーヌさん。

『ピヨリ(お任せあれ)』

なるほど自信満々の様子である。彼女は小さな子ガモ風の羽を目いっぱい広げて、精悍《せいかん》な顔つきをする。

『ピッピッピー(やあやあ今こそ、不死鳥系精霊として世にワタクシの力を知らしめてくれましょう)』

というような雰囲気である。

では今度はそれに対する吸血鬼サイドの様子を見てみよう。こちらは実に恐ろしい姿形をしている。この世界の吸血鬼は美形な伯爵でもなければ、そもそも人型ですらないようだった。

コウモリと野犬を合わせて二足歩行にして、それを墨でぐしゃりと塗りつぶしたような姿の魔物だった。

　顔と思われる部位にも瞳はなく、ただ異様に大きな赤い口が開いている。その中には、小さいけれど鋭い三日月のような牙が無数に生えている。そしてこの牙に人間が噛まれると、彼らと同じような吸血鬼の姿にされてしまうのである。

　吸血鬼化した人間というのは、生きているとも死んでいるともいえない仮のアンデッド状態なのだそうだ。

　これを倒すことそのものは難しくはないそうだけれど、治療するとなると非常に厄介《やっかい》だとか。

　こうしてまずは上空から距離をとって観察をしていた私達。と、村はずれの物陰に、たった一人だけ吸血鬼化していない子供の気配を発見した。

　これは大変だ。まずはこの子の救助にと皆で行ってみると、そこには感知してた子供以外に兄弟らしき子供がもう一名、物陰の奥底に隠れていた。上の子のほうは私と同じか少し年上くらいだろうか。弟風の子は私よりもいくらか小さい。ピタリと身体を重ねて寄り添う二人は、カタカタと震えている。

　妙だな、なんて思う私。ここにあった人間の気配は確かに一人だけだったはずなのに。

　ふむふむ、ふうむ。これはあれですね、名探偵リゼさんの出番でしょう。ふっふっふ、全てお見通しですよ弟風の生き物さん。貴方の気配、魔力、どう見ても吸血鬼のそれなので……

と、その瞬間。弟風の生き物はすでにナイフで散り散りに蹴散らされてしまっていた。倒されたあとの姿は吸血鬼そのものであった。ナイフを手にしているのはもちろんアルラギア隊長である。

「よっし。今のがこの町を襲った吸血鬼の本体だな。擬態能力を持っているとは、なかなか優秀なやつだ」

ニンマリ隊長である。相変わらず仕事が速すぎるのでは？

隊長さんは私の名推理シーンを無視して、吸血鬼の本体を討滅完了してしまった。そもそも三精霊達の栄養補給のために来たというのに。と思ってしまう。

そのうえ相手は一応、人間の子供の姿に擬態していたはずだが、隊長さんに逡巡《しゅんじゅん》の二文字はない。

有無を言わさぬ即決、そして即断。すぐになんでも断《た》ってしまう。まったく、擬態していた吸血鬼と名推理を進めていた私を哀れに感じるほどだった。

「うっ、うわわぁぁん」

吸血鬼ではなかったほうの子供が、隊長さんに駆け寄って大声で泣き出す。吸血鬼本体に脅されていたのか術で縛られていたのか、これまでは沈黙を保って震えていただけだったけれど。

「おう、もう大丈夫だ。助けに来たぞ」

隊長さんは泣きじゃくる少年の肩をぽんぽんとし、ぐいっと引き寄せた。

「うぐっ、ゞえゞえっぐ、うぐぅ、で、も、母ちゃんが、ゞみんなが、ぁゞうゞわぁん」

泣きじゃくる少年は、変わり果てた姿になってしまった家族や村の人達のことを想って、また泣きじゃくる。

「それも大丈夫だ。なんとかするよ。ただまあしかし、ここまでは良いにしても。普通に考えれば、ちょいと大掛かりな仕事にはなりそうだな。隊の連中を呼ぶか……、流石《さすが》にこれだけの大人数を吸血鬼状態から回復させるには、救護班の連中を何人か動員する必要がありそうだが……」

一方ラナグ。

『ようし、ようやくリゼとジョセフィーヌの出番だな。始めよう』

どうやら私達の出番らしかった。私自身は、まだなにをするのか全然分かってないけれども。

とにかくこうして、ラナグ先生による神獣式の魔法講座実戦編、精霊魔法バージョンが始まるのだった。

『まず魔物にも種類は色々あるが、今回のタイプは呪いが人に取り憑《つ》いているような状態だ。倒すというよりは穢《けが》れを祓《はら》うイメージだ』

メイン受講者は私と、子鴨フェニックスのジョセフィーヌさん。

ピヨピヨしていてとても可愛いが、さてフェニックスといえば不死鳥。不死の鳥である。たいていの伝説や物語の中では、他に並ぶ者はいないような回復能力を持っているものだ。その血を飲むと不死の肉体を得られるとか、そんな感じだ。

そして我が家の不死鳥（の一種）ジョセフィーヌさんもまた、高い回復能力を持っている。

ちょっとした傷くらいならば、燃える尾羽を負傷者の傷口にあてておけば治ってしまう。それがジョセフィーヌさんだ。

また、もしも彼女が成長し、さらに凄く頑張れば、死者すら復活させることが可能だとか。ただし、自然の摂理に反するからやるべきではないともラナグ先生は言っている。

というわけで、ここで試しに一名の村人（吸血鬼状態）をジョセフィーヌさんの聖なる炎で焼いてみる。

メラメラだけれど大丈夫。私も自分で触って安全性は確認済み。癒しの炎なのだ。さらには、不浄なものを焼き清める炎でもあるらしい。なんとも便利な炎ではないか。

ジョセフィーヌさんの羽から小さな炎が生まれて飛んでいき、見事に村人（吸血鬼状態）の前足を焼き払う。炎の中からチラリと人間の腕が覗いた。

おお凄いぞジョセフィーヌさん、と思ったのだけれど、彼女自身にとっては満足できる結果ではなかったらしい。自分で思っていたよりも、出せる炎が小さかったようだ。

先ほどまで『任せていただいてよろしくってよ』みたいな顔をして、こちらを見上げていたジョセフィーヌさんだけれど、今は悲しげに私の足元で佇んでいた。そんな彼女を励ますようにラナグが言う。

『ジョセフィーヌ、本番はこれからだぞ。精霊契約による魔法を放つのだ』

『ピッピィピイ（ああ確かにそうでした、私としたことが。本番は精霊魔法でございましたね）』

というような雰囲気の彼女。ラナグ先生は鼻先を使ってジョセフィーヌさんを持ち上げ、私の肩へ乗せた。

さて、私はこれからジョセフィーヌさんと共に精霊魔法というものを使ってゆくわけだが。

先生曰《いわ》く、これは遥か古《いにしえ》の時代に良く使われた系統の術で現代魔法とは違う効果が色々とあるという。人間と精霊の共同作業によって発動するそうだ。

隊長さんは、面白そうだななんて言いながら見学している。

私は構えて準備良し。

まず手始めに練習を兼ねて一人だけにやってみよう。おほん、では気合を一つ入れまして。さん、はい。

「これで終わりだ、くっらえぇぇ！　フェニッッックス‼　アロォォォー」

唐突な私の叫び声である。吸血鬼ひしめく村の空に元気いっぱい響いてゆく。

やや気恥ずかしいけれど、こういった掛け声というのも魔法には良い効果があるとラナグ先生は言うのだ。

この世界の魔法はイメージによって形作られるのだ。

例えばファイヤーボールと唱えるよりも、ファイヤーアローと唱えたほうが飛距離や速度が伸びやすい。たかが気分、されど気分。

ましてや精霊魔法は精霊と術者の共同作業なのだ。掛け声の重要性はいわずもがな。したほうが連携もとれるし、気分も盛り上がる。

そんなわけで今回は試しに気分を最大限に盛り上げて技名を叫んでみたのだ。

すると私の指先からは見事な不死鳥が矢のように飛び出した。

普段は子ガモみたいなピヨピヨとした羽毛の塊だけれど、私の魔力と反応させることで本格派の不死鳥っぽい姿を顕現させている。

これはジョセフィーヌさんの力の結晶体。内在している力を具現化したものだそうだ。精霊としてのコアの部分は、未だ私のすぐ近くにいてひっそりと姿を消している。魔力の塊だけが飛んでいって、魂はここにある。そんな状態だ。

試し撃ちの成果は上々だった。予定どおりに、吸血鬼化した人間一名を治癒し尽くした。不死鳥の炎は吸血鬼に侵された不浄な成分のみを焼き払い、同時に人間としての身体には回復効果を与えた。凄いぞ偉いぞジョセフィーヌさん。

さて、そうなればいよいよ本番である。小さな村だとはいえ人数は百を優に超える。居場所も様々で隠れ潜んでいる者もいる始末だ。

ならば、全員まとめて効果範囲に入れてしまったほうが楽であろうというのが、ラナグ先生の見解だ。それでは、また少し失礼をして、大きな声をあげさせていただきます。さん、はい。

「不死鳥の力、清浄なる癒しの炎で天地万物を浄化せん。くらえぇぇ！　ジョセフィーヌ・フレイム・スト゛ォォォーーム」

やや気分を乗せすぎてしまい、思わず「ォ」の部分に濁点がついた発声になってしまう。淑女としてはいささかはしたない掛け声だっただろうか。

しかし術の途中でくよくよと悩んでもいられないので、続行する。

『ピヨリ？　ピーピヨピヨリ？』

術が発動した直後、巨大な不死鳥の姿になったジョセフィーヌさんは、一瞬だけ首を傾《かし》げて驚いたような、不思議がっているような表情でこちらを振り返った。

自分の姿が思っていたよりも大きかったようだ。けれど、すぐに気分を変えて心地好さげに飛び回る。

彼女が巨大な火の鳥の姿のまま踊ると、村一つをまるごと包み込むような大きさの火柱が連続して幾本も立ち上った。

これを見たラナグは私の隣で鷹揚《おうよう》にうなずいている。一方で隊長さんはほんのりとした下がり眉毛だ。

「なぁリゼ、もう少しなんというか、控えめな見た目にはならんか？　もしも周囲を通りかかった人がいたら、幼女が天変地異を起こしていると思われかねない」

そういう心配らしい。もう少しフェニックス感を抑えるように言われてしまうが、その間にも、村は火柱に呑み込まれ続けていた。

私としても、流石《さすが》に火力が強すぎないだろうかという気分にもなってくる。いくら聖なる炎だとはいえ、やや焦る。が、大丈夫らしい。

しばらくすると、村の住人は全て人間の姿に戻っていた。怪我も火傷もまったくない。建物もそのまま無事である。火力もやはり問題なしと。

村人達の衣服だけは、吸血鬼化していたせいでボロボロだけれど、肉体はすっかり元通りだった。

見た目は村を焼き尽くしているようにしか見えないかもしれないけれど、今回はあくまで治癒系の魔法である。

内容としては実にお淑《しと》やかな効能の魔法なのだ。

『ジョセフィーヌよ、おぬしは不死鳥の血統だとはいえ、まだまだ発生したばかりの子精霊。無理はせぬよう、ほどほどに』

『ピヨ、ピヨリ』

優雅に一度だけうなずくジョセフィーヌさん。『分かっておりますよ、ラナグ様』というような雰囲気を醸し出している。

そう、彼女はまだ生まれてまもない精霊だ。もとの姿に戻るとすっかり幼い。ピヨピヨしながらお尻ふりふりである。

子ガモ状態のジョセフィーヌさんはピヨピヨと私のあとをついて回る。

どこまでもついてくるので、思わず無駄にうろうろしてしまう。ピヨピヨふりふりついてくる。くぅ、なんて愛らしい生き物だろうか。

『クワッ、クワピヨリ』

私を見上げて口を開いたジョセフィーヌさん。その鳴き声がこれまでと少し変わっていた。今まではピヨピヨばかりで、クワッだなんて言わなかったのに。もしかすると成長なのだろうか？

見た目は子ガモのままだ。けれど良く見てみれば、これまでよりも心なしか火の粉が煌《きら》めいているようにも思える。

『クワピヨリ』

やはりそうらしい。それなりの数の吸血鬼を祓《はら》ったことで、クワッと鳴けるようにもなったし、煌《きら》めきも増したのだ。そうか、偉い。偉いねジョセフィーヌさん。

私自身とて中身は淑女の端くれ。この調子でジョセフィーヌさんを立派な子鴨フェニックスに育てようではないか。そして他の子もまた同様に。

そんな誓いと共に、第一歩を踏み出した私達であった。

『くまぁ』

と思っていると、タロさんが私の足にしがみついてくる。ふむ。

「タロさんも、頑張りますか？」

『くまぁ。くまぁ』

タロさんは首をゆっくりと横に振る。そんなには頑張らないらしい。なんとなく分かってはいたけれど、きっとタロさんはのんびり屋さんである。それぞれのペースでいいじゃない。そんな感じである。

吸血鬼のざわめきが消えた小さな村。

そちらでは、村人親子の感動のシーンが繰り広げられていた。先ほどまで泣きじゃくっていた少年は、より一層泣きじゃくりながら母親らしき人物に全力で抱きついている。

そんな光景がそこかしこで見られた。

地面の上には、吸血鬼の落とし物のように小さな牙の形をした石が残されていた。

これは魔石というアイテムだ。ある種の魔物が消え去るときに残していく物質で、それなりに価値があるらしい。

『くまっくまっ』

気がつけばタロさん、黙々と魔石を拾い集めてくれていた。淡々とこなすような地味な作業が好みらしい。ひと通り集めて私のところへと持ってきてくれる。

「ありがとうねタロさん」

『くまっ』

うん、そうだね、くまっだね。また集めてきてね。タロさんとジョセフィーヌさんは仲良しだが、性格は本当に真反対だと思う。

さて、この魔石だけれど。これって留守番中のピチオさんのお土産にならないだろうか？　ラナグ先生に聞いてみる。

『好みもあるからなんとも言えぬが、ピチオのような霊木には肥料になるぞ』

肥料か。ピチオさんにとっては食事のようなものだ。ならば、お土産にお饅頭を買っていくような感覚に近いのかもしれない。

食べ物ならばたいていの人にとって邪魔にはなるまい。と思って買っていくと、意外にもお饅頭が好きではない人物だってこともありえるが。

ピチオさんはどうだろう、この魔石が好きだろうか。

『ピュウウイ（きっと好きだと思う！）』

風衛門さんは肯定的に鳴いた。ピチオさんに持っていってあげたいという雰囲気だ。

この二名も仲良しだから、好き嫌いも知っているのかもしれない。

よし、この魔石はとりあえず亜空間に収納しておこう。他に目ぼしいものがあるわけでもなし、これがお土産の第一候補だ。

魔石をしまっていて思い出した。そういえば地下大神殿にいた邪竜の素材も亜空間に収納したままなのだ。

邪竜素材は、隊で受注した正式任務での戦利品。なので収集した素材の一部は隊全体の収入としてホームの倉庫に収められている。

けれど今回私が個人の報酬としていただいた分だけでもとんでもない量がある。

吸血鬼の魔石とは比べ物にならないようなサイズの牙や骨や表皮。ラナグは美味しくないから食べないと言うし……他に使い道が思い当たらない。

とりあえず吸血鬼の魔石も全て収納完了し、他に用事もない私達はホームに帰還するのだった。

村はまだてんやわんやしていたけれど、あとは私達の出番ではなさそうだ。

「ただいま。さあ、お土産ですよピチオさん」

『おお、これは……、なんだか凄いですねリゼさん。まず吸血鬼の魔石もたくさんですけど、邪竜の牙まで？　ああでも……凄く嬉しいですけど、本当にいただいても？　なんだか申しわけなくていけません』

さっそくホームへと帰ってきた私達。千年桃に宿る妖精ピチオさんに、今回のお土産を見せてみたところだ。これが思いのほか喜ばれたのだが、それを通り越して遠慮されてしまう。

亜空間収納の容量にはまだ余裕があるから、邪竜はこのままでしまっておいても構わないけれど。それでもやはり使い道もないし。

有効に活用できる方法があるならと無理にピチオさんに渡してしまう。

木の根元のあたりに埋めておくと栄養になるのだそうで、私はありったけ全て埋めてしまうこととした。かなりの量があったけれど、吸収はできるというから遠慮もいるまい。

様子を見ていたアルラギア隊長も手伝ってくれた。土魔法が得意なだけあって、巨大で大量な邪竜の残骸を全て埋めるのもお手のもの。

最終的にはちょっとした小山のように地面が盛り上がっていた。

コンモリとした山。その上に小さな苗木がちょこりんと植わっている。やり方はこれで合っているのだろうか？

肥料の成分も偏りがありそうだけれど。いまいち正解が分かっていない私だ。

『いやぁ、バッチリです、凄いです。ありがとうございます』

大丈夫だそうだ。本人は喜んでくれているのだし、心地好さそうにもしている。

『あとは数年かけてこれを消化しますので、ではまたそのときまで。おやすみなさいませ』

気の長い話だった。

それほど眠ってしまうとは思っていなかった。ふと思いついて、近頃覚えたクイックという魔法の話をしてみる。これは、時間経過を少しだけ速める時空魔法の一種である。

すでにウトウト状態で眠りかけだったピチオさん。木の葉の布団にうずもれた状態から、パチリと勢い良く目を開けた。

『あのすみません、リゼさん、クイックも使えるのですか？　確か転移術は使っておられましたから、時空属性の魔法がお得意だとは思っていましたが』

「ええまあ基本的な魔法は、ひと通りラナグ先生に教わってますからね」

『ええと、クイックは全然、基本的な魔法ではありませんよリゼさん』

ほう。ピチオさんの言葉を受けて、私はおもむろにラナグ先生のほうに視線を向ける。

先生は、は？　なにが？　みたいな顔をしている。まあこれも、いつものことだろう。

ラナグ先生は常識に欠けるのだ。

隊長さんも、クイックは基本的な魔法ではなく、異常な魔法に分類されると断言した。

どうも身体能力を強化する魔法の中にも、速度を速める術はあって、こちらは一般的なものだと言う。

対するクイックは、時間の流れそのものに干渉する魔法で、使える人間はいない。

誰もいないはずなのだと言われてしまった。

『いいや、それは人間の理屈だ。神獣は違う』

私は人間ですよラナグさん、そっとひと言だけ私は添えた。

それはともかくクイックを使えば、ピチオさんの眠りの時間を短縮できるのではと私は思ったのだ。

ピチオさんは是非に是非にと言っている。私としてもせっかく縁ができたのに数年も眠ったままで会えないというのは少しばかり寂しい。

ピチオさんが眠りに入ったところでクイックをかけて時間を速める。これでしばらく様子を見てみようという話になった。

ついでに一つ思い立つ。圧力鍋で料理をするときなんかにも、このクイックを使えばさらに時間短縮ができるのでは？　流石《さすが》私、賢い。

と思ったのだが、ところがどっこい、意外と難しい問題があるそうな。

加速させているその間、外部とは時間の流れが違うので当然会話もできない。時差も発生する。時空も歪む。

というか、そもそも加速対象と外側の空間は、ゆるやかに断絶している。

色々と厄介《やっかい》な面もあり、日常的に使うようなものではないらしい。こういった長い休眠のときに使うとか、場所を限定して少しだけとか、あるいは戦闘の中で僅《わず》かな時間、ちょいちょいと使うくらいが好ましいと教わった。流石《さすが》の非常識魔法である。

翌朝。

肥料を施しておいた千年桃の木は、ちょっと見たところでは代わり映えしていないようにも思えた。ただし土のほうはかなり嵩《かさ》が減っているから、この様子なら消化吸収は進んでいるのだろう。

相変わらずピチオさんは眠ったままだった。

さてこのまま放置しておいて良いものだろうか。私は腕組みをして考え込む。

菜園全体を眺める。ふと、マイクロトマトの種を蒔《ま》いたあたりに目が留まった。なんだか、あのトマト菜園の一部が妙にざわついているように感じたのだ。

いずれ品種改良をしようと思って、手始めに種を蒔《ま》いておいただけの場所。まだようやく昨日あたりから双葉がいくつか芽生えていただけのはず。なのだけれど。

少しの間観察していると、そこから竜が生えてきた。あれよあれよという間にだ。

つい先ほどまでは可愛いトマトの双葉だったものがにょきりにょきりと伸び始め、竜のような姿になったのだ。

あまりに唐突に生えてきたものだから、少しばかり面食らってしまった。

生えてきたのはいわゆる東洋式のにょろにょろとした竜である。どことなく邪竜の姿にも似ているけれど、あれほどの禍々《まがまが》しさはない。もっと愛嬌のある姿ではある。

おそらくトマトの茎だと思われるその竜は、グネグネと動き回りながらも、元気いっぱい上へ上へと昇っていく。

やがて立派な葉っぱも伸びてきて、トマトらしい花も咲いた。ふうむ、やはりこれはトマトなのだ。

どういう理屈でそうなったのかはいまいち分からない。肥料によって生育するだろうと思っていたピチオさんのほうは眠ったままで、なぜトマトばかりがこんなことになるのやら。

『おそらくトマトのほうはピチオの余波だろうな。まだ小さくとも、あれでピチオは霊木なのだ』

ラナグさん曰《いわ》く、そういうことらしい。ピチオさんが肥料を吸い上げて成長し、トマトにもなにかの影響を与えているという話だった。

いずれ近いうちにピチオさんのほうも目を覚ますだろうと言う。

そちらはしばらく様子を見守るしかあるまい。桃の木を育てようとして、まずはトマトが育つ。世の中そんなこともあるようだ。

それからさらに数日後。

ここのところ毎日、菜園の様子を見て回っている。

ついに今日はトマトに実がついていた。まだ青く小さな実である。

このトマト自体にはクイックは使っていないのだが、それでもこの速度だ。

これが本当にピチオさんの影響なのかはまだ分からないが、とにかく旺盛に育っている。

もしかするともともと成長が早い品種の可能性もあるが、そもそもこの世界ではトマトの栽培をしている人がいないから、なにかと手探りだ。

物知りラナグさんといえどもトマト栽培に関しては素人。植物に詳しい副長さんも、トマトの栽培知識なんてないようだった。

さらに翌日。一つ目のトマトの実は大きく細長く膨らみ、とてつもなく真っ赤に熟していた。ブラッドオレンジをさらに濃くしたような赤である。

濃い色で美味しそうだと思えば、そう思えないこともない。人によっては不気味ととらえる者もいるだろうか。

きゅうりのように細長いトマトで、やはり実もドラゴンぽい形をしている。

完熟したのは、まだこの一つだけのようだ。

そもそもトマト菜園全体の中でも、異常成長を始めたのはほんの一部だけなのだ。ピチオさんの木が植わっている場所から近いエリアだけである。

やはりピチオさんの影響説は濃厚か。

それで、さて、このトマト……、食べてみるべきか否か。

ここまで露骨に邪竜感を引き継いでいる野菜というのは、いかがなものなのか。はたして美味しいのだろうか？

妙に濃すぎる赤色も、吸血鬼のことを彷彿《ほうふつ》とさせるようなカラーリングで見る者を躊《ちゅう》躇《ちょ》させる。

「おお、もう実がついたか。なかなか美味《うま》そうだな。山で採ってきた極小の実とは違って食べ応えもありそうだが」

ちょうどそこに現れたのは隊長さんだった。どうやら興味を持っているらしい。食べてみたそうにしている。

一応、毒とか呪いとかもあるかもしれませんからとは伝えてみるが。

「なんだそんなことか。とりあえず食ってみれば分かる。俺は毒耐性も呪い耐性も高いからな」

そういう問題なのだろうか。

念のため倉庫番のデルダン爺《じい》に鑑定魔法で食用になるか調べてもらって、それから隊長さんが毒見をするという運びになった。

人類で最初にこの食べ物を口にする栄誉は貴方のものですよ。では、いざ、どうぞ。

トマトを手渡すと隊長さんはためらわずそれを口へ運び、手で口を押さえた。

「うぐうっ……！　う、美味《うま》い。あまりに濃厚な味で嗚咽《おえつ》が漏れるほどだ。毒もない」

嗚咽《おえつ》が漏れるほどって、それはなにかの毒なのでは？

本当に食べられるものなのだろうか。このトマトの安全性が余計に揺らいだようにも思える。そもそも毒の有りなしなんて、ひと口食べて分かるものなのだろうか。

「免疫力が高いからな」

「免疫力で毒の有無まで分かるんですか？」

「ああ、もちろんだ」

自信満々の隊長さんである。

まあ大丈夫なのだろう。お腹が丈夫すぎる隊長さんはともかく、デルダン爺《じい》も大丈夫だと言っていたし。これは十分食用になると結論付けられた。私も食べてみる。

こっこれは、確かに濃厚。恐ろしい。恐ろしいほどの濃厚な味わいだ。嗚咽《おえつ》も漏れる。そして大変美味だ。

なんということだろう。本当はもっと手間暇をかけて品種改良でも楽しもうと思っていたのに、予期せぬところで事が上手く運んでしまった。

さっそく新品種トマトが完成したではないか。

これの名称はブラッディドラゴントマトに大決定。見たまま、そのままの名称だ。

隊長さん&デルダン爺《じい》の鑑定によると、特殊な効能もあるらしい。

食べることで呪いや吸血、出血、邪属性に対する耐性が一時的に大幅上昇するそうな。

おそらく、ピチオさんの肥料に使った邪竜と吸血鬼の素材から、特性を反転させ、プラスの効果として引き継いだのではないかというのが、ラナグ先生の見立てだ。

さてそれで、大切なのは、これをどう使い、どう食べるかである。

前回のマイクロトマトはピザパンにしたから……今度はパスタも良いかもしれない。

トマトクリームソースの魚介パスタなんて私は好きだ。生クリームは存在するのか分からないけれど、少なくとも牛乳っぽいものはあった。チーズもあった。なんとかなりそうである。

ただし肝心のトマト、今のところ勢い良く生育している株は数本のみだ。

熟した実もまだ今の一つだけ。トマト菜園全体に影響が及んでいるわけではなく、あくまでピチオさんの近くだけなのだ。

よしそれならばと、私はとっておいたトマトの種をピチオさんに近い場所に蒔《ま》いてみる。これで収穫量アップ間違いなし。

作業の間も千年桃の木は静かに佇んでいるばかりだった。ピチオさんも早く目覚めないだろうか。彼が影響しているのは確かなようだし。

さて、トマトとピチオさんに関しては引き続き様子を見ていくとして、今度は他の野菜の種が欲しくなってくる。苗でも良いかもしれない。

なにせピチオさんの近くに植えておけば、元気いっぱい、面白おかしく育ってくれる可能性が高いではないか。これを活用しなくてどうするのだ。家庭菜園ブームの到来である。

とりあえず再び倉庫に向かう私達。毒見を終えた隊長さんはどこかに行ってしまったので、倉庫の管理をしているデルダン爺《じい》に相談してみることにしたのだ。

幸いにも、倉庫にはいくつかの不要な種があるようだ。

「こんなもので良ければ、好きに持っていっていいぞ。たいしたもんじゃあないがな」

デルダン爺《じい》はそう言いながら、倉庫の奥からいくつかの袋を持ってきてくれた。ありがたいことだ。

どれどれと、さっそくもらった種の袋を眺めてみる。まず一つ目。

これにはマンドラゴラと記載されていた。ふむ、ファンタジー世界ではおなじみの魔法植物マンドラゴラだ。

ご丁寧に説明書きまであった。薬草の一種だと明記されている。股の割れたニンジンに似た姿に育つけれど、味はニンジンより遥かに、不味《まず》いらしい。不味《まず》いのか。

土から引っこ抜かれるときには、精神破壊系の鳴き声をあげるので要注意。ふむふむこれはどちらかというとモンスターなのでは？　というのが私の感想だった。

一つ目からして野菜ではないのは確実である。

続いては、「心《こころ》の闇《やみ》」という名前の植物だった。

名前からして不穏なのだが、これが強烈な幻覚作用を引き起こす毒草だそうで、植わっているだけで効果を発揮する危険きわまりない逸品。むろん野菜ではない。

最後に出てきたのは「猫《ねこ》の髭《ひげ》」という植物だ。

名前のとおり、髭《ひげ》のような細い葉がひょいひょいと茎から伸びる植物らしい。その髭《ひげ》に触れると根の一部が爆発する、天然の地雷のような植物であると書いてある。

恐るべきことに食用可能。食べられるのだ。ある程度以上の胃腸の耐久力を持った剛の者なら食べられる珍味だと書いてある。珍味にも程があるのでは？　というのが私の感想だった。

「倉庫にあるのはこれだけだ。不用品だから好きに使っていいぞ」

ありがとうございますと丁寧にお礼を述べて引き取る。しかし、どうもこれでは都合が悪い。

三つのうち一つは毒草だし、残り二つは食べられるとはいっても危険物である。マンドラゴラにしたってギリギリ食べられるというだけで、美味しくないのは確定なのだ。私の求めるものとはいくらか違っている。

他になにかないものかと考えてみるが、ホームには日用品や農業資材を扱うようなお店なんてありはしない。そうなるとあとは、外に買いに行ってみるのが良さそうだが。幼女の身なので、お出かけの許可が必要だ。

今度は隊長さんの部屋を訪ねてみた。

がしかし、珍しく今はお仕事に出かけているらしい。それどころか副長さんや転移術士のグンさん、建築術士のブックさんまでもが出払っている。

これはまさか？　……まさか大人達だけで美味しいものでも食べに行ったのではあるまいな、などと思ったけれど、コックさんはいつもどおりキッチンにいた。

よもやコックさんまで残して美味しいものを食べに行くなどありえまい。

私はほっと胸を撫でおろす。どうやらたまたま皆が皆、真面目に仕事をしている日のようだ。

とりあえずコックさんにも種を持っていないか聞いてみるけれど、彼が持っているのはすでに食べられる状態の食材だけだった。

「野菜の種か苗か。それなら近くのスベニカの町にも少しは置いてると思うけどな……。あいにく俺は一緒に行けないしなぁ」

コックさんはキッチンで包丁をタンタン、タンタンと小気味好く鳴らしながら、どこかから入った通信を別のどこかに繋《つな》げるお仕事をしていた。

スベニカとは、このホームに隣接しているあの町の名だ。すぐお隣ではないか。

「ちょっと隊長に聞いてみるか」

ここでコックさんはお仕事中のアルラギア隊長に通信術を繋《つな》ぎ、私の外出について話してくれた。

スベニカの町くらいなら、一人で出かけても大丈夫だろうという話である。

ふむふむ。いくらこの身が幼女だとて、そろそろ一人でお買い物ぐらい行かせてもらっても構うまい。私もそう思う。

それに一人とはいっても、人間が私一人というだけで、神獣一名と精霊三名がついてくる強力な布陣。しかも出かけるのはすぐそこ。さして問題あるまい。

さあ隊長さん。許可をどうぞ。ワクワクしながら待つ私。そして、ひと通りの話を終えたコックさんの回答はこうだった。

「なんか悩んでるわ」

珍しいこともあるものだ。隊長さんが悩むだなんて。できるならこの目で直接見たいようなレアシーンである。それはそうと、はい、許可をどうぞ。

「まだ悩んでるわ」

どうやら隊長さんとしても、まず問題はないだろうとは思っているらしい。近くだしラナグもいるし。

けれど逆に、私とラナグがなにか人間の常識に外れたことをしないだろうかという心配もあるそうだ。失礼な隊長さんではあるが、一概には否定できない。議論は暗礁《あんしょう》に乗り上げた。

そもそも私としても種を買いに行くだけで、むやみに人様に心配をかけるのも趣味ではない。

その点では、幼女というのも意外と楽ではないのだ。周囲の人達がやたらめったら心配してくるのだから。ならば今日のところはあきらめるか？　いや、こんなところであきらめてはだめだ私。考えろ考えるんだ、まだ策はあるはず。

そう、例えば、閉じ込められているわけでもないのだから、こっそり行こうと思えば勝手に行くことは可能である。ただもしことが露呈すれば……

きっと隊長さん達のことだから、心配するどころか強烈な追っ手でも差し向けてきそうなのが恐ろしいところ。それを覚悟で行くのなら、行って行けないことはない。

激しい戦いになるだろう。しかしこちらの戦力にはラナグもいるのだし、ほんの一瞬で種だけ買って帰ってくれば、なんとか……

「なあ、お嬢。よからぬことでも企んでる顔だな」

「むむ、そんな馬鹿なことはありませんよコックさん。なに一つ企んでなどいませんね。なにせ私は生まれてこのかた、たったの一度だって良からぬことなんて企んだ経験がないのですから」

危ないところだった。どうも子供になってから感情が顔に表れやすくなっている気がする。さっそく初動段階で計画が露呈するところであった。

「そうか、ならいいけどな……。まあまあでも、とにかく隊長は、誰か信頼できる大人とラナグが一緒なら問題ないって言ってるから。それなら誰か適当に暇そうなのを見繕《みつくろ》って……ああそうだ、一人二人暇なのが……」

ここで急展開。またしてもどこかに通信を繋《つな》げてくれるコックさん。素晴らしい、素晴らしいなコックさん。ありがたい人物である。稀有《けう》な人材だ。

さて、こうしてコックさんが呼び出してくれたのは……

「やあリゼちゃん久しぶり。元気そうでなによりですね。私のこと覚えてくれていますかね？　ギルマスのサーシュですよ。そしてこちらは」

「よう、おちびさん。なんだか逞《たくま》しくなったように見えるね。それほど時間が経ってるわけでもないのに。やっぱり子供の成長は早いよ」

ギルドマスターのサーシュさんと門番のジャスタさんである。思い起こせばジャスタさんは、私が初めてお目にかかった異世界人だ。なかなかの好青年だったように記憶している。町の門の守衛所で、確かパンをもらった覚えがある。素朴ながら良い味のパンだった。

しかし、たかだか町へ野菜の種を買いに行くだけなのに、えらい騒ぎである。

大の大人を二人も動員してしまうとは。

せめて美味しい野菜ができたら皆さんにも差し上げてお礼をしよう。そう伝えると。

「そいつは楽しみだね。リゼちゃんが大きくなるのと、お野菜と、どっちが早いかなぁ～」

ジャスタさんはまだあまり私と行動を共にしていないせいか、子供扱いが凄かった。最近は隊長さんも私という存在に慣れてきているから、この感じはなんだか新鮮であった。流石《さすが》に野菜の成長速度には、私とて及ばないだろうと思う。

幼女一名、神獣一名、精霊三名。それに保護者としてギルマスと門番さんが加わった。お野菜の種探検隊として、我々はスベニカの町を目指して歩き始める。

ホームから町までは徒歩一分と近距離ではあるけれど、なんだかお出かけ気分で高揚する。純粋に買い物に出かけるという行為が、凄く久しぶりなのだ。

さて、あっという間に着いてしまった町の門を通り抜けると、今度はなんだか妙に視線を感じる。

まずラナグの大きな身体が目立っているようだった。

次いで三精霊達も視線を集めているような気配がある。幼女一人に謎の動物四名は目立つのかもしれない。

「ねぇリゼちゃん？」

「はい、なんでしょうかギルマスさん」

「その生き物達、とっても可愛いですね、ただ、あまり見たことのない生き物に見えますけど……、幻獣の一種ですよね？」

幻獣とはなんだろうかと思い、話を聞いてみる。するとどうやら神獣、精霊、妖精などを全てまとめて幻獣、あるいは幻性生物というらしい。ラナグからは聞かなかった言葉だった。

『そうだな、我らはそんな分類をせぬからな。神獣は神獣、精霊は精霊、妖精は妖精、人は人でドワーフはドワーフだ。人間とは考え方が違う』

ラナグ曰《いわ》く、そういうことらしい。とりあえずギルマスさんには我が家の三精霊のことは伝えておく。彼らは無害、というよりは有用で友好的で、しかも可愛らしい生き物ですよと。

「なるほど。それにしても、こんなにはっきりと精霊の姿がねぇ……。完全に姿を現して人と生活しているだなんて信じられませんね」

ギルマスさんは珍しいものを見るようにして、しげしげと観察している。あるいは、うんうんと唸《うな》ってみたり。

やはりこの世界の人間社会では、幻性生物がこうもはっきりと姿を現すのはやや奇妙な出来事らしい。

幻性生物は人とは別な世界に棲《す》む存在、あるいは神殿で祀《まつ》るもの。それが人類の一般的な考え方だとギルマスさんは言う。

「とはいっても、まあこの町の人達なら大丈夫ですよ。初めは注目を集めるかとは思いますが、気のいい方々ばかりですからね。それにこのあたりは不思議な出来事も多い地域ですから、比較的、珍しい出来事にも慣れています。私からも上手くお伝えしておきますから遠慮なくいつでもお買い物に来てください」

コックさんに続き、こちらもまたありがたい人物である。

ギルマスさんは、もし必要なら、町にラナグ用の神殿を建てるよとも言ってくれた。

がしかしラナグは神殿とかはあまり好きではないから、これには断固拒否の姿勢だった。

そもそも人間と神獣は普通には交信ができないからこそ、ああいうものを造るのだと主張する。

『我にはリゼがいるし必要ない』

ややふてくされたような顔で言うラナグ。

あまり見たことのないふてくされ顔で、なんとなく可愛く思えてしまう。

思わず首のあたりの毛をわしゃわしゃする。もふりもっふりと両前足で包むようにして受け止められてしまう。子精霊達も参戦してきて白熱の様相を呈する。

「あのリゼちゃん達？　話を続けてもいいですか？」

再びギルマスさんの声がかかる。私は我に返った。

なにやらお話には続きがあったらしい。ふむ、聞きましょう。

「あ、良いですか？　それじゃあ続きを。あのですね、つい先日のことです。リゼちゃんはアルラギア隊長と一緒に吸血鬼に襲われた村に行きましたよね？　ギルドからの依頼で」

「吸血鬼の……？　ええ確かに行きましたね。あの村がどうかしましたか？　まさかまたなにか起こりましたか」

「いえいえ、今は平和にやっているようです。ただ、そこで最近ですね、おかしな噂話《うわさ》が流れているようなんですよ。天女フェニックス伝説っていう話なんですけどね」

「それはまた、けったいな名称の伝説ですね」

「ええ本当に。どうも村人達があの事件の間に、おぼろげな意識の中で聞いた言葉があるみたいで。それが……、ジョセフィーヌ・フレイム・ストヴォォォム。叫ぶような声だったそうです」

村人の方々よ、なぜそんな部分だけ覚えているのだろう。

私としてはちょっとだけ恥ずかしい心持ちである。

「それで伝説の具体的な内容としては、こんな感じだそうです……、村に危機が訪れしとき、不死鳥に乗りたもうた天女が火柱と共に天から降臨し、あらゆる災厄を鎮める。

筋骨隆々の鬼神を従者とし、悪鬼羅刹《あっきらせつ》を駆逐する。天女の名はジョセフィーヌ。浄化の炎を司《つかさど》りし者——こんな感じのお話なんですよ。仕事を仲介したギルドの責任者としては、どこまでが事実なのかが気になるところなんですが、どうです？　当人としての見解は」

当人、当人か。確かに私達のお話ではあるのだろう。

ただし私は不死鳥の背に乗った覚えはないし、ジョセフィーヌという名でもなかった。その名前は不死鳥のほうの名だ。

筋骨隆々の鬼神というのはおそらくアルラギア隊長のことだろうから、それなら幼女の従者ではなく、どちらかと言うと幼女の上司。もしくは保護者役の大人である。

そうやって一つずつ考えていくと、実のところ真実なんてなにも語られていないようにも思える。

合っているのは本当の大枠の部分だけ。

ちょっとした災厄を一度だけ、幼女とフェニックスっぽい精霊と鬼神っぽい男性が鎮めたという部分だけだった。

「ほとんど事実からは遠いのでは？」

「あらあらそうですか。私としては、そっくりそのまま調査記録に書いておこうかと思ったんですけどね。まっ、事実はアルラギア隊長のほうの記録があるでしょうし、私は民間伝承について記述しておきましょうか」

どうやらギルマスのサーシュさん、彼も隊長さんと同じように、この界隈の調査記録をつけているそうで、この一件も書き残すらしい。

なんでもこのあたり一帯はフロンティアとか魔境だとか呼ばれる未開の土地なのだそうだ。その開拓と調査の記録をつけているようだった。

この町はフロンティア地域の重要な拠点。

またフロンティア地域そのものも、大陸各国の主要都市を中継する重要な位置にあるらしい。にもかかわらず、まったく開発の進まない土地でもあるという。

政治的にも、どこの国にも従属しておらず、管理の難しいエリア。

トマトを見つけるきっかけとなったバードマンさん達の住む山岳地帯から先なんて、未だ人類もエルフもドワーフも拠点を築いたことがない秘境だそうだ。あの山岳地帯から内海を挟んだ対岸には神聖帝国があるけれど、そこらあたりが真っ当な人間文明世界の境となる地域だという。

つまり、私の住んでいるこの界隈は、真っ当な文明から少し外れているらしかった。

野生の神獣やら精霊やらが多少なりとも姿を現すのも、この地域ならではなのだとか。

サーシュさんはこの町のギルドマスター。だけれども、ここだけでなくフロンティア地域全体も見ているそうな。思っていたよりも広い範囲を管轄にしている様子だ。

　これに対して、門番のジャスタさんは純粋なる門番さんで間違いない。これはむしろ、庶民の育ちである私には馴染《なじ》みやすい、なんとも心強い人物である。

「えっ？　ちょっと待ってくださいよギルマス。リゼちゃんが吸血鬼を退治？　そんな馬鹿な⁉」

　そんな具合に、新鮮な反応を示してくれるのが彼だった。なんの運命の悪戯《いたずら》か知らないけれど、私が出会う人々は誰も彼も妙な人物ばかりなのだ。

　そんなお話をしながら、ちょうど冒険者ギルドの前を歩いていると、ギルマスさんがギルド職員の方に呼び止められる。誰かお客さんが来ているとかなんとか。いったん足を止める。

　職員の方とのお話が終わるのを待っていると、今度は私がギルマスさんに呼ばれた。先日の吸血鬼騒動の件で追加報酬が出たから、ギルドに寄っていってくれと言われる。

　ほう、なにをくれるのだろうか？　ギルドへと入ってみると、

「おおリゼちゃんだ。元気にしてたかい？　隊長さんとこで暮らしてるんだってな」

「お、ほんとだっ。リゼちゃんだ。今日はなんだい？　お使いかい？」

あちこち行っていたせいで、この町もギルドも久しぶりになってしまったけれど、皆さん覚えていてくださった様子だ。軽いご挨拶をして、そのままギルマスルームへ進む。

「リゼちゃんが来ていてちょうど良かった。それでは村の方もこちらにお通ししてください」

ギルマスさんが職員さんに指示を出すと、すぐに見知らぬ方が三名入室してきた。

あの村の村長さんらしきお爺《じい》さんと屈強な女性、それから優しそうな男の人だ。

「失礼いたします。いやはや先日は村を全滅の危機から救っていただいてまことにまことに感謝至極でございまして……、ええと、それでギルドマスター。冒険者の方は」

「ええこちらに。リゼちゃんという腕の立つ冒険者の方ですよ。まだ若いですが素晴らしい力量で」

ギルマスさんからの説明を受ける皆さん。

三名揃って、私の頭の遥か上のほうを一度眺めてから、ゆっくりと下に目を移した。

「ええと……？　誰がなんですと？」

「はい、ですから、こちらのリゼちゃんが、吸血鬼被害を抑え込んでくれた冒険者さんです」

「ずいぶんとまた、小さい方ですね。ギルドマスター、こちらが本当に？」

「そうなります。当ギルドでも期待の新人でして。まだ小さいですが実力は折り紙つきです」

「ええとうん、なるほどそうでございますか。それでは、なんと言えばよろしいのか、あいや分かりました、ではあらためまして、ゴホン………」

咳払いをしてひと呼吸おいてから、お爺《じい》さんの目はカッと見開かれ、そこから満面の笑みに変わって私に語りかけてきた。

「はぁ～～、そうかいそうかい、すっ～ごいねぇぇお嬢ちゃん。おじいちゃんビ～ックリしちゃった。ありがとぉう。リゼちゃんのおかげで、村のみんなみーんなすっごく助かったって喜んでるんだよぉ」

なぜだろうか、急に凄く子供っぽい褒め方をし始めたお爺《じい》さんである。声のトーンも三段階ほどガツンと上がっていた。

おそらくこの人にとって、子供を褒めるときにはこんな感じだという認識なのだろう。ふざけているようにも思えてしまうけれど、おそらく本気で誠心誠意のお礼を伝えてくれている。

「ほ～んとうにほ～んとうに、ありがとうねぇ～。きっとリゼちゃんは、大きくなったらドラゴンみたいにつよ～くなっちゃうかもねぇ。おじいちゃんも楽しみだなぁ。また村にも遊びに来てね～。おじいちゃん達、この新しい大冒険者のリゼちゃんを、み～んなでた～～っくさん、す～～っごく応援しているからねぇ～～」

これも子供に対する作法というべきものだろうか。

しかし気を使いすぎて、五歳児に対する態度というよりはもっと小さい子供への話しかけ方になってしまっているようにも思えた。

こちらからも子供っぽく返すのが礼儀なのか、あるいはいつもどおりで良いのか。悩んだ結果。

「ありがとうございます、頑張ります」

なんだか妙に堅い返事になってしまった私である。

そんな雑談もしつつ追加報酬を取り出すお爺《じい》さん。中身はお金だったのだが、失礼かとは思いつつ遠慮させていただいた。

現状、お金には困っていないのだ。

というか、とてもではないがもらえる雰囲気ではなかった。

普段ならもらえるものはもらっておく主義な私だけれど、今回は、相手がいかにも貧しそうな方々なのだ。これでは気が引けていけない。それで受け取らなかった。

結果として、お爺《じい》さんから私への応援熱はますます高まってしまっていた。また変な伝説を生み出さないでほしいなと思いつつ、皆さんとはお別れした。

アルラギア隊長にも同じ話がいくらしいけれど、きっと同じ結果になるだろうと思う。

ギルドを出るとジャスタさんが言った。

「それでリゼちゃんは、ええと、野菜の種を買いたいんだっけかな。それなら向こうの雑貨店に少しはあるはずだ」

そう、種だ。種なのだ。

私達は寄り道とおしゃべりに興じてばかりでまったく進まなかった歩みをようやく進め、その先にある待望のお店屋さんへ向かった。

しばし歩くと、ようやくジャスタさんが案内してくれた雑貨店が現れる。

店の前で窓から中を覗く。日用品が所狭しと並べられていた。

野菜の種はあるだろうかと目を動かしてみると、あった。あったのだ。なんと野菜の種が確かにあったのだ。私は歓喜と共に、空を見上げる。

突き抜けるような青空が、まるで私の菜園生活を祝福してくれているかのようであった。

町の雑貨店。キラキラと輝くショーウィンドウ。

さっそく店の奥に見えている野菜の種売り場に直行したいのだけれど、私の隣では、店のガラスに張り付いて、我が家の風の精霊である風衛門さんがよだれを垂らしている。彼のイタチ系ボディが、ふよふよと風に揺れながら窓ガラスに張り付いている。

風衛門さんは種とは別なものに興味津々の様子だった。ショーウィンドウの奥で山積みされている、子供ポーションとかいう商品が欲しいらしい。

ともかく店内に突入する私達。我が家の三精霊は揃ってそのポーションの売り場へと向かった。

『ぴゅい、ぴゅぅい』

風衛門さんは、その売り場にいたいと言う。大丈夫だろうか。勝手に開けて飲んだりしたらだめなのですよ？　そんな私の問いかけに、

『ぴゅいっ！』

任せておいて絶対そんなことをするもんかいっ、との返答がくる。

同行してくれている門番ジャスタさんが、三精霊を見ていてくれるというので、私はお言葉に甘えて種売り場へと進んだ。

そして、あった、野菜の種である。食用の種類は二つだけと少ないけれど、それは正真正銘、野菜の種だった。

毒もなければ爆発効果も持っていない普通の野菜の種だ。手にとってみる。

一つ目の種は葉ネギである。

家庭菜園の王道植物だ。昔、お婆《ばあ》ちゃんの家の庭先にも植えてあったのを覚えている。お蕎麦を食べるときなんかには鋏《はさみ》でチョキリと切ってきてくれて薬味にしたものだ。薬味にしては育ちすぎていて大ぶりだったけれど、あれも良い思い出。

続いてもう一つの種は、なんとナス様である。

こちらも家庭菜園の王道にして、野菜界の覇王。絶対正義おナス様。私はおナスが好きである。

素揚げにしてめんつゆを掛けるだけでも絶品だし、トロトロの焼きナスも好ましい。ナスには天下を統《す》べるほどの器量があると、つねづね私は思っていたのだ。お久しぶりですこんにちはおナス様。

素晴らしい成果だった。なんの変哲もないストレートな野菜達。

葉ネギにおナス。さらにはすでに育て始めているトマトもある。これだけあれば家庭菜園としては上々のすべり出しだ。あとは美味しく育てるだけである。

この成果を手にして三精霊達のもとへ戻ると、さて。

『ぴゅいっ』

風衛門さんが待ち構えていた。はい、これに決めましたと言わんばかりの様子で、子供ポーションを差し出してくる。

お安いもののようだし、私も少しは貯金があるから構わないけれど……。しかし、そもそも子供ポーションとはなんなのか。

いかにも子供が好きそうな元気いっぱいなデザインのパッケージである。中には小ビンに入ったポーション。

門番さん曰《いわ》く、この手の商品は回復薬《ポーション》とはいってもジュースみたいなもので、効能はかなり薄めてあるのだとか。

パッケージを見ていると、『冒険者&傭兵団カード入り』という記載が目に入る。

有名冒険者達のキャラクターカードが同封されているらしい。

どこかで聞いたような？　と思って考えてみると、そう、確か神聖帝国の怪しい神官が話していたあれだ。彼の子供が集めていると話していたカードである。

そうか、こんなところでも売っていたのかと妙に感心してしまう。

売り場のガラス棚の奥には見本として、カードがずらっと飾ってあった。

キンキンキラキラで、説明書きの入ったイラストカード。

『巨人族独立戦争の英雄、ギュンダルミッド』

『伝説の大盗賊、コードネームオメガ』

『破滅の御子、セタ』

などなど……

確か隊長さん達もカード化されているそうだけれど……、ちょっと気になってしまう私がいた。おや？　良く見てみると。隊長さんと副長さんのカードも数パターン、店のショーケースの中に飾られている。

「ウチの町じゃあとくに人気だからねその二人は」

ジャスタさんが教えてくれた。

ちなみに風衛門さん達はカードにはまったく興味がない。彼らはあくまで子供ポーションが飲みたいらしい。美味しそうな匂いがすると騒いでいる。

そんなこんながありまして、はい、購入してしまいました、子供ポーション。合計三本。ポーション本体は三精霊に一本ずつ渡してみる。

皆小動物っぽい身体をしているけれど、流石《さすが》に精霊だ。自分で器用にビンを開けてグビリと飲み干した。

実に満足げな顔だった。周囲にはフルーティな香りが漂ってくる。

とくに風衛門さんは好きな味なのか恍惚の表情である。そういえば風神さんも桃が好

きだったし、彼ら風の眷属は果物系の味が好物なのかもしれない。

「ラナグはいらなかったの？」

『我には無用だな。あんなものは水と変わらぬ』

そんな子供じみたものが飲めるかと言わんばかりのラナグであった。

さてそれで、私のほうは冒険者&傭兵団カードの開封作業である。

誰か知り合いのカードでも出てきたら楽しいのだけれど、確率は低そうだ。なんて思いながら、いざビリリと封を開ける。

はいまず一枚目、出てきたのは知らない人。厳《いか》つくて悪そうなおじさんのカードである。キラキラ光っていて、希少値が四と書かれている。

ちなみにカードには魔法陣も描かれていて、微量の魔力を流し込むと、そこから立体ホログラムのように3D映像が浮かび上がってくる。なかなか手が込んでいるなと感心する。

「おおリゼちゃん強運だね。いきなり大海賊グランディエゴザ。海辺の少年達憧れのウミワシ傭兵団団長だね。普通のカード十枚以上と交換できる人気カードだよ、それ」

そう言われても知らない人なので ピンとこない。こないけれど、良いものらしいと教わる。

ショーケースの中のアルラギア隊長は希少値四・五で、このグランディエゴザさんよりもちょっとだけ高いようだ。

ただしカードの希少値の最高値は六らしいから、まだまだ上に設定されているカードがたくさんありそうだ。

確か隊長さんも副長さんも、自分達のカードなんてそれほどでもないぞ、なんて言っていた気もする。

「アルラギア隊長のカードは希少値はそこそこだけど、それ以上に人気はあるよ。まあ本人の実力で言えば、その人気をさらに超えて高いと俺は思ってるけどね。我らがアルラギア隊長は無敵だぜ」

ジャスタさんは熱っぽい目で語った。

カードはあくまでカードだから、実際の実力がどこまで反映されているのかは、かなり適当な面もあるそうな。

それにある程度人気のあるキャラの場合、カードは一種類だけでなく、別バージョンもあるそうだ。

例えば真アルラギア隊長とか、覚醒アルラギア隊長などというようなバリエーションだ。それぞれレア度も強さも違うとか。

門番のジャスタさんはこのカードに詳しい。子供の頃は良く買い集めていたと言う。

私は今回三本ほど購入したので残りは二枚。パパッと開封していこう。

二枚目は女剣士エルドガ。希少値二。キラキラはしていない。これは普通のカードらしい。

そして三枚目。む？　こ、これは……

最高等級レア『破滅の御子セタ』というのを引いた。

もんの凄っく邪悪そうな顔つきで描かれている少年だ。

説明書きには、ええと、この年号だと二十年ほど前の人物ということか。世界を滅ぼしかねないほどの存在だったと記載されている。

しかしこの顔つき……日常的に厳《いか》つい強面《こわもて》の人達と接しているせいなのかなんなのか、妙に親近感を覚えてしまう。

「うっそでしょリゼちゃん。なにその剛運。俺にも分けてほしい」

ジャスタさんに運の強さを絶賛される。なにかの役に立つわけでもないコレクションアイテムだけれども、ほんのりと嬉しいものだ。

またなにかのときにでも買ってみようかしらん。うちの精霊さん達も子供ポーションの味が好きなようでもあるし。

ようし買い物はこれにて完了。ホームに戻ってさっそく野菜の種を蒔《ま》いてみようではないか。意気揚々と歩き出す。さあ帰ろう。

ところが帰りの道すがら、謎の女性数名から呼び止められ、なにかを手渡された。どうもこの人達、私に用事があるというよりは隊長さん&副長さんに用事があるらしい。

あの二人へ贈り物を届けてほしいとお願いされてしまった。

モテる二人だとは聞いていたけれど、なんだか生々しい出来事に巻き込まれてしまった。やや面倒くさい。

それぞれの贈り物にはお手紙までついている様子だ。恋文だろうか？

なんということだろう、こんなもの、紛失してしまったら大惨事なのでは？

幼女に託《たく》すようなものではないのでは？　しかし、とりあえず託《たく》されてしまった以上は仕方がないので、亜空間倉庫にしまっておく。

こうして、もうホームに帰ろうと思ってからが長かった。実に長かった。

なにせ乙女達、乙女で乙女で仕方がない。

彼女らは次々に現れ、隊長さん達へのお手紙つきプレゼントをこっそりと私に渡そうと画策する。乙女達の戦いは激しかった。隙を見て私に襲い掛かってくる。

初めに話しかけてきたのは隊長さん&副長さんを目当てにした乙女達ばかりだったけ

れど、後半になると建築術士のブックさんや、転移術士のグンさん派の乙女達も密やかに、かつ大胆に迫ってきた。

それどころか私の知らない隊員の方々への贈り物まで持ち込まれ、私もまんまと受け取ってしまう。その物量たるや、幼女に持たせる荷物の限界を遥かに超えていた。

幸か不幸か私には大量に収納ができる亜空間倉庫があった。

全部まとめてぶち込ませていただいた。宛名を書いていないものはその場で書いていただいた。そうしなくてはあとで分からなくなってしまうのだ。

ようやく乙女突撃部隊の波も引いてきたなと思う、そんな帰り際である。

以前に一度お邪魔した服屋さんの前を通りかかった。今着ているふんわりワンピースを購入した店だ。なんとなく気になって、通り過ぎざまに中を覗いてみる。

店内には剣や斧や鎧《よろい》なんかも置いてあるから、服屋さんというより本当は武具店なのだろう。私が買ったことがあるのはこのワンピースと替えの部屋着などを少しだけだが。

今になって思えば、このワンピースは本当に高級品。

辺境の町の小さなお店に売っているとは思えないくらいの上等な装備品である。

私はこの異世界に来てほとんどずっとこればかり着ている。だから他にもなにか見てみようかしらなんて思い、店の前で少しだけ足を止めていた。

けれども、この隙を突くようにして、またしても乙女から声をかけられてしまう。

しまった、油断せずに早足で帰るべきだったか、と思う。がしかし、どうも女性の声は明らかにこれまでの乙女達とはトーンも様子も違っていた。

「かっかわいいっ、かわいい女の子がいるっと思ったら、あら？　あらリゼちゃんじゃない？　あれから全然少しも姿が見えないから、絶望してたところよ？　もう少しでこの世の全てを呪ってしまうところだったわ。ああお願い。だからだっこさせて」

店の中から現れた女性。それは以前にも私をだっこしたがった冒険者の方だった。

前にお会いしたのは、異世界に来て初日の冒険者ギルドでだ。その見た目から、女剣士だと思っていたけれど、どうやらこの店に勤める職人でもあるらしい。

彼女の目的は他の乙女達とは違っていた。アルラギア隊の皆さんではなく、幼女たる私だった。

どうもこの人、このワンピース型の魔法防具を作り上げた人物らしいのだ。

えらく子供好きな女性だなと思っていたけれど、子供服の職人さんだと言うのなら、やや納得できる。できなくもない。

一見すれば女剣士のような出で立ちで、子供用の魔法防具を作る専門の職人だとは思えなかった。

「それでリゼちゃん、服の調子はどう？　それが今の私の最高傑作。もちろんもっとドレッシーな服もあるけれど、性能的には持てる技術の全てを注ぎ込んだ服よ。少し見せてちょうだい。補修が必要ないか、劣化がないか……」

彼女はまず私の頬をつついて、抱き上げて、強めに抱きしめたあとに、また地面に下ろしてから、ワンピースに劣化がないかのチェックを始めた。おそらく途中までの工程は、とくに必要はなかったのだろうと思う。チェック作業が始まると、完全に雰囲気が変わって真剣そのものであった。

今の私にとっては一張羅の大切なお洋服である。部屋着程度は他にもあるのだけれど、基本的にはこればかり着ている。

しかしバッチイ幼女だと思うことなかれ。そもそもこの服は汚れないのだ。土弄《いじ》りをしようが料理をしようが、大暴れをしようが、ラナグがよだれを垂らそうが、汚れが付着するということがない。

上等な魔法防具として作られただけあって異常に頑丈だし、しかも万が一破損してもすぐに自己修復を始めるという優れもの。もはや一生これを着ていれば良いのではとすら思える。

淑女のありようとしては、お洋服が一着しかないというのはどうなのか。もちろんそんな気持ちも多少はある。しかしそもそもこちらの世界では、皆さん基本的に同じ服をずっと着ているのだ。

なにせ服とはいっても、基本的には防護能力や補助効果をてんこもりにした魔法の装備品だからなのだろう。

色々な服を毎日着替えるというよりは、買える範囲で最高性能のものを、メンテナンスしながら長く着ているのが普通らしかった。

そんなこんなで良い機会なので、彼女は私のお洋服を簡易的にメンテナンスしてくれた。

「よしよしよしっ、大丈夫。異常なしっと。流石《さすが》私の最高傑作。ああでもリゼちゃん、また買い物にも来てね。できれば私のいるときにね。もう少し余所行きの服とか、パーティードレスなんかもあるんだから。ああそうだ、フルオーダーでも作るし、今の服のカスタマイズにバージョンアップ、なんでもござれでお待ち申し上げてるわ」

彼女はまくし立てるように話してから、店の中に一度戻り、すぐさままた飛び出してきた。

私に着てみてほしいというドレッシーな服を何着か手に持って。

ただ今回それは軽く合わせてみるだけで試着まではしなかった。

いや正確には、私には試着ができなかった。あまりにもキラキラしすぎなのだ。大きな宝石がついていたり、背中がバックリ開いていたり。もちろん綺麗だし可愛い服なのだけれど、そんなハリウッド女優みたいなドレスを着た経験がない。お姫様のような本格ドレスもでてきたが、あまりにも世界が違うというか、慣れないのだ。

「天地神明に誓って、絶対似合うのに！」

こちらが難色を示すほど、さらに白熱していった彼女は、ついには無料であげるから着てみてくれなどと言い出す。わけが分からないし、もらえるはずもないし、ギルマスさんやジャスタさんを待たせてしまってもいるので、今日はここまでとした。

またなにか必要なときにお願いしますからとだけ言って、この日はお別れした。この人もなかなかになかなかな人物だった。

ともあれ楽しいひとときで、久しぶりのスベニカの町を堪能できた。

付き合ってくれたギルマスさんとジャスタさんのお二人は、ご丁寧にホームの入り口まで私を送ってくださった。

こうしていよいよ帰りついてみると、入り口のすぐ外に隊長さんの姿がある。どうやら仕事が終わって帰ってきて、ここで待っていてくれたらしい。

まったく大雑把《おおざっぱ》な性格なのに、心配性な面もある隊長さんだ。

「おうリゼ、帰ってきたか」

「ただいま帰りました、アルラギア隊長」

「買い物はできたか？」

私は種やカードなど、今日の戦利品をお見せする。

最高クラスのレアカードを引き当てたことも報告。これは自慢である。

「どうですか見てください、私の剛運を」

「ん？　そいつは」

しかし思ったより反応が鈍い。もしかしてこの手のことはあまり詳しくないのだろうかとも思う。知らないのでは、せっかくの自慢が台なしだ。

「ああー、これか、これは確かに凄いな。どんな運してるってんだよリゼは。運まで特級レベルか」

やや間があったが、どうやらこのカードの素晴らしさに気がついたらしい。

「そうなのです。あやかりたいでしょう」

「ああ、あやかりたいな。まったくあやかりたいよ」

そんな会話を楽しんだお迎えのあと、アルラギア隊長は種まきまでも手伝ってくれた。

ラナグも三精霊も手伝ってくれて順調に進む。彼らは肉球ハンドを器用に動かして種を蒔《ま》く。

「ああ、そういえば」

私は種まきをしながら大切な用事を思い出した。

忘れないうちに渡しておかねばなるまい。アルラギア隊長に町の乙女達からのプレゼントを預かってきてしまった件を伝える。隊長さんは苦笑いであった。

種まきが終わってからは、ロザハルト副長にも渡しに行く。

やはりここでも苦笑いを見せつけられる。まったく二人とも少しは喜んだらどうだろうか。恋人の一人もいないくせに余裕ぶっている場合だろうか。

副長さんに、とても綺麗でグラマラスな乙女もいましたよと伝えてみた。けれど、とくに興味がなさそうだった。

「いいのいいの、隊長はともかく俺は女の人ってちょっとだけ苦手だしさ」

そういえば、そんな話もあったような。男所帯で暮らしているからあまり気にならないでいたけれど。

しかしそうなると、幼いとはいえ私も女の端くれだ。女性が苦手だというのなら、私のことも苦手だと思ってもらわねば筋が通らないのでは？　そんな主張をしてみるけれど。

「リゼちゃんは流石《さすが》に大丈夫かな」

返答は実にあっさりとしたものだった。

なにが大丈夫なものか。幼女だと甘く見ているのだろうか？

それならば、十年後に吠《ほ》えづらをかかせてやろうじゃないかと決意する私である。恐れおののくが良い、十年後の私の乙女っぷりに。きっと声もかけられない副長さんだろう。

そんな副長さんのもとをあとにして、私は見知らぬ隊員さんも一人ずつ探し出し、贈り物を配付し終えた。かなりの労力であった。

なんだか徒労感と虚無感を覚えさせられる配達任務であった。見知らぬ他人の恋路の手助けなど、やっても得が一切ないのだと悟らされる。

ちなみにだけれど、コックさんには配達物がとくになかった。それはそれで切ない。いつものことだよなんて言う彼の背中が、ほんのり寂しげに見えたのは気のせいだろうか。

ただ私が思うにコックさんは知名度がないのだ。低いというよりない。いつもホームの持ち場から離れないし、他の隊員さんと違って外に出ていく仕事ではない。基本的に裏方の仕事だ。

人物としては十分に魅力的な殿方だと私は思う。

「コックさんならきっと素敵なお相手が見つかりますよ。なにせ料理が美味しいですし」

「ん？　そうかな？」

「ええもちろんですよ」

「……でもな、料理っていっても、まず食わせる相手が男ばっかりなんだよなぁ」

「なるほど……、そうなると難問ですね」

「ああ、まさに難問だ」

人生とは、なんと儚《はかな》く、複雑怪奇なものだろうか。

私はコックさんに注いでもらったグラスミルクをキッチンカウンターで傾けた。精霊達もラナグも、ミルクをもらって舐めていた。

ミルク、この世界ではそこそこ高級品らしい。あらためて飲むと美味しいな。そんな午後のひとときであった。

竜を求めて

小さな菜園で野菜が少しずつ育ち始めた、ある昼のこと。

私は贅沢にも、昼寝を決め込んでいた。

木陰の草地。スヤスヤ眠る三精霊達と共に、ラナグのモフ毛に包まれる。

『リゼ、リゼよ、なあリゼよ』

「ううん……、どうしたのラナグ？」

半分ほど寝ぼけている私に、ラナグが顔を傾ける。

悲しそうな、切なそうな顔をしている。何事かと思って聞いてみると。

『腹がな、腹が減ってきた』

ハラペコらしい。いつものことだとは思いながらも続きを聞いてみる。

『ちょっと食べると、なおさら腹がすく現象というのは、人間にもあるのだろう？』

なるほど。ここ最近、私と一緒にちょこちょこと食事をしていて、調子も上げてきていたようだけれど、食欲が刺激されてもっとガツンと食べたくなってきたらしい。

分からなくもない。完全な空腹状態からの、ちょい食べ、そして食欲大爆発。

ようし分かった。ならばなにか良い食材がないかと考えてみる。

「ガツンとしたもの。ガツン……それなら、邪竜の骨くらいはまだ地中に少しは残って……」

ウゲロゲロ、ラナグは露骨にそんな顔をする。ハラペコなくせに、なんて贅沢なことを言う神獣さんだろうか。

邪竜の素材は今ある食材の中では最も格が高く、ラナグのお腹を満たす力も高い食品らしいというのに。それを、味が不味《まず》いからという理由で食べようとしないだなんて。

『それくらいならハラペコ状態を我慢する。今なら存在維持そのものに支障があるわけでもなし。邪竜は絶対食わないぞ。ぐるぅ』

人間とは違って、なにも食べなくたって寝なくたって生きていける神獣ラナグ。

邪竜は断固拒否の構えである。まあもちろん、そもそもあれは千年桃のピチオさんに
肥料としてあげてしまったものだし、無理に掘り起こそうとも思ってはいないけれど。

しかし他に残っているものは、なにかあるだろうか？

ワイバーン素材ならまだたくさんあるか。マイクロトマトのピューレもまだある。

あとは新品種のブラッディドラゴントマトも少々。

種を蒔《ま》いたばかりの他の野菜や薬草、毒草、あるいは危険物達に関しては、まだ収穫
にはいたっていない。ネギの芽もぴょこりんと飛び出してきたばかりだ。

今、菜園は大きく三つの区画に分けられていて、その一つがネギゾーン。

もう一つの区画ではナスの芽が出てきたところ。もう一つでは、ブラッディドラゴン
トマトが毎日ぐんぐん背丈を伸ばし、にょろにょろと育っている。

そんな様子を眺めつつ、ラナグのハラペコ状態を考える。

「今あるこんな感じの材料か、コックさんがストックしている食材の中からなら作ってあげられるけれど、どうするラナグ？」

『むろんリゼの作ってくれたものならば、なんでも美味《うま》い、美味《うま》いのだが……、いやこれは神獣として生まれ持った特性なのだ……、同じものを続けて食べてもいまいち効果がない……食材も味もな』

ラナグはすまなそうに言った。くぅんくぅんと鳴く子犬の如き表情。

にしても難儀な食性である。

神獣のお腹は、愛情や豊かな食味によって満たされる場合もあれば、ガツンと神通力が宿った食材が必要な場合もあり、さらに同じものを連続で食べても効果が薄いのだと言う。

今必要なのはガツンと格の高い食材だそうだ。神通力という成分が豊富に宿っているらしい。

神通力が豊富に……、必要なのがβカロテンならば緑黄色野菜に豊富に含まれているのは分かるけれど、神通力は分からない。

こういうときには、あれだろう。食通で情報通のコックさんに聞いてみるに限る。

「……そうかなるほどな。そんな感じの格の高い食材の入手方法なぁ……。まあ、俺の知る限りではいくつかの選択肢があるな」

流石《さすが》のコックさん。打てば響くような料理情報通である。

「いやいや、あんまり期待はしないでくれよ、あくまで少しばかり情報があるってだけで不確かなものが多いんだよ。まあ、例えば神酒《しんしゅ》だな。これは本当に不確かな情報しかない案件だが」

語り始めるコックさんの言葉に耳を傾ける。ラナグの喉がゴクリと鳴る。

「神酒《しんしゅ》ってのは、千年桃を主原料の一つにした酒で、一説ではなにかの蜜を使って作る酒だともいわれている。かなり特別な力のある神話級の酒らしいが、分かっているのはその程度で、詳しい製法は不明だ。どうだ、本当に不確かな話だろ？」

ふむ、主原料の一つらしい千年桃が手元にあるだけ良いのかもしれないが、確かに簡単ではなさそうだ。もしこのお酒の製造を目指すにしても時間が掛かるだろう。

ラナグは半信半疑といった様子だ。

実は遥か古《いにしえ》の時代に、神酒《しんしゅ》を飲んだ記憶があるらしい。

ただそれはまだ創世の神々が普通に存在していたほど古い時代の話だそうで、今さら製造法を復活させることができるだろうかと疑っているのだ。

「もう一つの可能性はクラーケンだ。ここから神聖帝国に向かう途中に内海があるのは知ってると思うが、その奥深くに棲息している巨大モンスター。船乗りの間で語り継がれる存在。こいつは確かに実在するようだ。だが俺が生きてきた間には、実際に出没したって話は聞いたことはないな」

二つ目の情報を聞いたラナグは喜色満面であった。良いねクラーケン食べたいなっと唸《うな》り声をあげる。

そういえば以前にもどこかでクラーケンの炭火焼が食べたいと言っていた気がする。好物なのかもしれない。

ワイバーンや邪竜よりもさらに体が大きい魔物だそうだ。存在の希少性もさることながら、そこまで大きい魔物を炭火で焼くとなると、まず炭を用意するだけでも大事《おおごと》になりそうではある。

「あとはな……、最近どうも焔山《ほむらやま》のほうで魔物の動きが活発らしいって情報がある。だいたいこういうときにはな、突然大物が湧いて暴れだしたりするんだよ。あのエリアだと……例えば炎竜の系統が現れる可能性が高いか」

さてさて、三つの情報をいただいたけれど、クラーケンの炭火焼を狙うか、炎竜か、あるいは最も未知数な神酒《しんしゅ》でも狙ってみるのか。

確率が高いのはクラーケンだろうか？　炎竜は出現するか分からない。もっとランクの低い魔物でも良ければ、焔山《ほむらやま》でなにかしらは獲れるらしいけれど。

ラナグは肉球で頭を抱えて悩んでいた。前足で顔をゴシゴシ、鼻先にはシワを寄せて悩んでいる。

『うー、うー、リゼはどれが良いと思う？』

聞かれてもさっぱりである。好きなのにすれば良いのにと思う。と、そこへ。

「お、ここにいたか」

今日も今日とて隊長さんがブラブラと現れた。

「リゼすまないが、もし手が空いていたら荷物の輸送をまた頼まれてくれないか。行き先は……」

お仕事の話らしい。そして、今回の任務の目的地はフロンティア内にある、焔山《ほむらやま》の麓だという。

そう、それは炎竜が出没するかもしれないと、今話していた場所であった。

これで決まりだ。行き先は焔山《ほむらやま》。食材は炎竜かそれに近いものに大決定である。

「では行きましょう隊長さん。炎竜を、獲りに！」

「ん？　いや、荷物をな……」

『よーし、ゆくぞリゼ。炎竜は美味《うま》いからな、我はたくさん獲ってくるぞ。皆で食そう』

ラナグは大張り切りだ。是非私にも食べてみてほしいそうだ。

もちろん私としても、美味しいものだよと言われれば口にしてみたい。やや刺激的な味らしいから、少しおっかなびっくりな気分でもあるけれど。

さあ準備開始だ。まずは輸送する荷物を受け取った。

次に隊長さんから耐熱ルビーという装備品をいただいて服の中に取り付けた。これは熱や炎のダメージを大幅に軽減してくれるアイテムらしい。あちらはとても暑い場所なのだそうだ。

ついでにラナグが『氷冷の加護』というのを私の身体に纏《まと》わせてくれた。

こちらは火属性の魔力や熱そのものを打ち消す効果があるそうで、暑い場所でも熱い場所でも快適に過ごせるそうだ。

ラナグはこれまでの私との食事で、神獣としての力が回復して余ってきているから、そのお礼というつもりらしい。そんな気を使わなくたって構わないのにと思いながら、私達は元気に出発する。

目的の村は近場なので、今回も空を飛んでの移動である。

ただし危険度はやや高いエリアで、空の上でもちょこちょこと魔物が現れて襲い掛かってくる。

一方我が家の三精霊も負けていない。血気盛んである。子鴨フェニックスのジョセフィーヌさんを筆頭にして、好んで魔物を倒そうと突撃する。

魔物退治は子精霊の神格を上げるのにも良いらしいから、私はサポートをする程度にとどめておいた。

皆頑張れ元気に育て。

そうこうする間に目的地へと到着。フロンティア地域にたくさんある開拓村の一つであるここは、魔境に接する最前線だ。フロンティアからさらに奥へ進んだエリアが魔境。そこまで行くと、いよいよ村もなにもなくなるという。

隊長さん曰《いわ》く、最近この村の近隣で、魔物の爆発的な大発生が起こったのだそうだ。フロンティアでは単に『大発生』と言えば、すなわち魔物の大発生のことだとか。

発生頻度は高くないものの、ひとたび起これば被害は甚大。今回のアルラギア隊の任務自体は、そんな大発生への対応だという。

私達は地上に降りて村の入り口を探すが、どこだか分からない。

村を取り囲んでいたのだろう石造りの壁と門が、今はもう崩れ落ちてしまっているのだ。

幸い魔物の姿はすでにほとんど見当たらなかった。

先に出発していた副長さん達が、あらかた殲滅《せんめつ》したあとらしい。

毎度のことだけれど、隙あらば即時殲滅《せんめつ》してしまう彼らだ。ちょうど副長さんはひと仕事終えて村の中の集会場へと案内されているところだった。

私と隊長さんは着いたばかりでなにもしていないけれど、一緒に村へと入っていった。

さてこの村、アグナ獣人村という名称で、住んでいるのはもちろん獣人さんである。

行き場所を失って新天地を求めてきた人々らしく、まだ開拓を進めている最中なのだという。

そんな中で大発生を受けて、さぞ大変な状況だろう。そう思っていたけれど、意外にも獣人の皆さんは元気と生気に満ち溢れていた。あっけらかんとしていて悲壮感などまるでないのだ。

とくに子供達は元気いっぱいのモリモリのモリ。そこいらを奔放に走り回っている。

狼に似た姿の子が多い。全身毛皮に覆われていて、尻尾もあれば獣耳もある。顔も足も狼に近い形だけれど二足歩行。手は人間に近く、大人も子供もほとんど皆さん武器を装備していた。

モグラのような見た目をした背の低い小さな獣人さんもいるけれど、あまり数は多くない。多いのはクマか狼系の人々のようだった。

村の子供達は、尻尾をブンブンに振り回しながら駆け回り、相撲をしたりチャンバラしたり。

「元気な子供らだな」

アルラギア隊長は目を細めて見ていた。

子供達は子供達で、こちらに興味があるのか、隊長さんをじっと見つめ返していた。やたらと真っ直ぐな目だった。そして、そこにいた全員が全員、急に静かになって立ち止まった。ひそひそとなにかを囁《ささや》き合い始める。

何事かと思っていると、一人の子供がそろりそろりと隊長さんに近づいてくる。そして声をかけた。

「なあっ、もしかして、あんたアルラギア隊長か?」

「まあ、そうだが」

「!!?　……すげえ。やっぱ本物じゃん」

毛がモシャモシャに逆立っていき、ブルブルッと身震いする狼の子。急激に気分が高揚していったのが見て分かる。

「ファンです!　おいらと戦ってください!」

ファンらしかった。

どうもこの村には冒険者&傭兵団カードを持っている子供が複数いるようで、そのせいで隊長さんがちょっとした人気者なのだ。なぜ戦いを挑むのかは謎である。

しばらくして。アルラギア隊長は、獣人村の子供達と激しい戦闘訓練ごっこを繰り広げていた。

隊長もこういう遊びが嫌いなほうではないから、あっという間に仲良くなっている。

「おいおいどうした、そんなものか？　もう一度かかってこい」

などと言っては子供達を焚きつけていた。子供らは尻尾をブンブンに振り回しながら飛びかかっていく。そして返り討ちにあっている。痛そうである。

獣人の身体能力は人間よりも平均して高いそうだが、遊びと呼ぶにはあまりに激しい。

ロザハルト副長のファンもいたが、どうもこの村ではアルラギア派の子供が圧倒的らしい。隊長さんのほうがワイルド感が強いからだろうか。

一方二人とも、獣人女性からは特別人気があるようには見受けられない。そもそも人間は恋愛対象にならないようだった。

少年達からのアルラギア隊長への想いは実に激しい。「隊長つえぇ」「かっけぇ」「最強じゃん」と大合唱である。

そんな趣味趣向の彼らからすると、どうも私などは酷い扱いだった。「お前、アルラギア隊のくせにちっちゃいな」なんて言われてしまう。失敬な子供達だった。

そちらとてまだ子供で、十分にちっちゃかろうと思うのだけれど。

では私の隣の神獣ラナグはどうかといえば、たいそうな恐れられっぷり。ほぼ誰も近寄ろうとしない。

ラナグと私は二人して、獣人村の厳しい洗礼を受けた形である。

まあよかろう。今回は隊の任務で、私は荷物運びをしに来たのだ。お仕事お仕事頑張るぞっと意気込む。意気込むのだがすぐ終わってしまう。

毎度のことながら収納魔法はあまりに便利だ。指定された場所にぽいぽいっと荷物を下ろしてしまうと、それで任務完了である。

保存食や回復薬は村の倉庫へ下ろす。防壁の修理に使う材料などは、瓦礫《がれき》が散乱している村の外周部へと下ろす。そのとき、とても小さくてかすかな悲鳴が聞こえてきた。

「ひゃっぁ」

声がするのは瓦礫《がれき》と地面の合間であった。そこから小さな顔が飛び出している。モグラ？　モグラの獣人さんだ。

「ななな、なんです今のはっっ」

どうやら私が資材をまとめて出したせいで地面が揺れて、驚かせてしまったらしい。お騒がせしてすみませんね、などと言って私は声をかけるのだけれど。

「人間がしゃべった！」

またびっくりされてしまう。

「ひゃあ！　人間がいっぱいいるっ！」

どうやらモグラさんは、とてもビックリ屋さんらしい。しゃべっただけでも驚かれてしまう。

今はツンとした鼻先だけが飛び出ていて、ぴくぴくりと動いている。周囲の匂いを嗅いで状況を確かめているらしい。

極端な村だなと思う。狼とクマの子らは底抜けに元気だというのに、モグラさんは大変に繊細そうな生き物である。

私がしばらく穴の前で様子を見ていると、向こうも次第に慣れてきたのか、顔を見せてくれた。

「こんにちは？　モグラ族なのですけれど」

モグラ族らしい。私も挨拶を返す。

「あのう、先ほどの収納魔法なんですけど……、あれ収納魔法ですよね？　得意なのですか？　容量はどれくらいまで？　コツはなにか？」

今度は唐突に連続で質問をされた。

どうも彼らはビックリ屋さんだけれど、好奇心も旺盛なようである。

こうしてひとたび話をしてみると今度は、先ほど私が使った収納魔法について、あれやこれやと質問が飛んでくるのだった。

分かる範囲で答えるけれど、理論的な話を聞かれても参考になるようなお返事はできない。こちとら想像力やイメージでやっているのだから。

それでもモグラさんは実に興味深そうに私の話を聞いていた。それから話は展開し、私の人生設計にまで及び始める。

モグラさん曰《いわ》く、それほどの収納魔法が使えるのなら、傭兵団より商人のほうが向いてるのでは？　とのことだ。モグラさんはいよいよ穴の外に出てきて、折り畳みの小さな椅子を開いて腰かけた。どうもおしゃべりは好きらしい。

それにしても今の話はごもっともだった。商人でもやったらどうかという話。いや私とて考えたことはあるのだ。

私の場合、もし純粋にお金を稼ぐことだけを考えれば、行商人でもやればすぐにかなりの富を得られるように思う。

なにせこの世界には鉄道も舗装道路もない。普段使われているのは主に馬車である。

収納魔法を使える人はそれなりにいるけれど、私くらいの大容量となると、これはもう猛者《もさ》揃いのアルラギア隊の中にも使い手はいない。

収納魔法と同じような効果のあるマジックバッグという魔導具もあって、お金持ちの商人さんなんかはこれも使う。

アルラギア隊でもだいたい皆さん、一つは小さめのマジックバッグを携帯していて、大切なものはこれに収納して持ち運んでいる。が、やはり容量は大きくない。

他の輸送方法としては、転移術というのもあるけれど、これまた大量の物資輸送には向かないのだそうだ。

長距離転移術をうちの隊では日常的に使っているけれど、あれは地球でいうところの航空輸送のようなものでかなりのお金がかかっている。

とくにグンさんがやるような迅速で長距離かつ、快適な転移ともなれば、もはやプライベートジェットを飛ばすような贅沢行為であるらしい。

そんな長距離転移術を使って大量の物資を飛ばそうとすると、あまりにお金がかかりすぎて話にならない。普通の商売なんかには向かないのだとか。

そんなわけで、おしゃべりモグラさんは私に輸送屋さんになることを勧めてくるのだ。

「是非なさったら、どうです？」

モグラさんのつぶらな瞳が私を見つめ、パチパチと瞬《まばた》きをする。

「ええ、考えてはおきますね」

私はモグラさんに曖昧な返事をした。

この頃には彼の奥さんも穴から出てきて話に参加していた。

すっかりのんびりした空気感。

私も折り畳みの椅子を出してもらい、テーブルセットの上には乾燥ミミズがおやつとして載せられていた。ふむ、ミミズか……

失礼かとは思いつつも、このオヤツに私はちょっと手をつけられなかったので、ジョセフィーヌさんにプレゼントしてみる。流石《さすが》鳥である、とても喜んで食べてくれた。

それにしても、こうしておしゃべりしていると、結局のところ私には輸送を商売として大々的にやる気持ちがないのだと、あらためて分かった。

あまり無遠慮に輸送業をやってしまうと、今すでに商売をなさっている方々に激しい迷惑をかけてしまうのは間違いないだろう。だからやるにしても、ほどほどにしておくほうが良い。

それならばちょうど今のように、アルラギア隊のお手伝い程度で十分なのだ。これくらいが私の心持ちとしてもちょうど良いのだ。ある意味では、これは私なりの贅沢でもある。

「そうですか、そうですか、なんとも古いモグラ族のような考え方ですね。我らの一族には古くから伝わるこんな諺《ことわざ》があります。『ミミズは、美味しい』。はっはっは、まったくこの言葉のとおりですね」

そう伝えるとにこりと優しい笑顔で微笑むモグラさん。諺《ことわざ》の意味はまるで分からなかったけれど、なんだか歓迎はされているようではあった。奥様が言う。

「リゼさん、どうぞ我々の暮らしも見ていってくださいな」

そんな展開になっていた。

コンモリした地面に設置された小さな丸い扉。そこから中を覗くと、彼らのお家が見えた。

モグラ族は私よりも身体が小さく、お家も小さい。アルラギア隊長のような大人の男性で、しかも筋肉紳士だと彼らの家には入れなさそうである。

念のため隊長さんに断りを入れておこうと、あたりを見渡す。いたいた。

「アルラギア隊長、ちょっとお招きにあずかったので行ってきますね」

「ん？　ああ、気をつけてな」

それからいざお宅訪問へ。地下に掘られた穴蔵住居である。三精霊はもとから私よりも小さいから問題なしだった。

ラナグもそのままだと入れないのでミニモード。

中に入って見てみると、大きさ以外は人間の家とそれほど変わらない雰囲気。玄関があってダイニングがあって、ソファや家具が置いてある。ただその奥が……、村の防壁の基礎部分と繋《つな》がっているように見えた。

「ああ、それですか？　私達の主な仕事はその壁の管理なんです。いやはや見事に魔物に壊されてしまって、面目のないことでして」

村の防壁の製作者は、このモグラ獣人さん達だったらしい。

「ああ～、しばらくは修理にかかりきりの日々になるでしょうねぇ。ミミズ釣りにも当分は行けそうにない。悲しいことです、まったくね。ああ失礼、そういえばまだ名前も名乗っておりませんでしたね。私はモーデン。防壁の責任者をやらせてもらっています。まあとにかく、お茶でもどうぞお飲みください」

部屋の中では子供達が、かざぐるまを片手に走り回っていた。子だくさんらしい。

私はモグラ屋敷の小さなソファに腰をかけて、土の風味のお茶をいただいた。

タンポポコーヒーに土の香りを足したような風味である。

『リゼ、我にも飲ませてくれ』

ミニサイズになっているラナグは私のポケットの中から身を乗り出して。カップをクンクンと嗅いでいた。

食いしん坊なラナグのこと。少しだけ口に垂らしてあげると、『ふんふん、なかなかだな』などと言ってご満悦の様子。

『甘くしてくれぬか？』

とも言われたが、あいにくと甘味料らしきものはなかった。というか、そもそもこの村全体が、あまり裕福な食料事情ではないように見受けられた。モーデンさんも心なしか肩を落として言う。

「私なんかはミミズが少しあればなんとかなりますが、狼やクマ達はそうもいかないようですね。なにせこのあたりは食用になる植物も魔物も少なくて」

なるほどそうか。魔物にも食べられるものとそうでないのがいるが、この村の周辺で見たのは、岩系やガス系や炎系の魔物だった、いかにも食べにくそうだ。

「土の中に潜んでいるワームの仲間か、空を縄張りにする怪鳥系は食用になりますが、なかなか難敵でしてね。それに岩場ばかりの荒地ですから畑もできず。あるのは石と溶岩ばかりですな」

この土地でとれるのは主に石材、それから金属の原料になる鉱物も近くでとれるそうだ。

部屋の中にも、小さなものから大きなものまで、たくさんの鉱物が高く積んであった。

「鉱物だけは色々なものがありますよ。価値のあるものは少ないですが、ごらんになりますか？」

せっかくの機会だから見せていただく。

鉄鉱石や黒曜石。他にも銅、錫《すず》、銀などは精錬したものを塊で置いてある。アメジストのような石や、御影石《みかげいし》のようなものもある。厳密には地球の物質とは違うだろうが、ざっくりと分類すればそんな具合になるだろうか。

磁石っぽい石が詰められた箱もあった。雷石と呼ばれていて、焔山《ほむらやま》の噴火口の近くでよくとれるらしい。

「それ、鉄につくので面白いでしょう。なんの役にも立たないクズ石ですが、子供達が遊ぶのには役立ってくれます。なにかもっと上等な魔法金属でもとれれば良いのですが、あまり価値のあるものは出ませんね、ここいらは。もっとも聖銀《ミスリル》でも掘れるような土地なら、とうの昔にドワーフ達が棲《す》みついているでしょうが」

嘆くモーデンさん。

この世界では、魔力を持たない金属は珍重されないようだ。例えば銀に比べると、聖銀《ミスリル》のほうが遥かに価値があるのだ。

無数の石を積み上げた室内から廊下に出ると、その先は地下へと延びていた。

地下二階にキッチンがあり、その脇からまた下へと続く階段があって、下りると溶岩が流れている。

ドロドロに溶けた真っ赤な溶岩がボコボコ流れているせいで部屋の中はとても暑い。

私の周囲はラナグが掛けてくれた氷冷の加護があるから問題ないけれど、モーデンさんは汗だくである。毛皮がビショビショだ。

「おや、リゼさんは熱耐性持ちですか？　いやはや羨ましい。私なんぞは汗っかきでしょうがありません。我らのような毛皮持ちにとって溶岩仕事はしんどいものですよ。ああもう、お仕事したくない」

急激に本音を迸《ほとばし》らせるモーデンさんだった。

暑いのは不得手らしいけれど、彼の仕事にとってこの部屋の溶岩は重要な資源でもあるのだとか。

「村の防壁を強化するために必要な力を、この溶岩の流れから取り出しているのです。火の魔力を結晶体《クリスタル》化したものを使うのですが、これがその結晶です」

部屋の中には透明に赤く輝く水晶に似た物体が所狭しと置かれていた。

モーデンさんはそれから、防壁とクリスタルについての細かな仕組みもあれやこれやと解説してくれたけれど、あまりに専門的すぎて、私の鼓膜は途中から仕事を放棄してしまった。

「ああこれは失礼、技師でない方に語っても仕方のない話でしたね。なぜだか貴女とお話をしていると不思議と口が滑らかに。ほんとうに、古いモグラ族のような、あるいは私の祖母のような方ですね」

またしても古いモグラ族のようだと例えられる私である。祖母のようだと例えられるのは、乙女にとっては嬉しいことなのかそうではないのか。ただ不思議な気分になるばかりであった。私は話を壁の件へと戻した。

「モーデンさんは建築術士なのですね」

今回は、アルラギア隊の建築術士であるブックさんも同行しているから、補修にはきっと彼が手を貸してくれますよと話をした。

「ああそのお話は伺っています。すでにご挨拶はしましたが。本職の建築術士の方らしいですね？　興味深い」

モーデンさんは自分自身を専門性のないなんでも屋だと評して、建築術士のような立派な専門家が羨ましいと言う。

「小さな村ですから、魔導具製作から壁の修理、魔法衣の繕《つくろ》いに子供のおもちゃまで、必要に迫られてなんでもしなくちゃ、やっていけないんですね。だからなんでも屋の、なんでも技師なんですよ」

見た目がモグラなので分かりにくいが実はまだ十五歳で、まだこれから学びたいことも多いようだ。それが謙遜なのかどうなのかはともかく、私達はのんびりとしたお茶の時間とお宅訪問をこのあたりで切り上げた。モーデンさんはそろそろ休憩を終えて仕事に戻るらしい。

彼はスコップを担いで、明るい日差しが降り注ぐ地表へと上る。私達もあとをついて上る。

空が見えた。かなり高い位置でなにかが飛んでいる姿も見えた。

「あの怪鳥は……火呑み鳥ですね。あれが美味《うま》いんだが……」

先ほど聞いた、倒しにくい空の魔物というのが、あれのことらしい。

怪鳥はいつも遥か上空にいて、一方的に空から攻撃してくる厄介《やっかい》な魔物だという。

「色々試行錯誤はしているのですが、遠すぎて矢も当てづらい。炎系の魔法は効きません。水か氷属性の攻撃魔法で、あの鳥の速度に敵《かな》うもの。あるいは複合上位属性の雷か。

空の魔物は厄介《やっかい》です。上手くはいきませんね。岩塩を振って遠火で溶岩焼きにすると絶品なのですが」

「つまり焼き鳥……ですか。なるほど美味しそうですね」

ふうむ。私は空を飛べるし、隊長さんもジョセフィーヌさんも風衛門さんも空中戦はむしろ得意。

なのでこのまま飛んでいって晩ゴハンの食材として獲ってきても良いのだけれど。それだと今日だけの話で終わってしまうのが、やや気になる。

ここまで話を聞いてしまったせいで、できることなら彼ら自身の手で獲れる方法が見つけられないかななんて思ってしまう。

思いを巡らせ、一つ思い出した。私は神聖帝国でピンキーお婆《ばあ》さんからいただいた魔導具を取り出してみる。イカズチの短槍というアイテムだ。

雷属性の魔力を供給すると、雷撃が放てる魔法武器である。無料でもらったものだが、かなり高等なアイテムで、火呑み鳥にも攻撃が届きそうだ。

ただ欠点としてこの槍に雷属性の魔力を供給できる術者があまりいないという話だった。それで大量に売れ残っていた代物だ。

一応モーデンさんにお聞きしたが、やはり悲しげに首を振られた。

「素晴らしい魔法武器ですね。しかし残念ですがリゼさん。うちには扱える者がおりません」

　やはり雷系の術者が不足しているのは、この村でも同じらしい。

「狼もクマも身体強化をしての接近戦が得意な種族ですし、モグラは主に技師。あとは火の魔力ならば地下で大量に、不要なほど流れていますが。雷属性の魔力は自然界の中でも供給源がどこにも……」

「そう、ですよねぇ……。ただ、その余っている火属性を雷に変換するというのが、もしかするとできるかもしれないと思いまして」

「ん？　火を雷に？　いやいや、そんな馬鹿な。魔力というものはですね、基本的に他の属性には変化しないもの。そんな御伽噺《おとぎばなし》のような話はありませんよ」

　モーデンさんが言うように、この世界の魔法の原理としてはそういうものなのだろう。

ただしそれはあくまで魔法の話。

　地球でやるような物理的な方法であれば、話は変わってくる。

　しかし、確証はない。まずは実験でもして確認してみたいところだけれど。

　なんて思っていると、そこは好奇心旺盛なモーデンさんのこと。ほんの少し仕組みのお話をすると、すぐさまモグラ屋敷に潜っていって、ガチャガチャと材料を見繕《みつくろ》い始めてくれた。よし、それでは試してみましょうか。

必要なのは、ヤカンとかざぐるま。

やることは至極単純。

熱を使って湯を沸かし、噴き出す蒸気の勢いでかざぐるまを回す。まずはこれだけだ。とてつもなく原始的な形ではあるけれど、蒸気機関の雛形である。

「ほお、なるほど、こんな機構がありますか。しかしこれではグルグル回っているだけのようです。ここからどうやって雷が？」

「それはこれからです。モーデンさん」

この先はようするに発電機なのだが、あくまで今やるのは簡単な実験。

小学校の理科の時間にもやったような気がする。確か電磁誘導とかなんとかいったと思う。

現代日本人であれば誰もが皆授業中に、でん！　じ！　りょく！　などと奇怪な掛け声を叫ばされた記憶があることだろう。

フレミングの法則がどうとかいって、指がつりそうな奇妙な手のポーズも覚えさせられたかもしれない。

もっとも学校を出てしまえばほとんどの人が、いったいどの指が電で、どの指が磁だったかは一切覚えていないことだろうが。

そんなことはまあどうでも良いので、とにかく私はかざぐるまに手を加えて、その回転軸に小さな磁石を取り付ける。かざぐるまが回ると磁石もぐるぐる回る状態である。

あとはこの磁石の両サイドに、鉄をドンと置く。この鉄に銅線をグルグル巻く。で。

はい、完成。たぶん完成のはずである。

これでかざぐるまを回せば、グルグル巻きにした銅線に電気が流れるはず。たぶん。

ただそもそも磁石っぽいあれも、銅っぽいこれも、地球の銅や磁石と同じ性質かは分からないが、ともかく実験装置としては完成した。

ここまで一連の加工をやってくれたのはモーデンさんである。なんでも技師というだけはある。

まさか鉄の塊を切るのにナイフを使うとは思わなかった。聖銀《ミスリル》製ナイフらしい。恐るべし聖銀《ミスリル》。魔力を流すと、鉄くらいはスパスパと切れてしまうようだ。

モーデンさんは、完成した実験装置をまじまじと眺めている。

「ううむ、これで本当に雷と同質の力が？　にわかには信じがたいお話ですが」

ヤカンを設置し湯を沸かし、かざぐるま稼動開始。ともかくやってみよう。

銅線の両端は、イカズチの短槍に繋《つな》いである。実験が上手くいき、電気が発生していれば、この槍に雷属性の魔力として充填《じゅうてん》されるはずだ。この短槍には、雷を軽めに直撃させても魔力が込められると聞いている。

「ううむむむ……」

モーデンさんが見守る中、何度か調整をしつつ稼動させる。ヤカンから噴き出す蒸気で回るかざぐるま。その軸が回転すると磁石が回る。電磁誘導によってグルグルのコイルに電流が流れる。

しばらく装置を回したあと、そっと杖を手にとってみる。ふむ、ふむふむ。

「ああ私にも、み、見せていただいても」

爛々《らんらん》とした目、興奮して鼻をひくつかせながら、モーデンさんはイカズチの短槍を手にして、振った。

薄暗い室内で、僅《わず》かに小さな雷光がバチバチッと煌《きら》めいた。

まさか本当に上手くいくとは思っていなかったのだが、驚くべきことに成功だ。

今回のは作りやすさを重視した、超シンプル交流発電機だったのだが、これでもちゃんとイカズチの短槍には充電できるらしい。私としては、むしろこの槍の性能の高さにもビックリさせられた。

「おおぉっ！　デャンディリングゼイオスッ!!」

モーデンさんは叫んでいた。モグラ言葉でオーマイガッ的な意味であるらしい。

「リゼさんこの雷撃装置、他のモグラ達に教えても？　きっと皆、尻尾を丸くして驚きますよ。小さな小さな雷ですが、いや、我々にとっては奇跡です」

「ええもちろんです。そのために実験したのですから」

モーデンさんは興奮気味だった。

今日のはまだ実験用にすぎず、実用にはもっと精度の高い工作をしないとならないし、熱や蒸気が無駄に逃げないような仕組みもないと大きな力は出ないだろうが、それでも成功は成功だった。

そうこうしていると、今度はコンコンと玄関の丸扉を叩く音。出てみると、そこにはブックさんが立っていた。

防壁の修復について打ち合わせがあるらしく、モーデンさんのところへ来たのだとか。

ブックさんは私の姿を見て、部屋の奥の実験装置にも気がついたらしい。子供サイズのこの小さなお家に、ちょっと無理やり気味に入ってくると、身体を丸めながら実験装置を観察した。

それからモーデンさんとなにやら話をして、うなずき合う。

「なるほど。リゼちゃんはまたなにか、とんでもない技術を披露してくれたみたいですね。ぬぬうん」

ブックさんは顎に手をあて唸《うな》っている。仕組みについても聞かれ、私は色々と足りない部分の補足説明をする。

さて、私の大雑把《おおざっぱ》な前世の記憶とは違って、そもそもが彼らは本物の技術者だ。とくにブックさんなんて、ほんの短時間で私の部屋を増築してしまうようなとんでもない人なのだ。

この実験装置をもとにして推測し、発展させ、設計図らしきものを描き進めていた。

そして。

「分かった！　これだ！　こうですねモーデンさん」

「はいそのようです。防壁に組み込めますか？　ブックさん」

二人は少年のように目を煌《きら》めかせながら向き合い。手を取り合って。

「「これはまさに、イカズチ革命だ！」」

そんなことを口走りながら防壁の修復現場に戻っていった。

モーデンさんの手には実験装置。他のモグラ族の方々にも見せるそうだ。

残された私は思った。結局まだ夕食用の鶏肉が獲れていないなと。

つい実験のほうに興が乗って、そこそこの時間を使ってしまっていた。

ああ焼き鳥……、と思いつつ、モグラ屋敷を出て隊長さんのところに戻る。

相変わらず子供らに囲まれている隊長さんが見えた。

村の周囲に応急処置としての結界を、張り巡らせ終えたあとらしい。

狼の男の子らは結界の強さを試すようにかじりついている。元気なのは良いことだけども、結界なんて噛んで大丈夫なのだろうか。

無色透明な結界だが、石なんかよりもずっと硬いだろうと思う。

クマの男の子らは体当たりをしてみたり、爪で切り裂こうとしたり。剣や大きなハンマーを持って突撃する子もいるけれど、びくともしなければ傷一つもつかない様子だった。

「この結界つぇぇ」

「かっけぇ」

子供らは口を揃えてかっけぇかっけぇと合唱し、盛り上がっている。

遠くから様子を見ていると、隊長さんが気づいてこちらに来る。

「戻ってきたかリゼ」

「はい。アルラギア隊長は結界ですか？　ずいぶんと頑丈そうですね」

「ああまあな。あくまでこいつは仮設の壁だがな。最終的には、村の住人の力でちゃんとした壁を再建してもらわなくちゃならんが、当面はこれで凌《しの》げるだろう。リゼ、ついでだから試しに結界破壊に挑戦してみるか？　いい修練になる。今日の体術訓練にどうだ？」

隊長さんはそんなことを言い始める。

この結界を相手に、幼女パンチの練習をしてみても良かろうと隊長先生は言うのだ。

ううむ痛そうだが、これも訓練か。

ようし我が家のチビッ子精霊達よ、君らは日々成長しているし、私も頑張ろうではないか。

というわけで幼女パンチを繰り出してみることにした。

「ようし、リゼ。全力でいって大丈夫だぞ。そのほうが上達する」

隊長さんの声に従って狼男子に交ざりながらホイヤと拳を突き出してみる。

隊長さんに習っているとおりに身体と魔力を使いながらだ。まずは地面を蹴って力を生み、身体のねじりや関節の回転を通して、勢いを拳の先に伝えていく。

これに加えて瞬間的に魔力を体内で爆発させて威力を高めると幼女パンチの完成だが、さてどんなものだろうか。

拳がボッと風を切った音が聞こえた。ふむ、なかなかの出来栄えではなかろうか、少

なくとも五歳の女の子としては及第点だと思う。

しかし、風を切ったまでは良かったのだが、その先が良くない。現実というのは辛く厳しいものであり、結界は硬い。

肝心の私の握り拳はまるで、ひと口アンパンかクリームパンのようなのだ。プニリとしていて、柔らかそうにしか見えない代物である。

いくら魔法で強化しコーティングしていても、もとがこれ。骨格も肌質も幼女。対する隊長さんの結界はダイヤモンドかなにかのように硬かった。

この両者を全力でぶつけ合えばどうなるのかは自明の理だ。

ぶつけ合うと、実に拳が痛いのである。考えてみれば幼女の拳になんてものをぶつけさせるのだろうか、酷い話だ。そんな憤りがふつふつと湧いてくる。ああ隊長さんめ。

「お、リゼ、なかなか様になってきたな。いいぞ、今のパンチは。見ろ見ろ、ちょいと結界が凹《へこ》んでるじゃないか。よしよし、やはり筋がいいぞリゼは。きっと訓練をつめば俺くらいにはなれる」

苦悶の私とは対照的に、ご満悦のアルラギア隊長。

まあ凹《へこ》ませられただけでも良いほうなのだろうが。しかし痛いのだ。私のひと口クリームパンのような拳が大変なことになっているのだ。

そもそもの話、私は隊長さんのような筋肉紳士を目指していない。けっして拳で結界を破壊するような荒くれマッチョに私はならないのである。

せめてスマートな淑女剣士様とかになりたい。

剣を使おうよと私は訴える。がしかし拳は全ての基礎であると隊長先生は言うのだ。硬いものにどんどんぶつけろと言う。鬼だ。やはりこの人は危険な先生なのかもしれない。

「リゼ、あとは体重が軽すぎるからな、重力操作の魔法もできるなら並行して発動しておくと良いぞ。さあ、もう一度」

なんだか隊長さんが乗ってきている。厳しい。だんだん厳しくなってきている気がする。一抹の不安を覚えながらも、私は真面目に修練を続けた。なんて偉い子供だろうか。

一方その頃ロザハルト副長はというと、近隣の調査をすると言って村の外に出ていってしまってる。

魔物の大発生の規模や原因の調査、周辺の環境調査をするのだとか。聞くところによると、壁の再建だけでなく、こちらも数日がかりになるらしい。

というわけで、いつもならなにかと隊長さんをストップしてくれる彼なのだが、今はお仕事中なのだった。

『リゼ、手は大丈夫か？　ふふんアルラギアめ。リゼならばこの程度の結界、時空魔法で周囲の空間ごと捻じ切ってしまえばそれでしまいよ』

魔法の先生ラナグは、恐ろしげな術の話を持ち出していた。

空間魔法で捻じ切れば、物理的な強度など無視できると言っている。うんそうだね、それはまた今度にしようねと言ってなだめて、私は本日の訓練を切り上げた。

そして。さあここらでそろそろ本題を思い出さなくてはならない。

私達はいったいなにをしに、ここまで来たのか。そう、それはお肉のためである。

今回この機会に乗じて、炎竜を探してみるというのが私とラナグの目的だ。

せっかく皆さんがこの村に数日滞在するというのだから、便乗しない手はないのだ。

是非とも強大な竜を獲って帰りたいものである。

ああそうだ、今回も千年桃のピチオさんにはお留守番をしてもらっているから、彼にもちゃんとお土産を持って帰りたい。それも確保せねばなるまい。

『リゼ、リゼリゼ。リゼリゼリゼリゼ』

いよいよお肉の話になると、気分を高揚させたラナグが子犬のようにはしゃいで駆け回り始めた。

『いやあ楽しみだな、炎竜。湧いているだろうか』

「ともかく行ってみようかラナグ」

私とラナグと三精霊、それから隊長さんは獣人村の外へと偵察に出た。

アルラギア隊長も同行してくれているけれど、彼の主目的は村の周辺の安全確認である。

村を少し離れて探索するが、今のところ竜クラスの反応はない。魔物の大発生なんていうわりには意外と魔物の数も多くない。けれど、土地全体から魔力が湧き立っているような様子は確かにあった。ドクドクと妙な脈動があるのが気になる。

お肉はなかなか見つからないが、ラナグは変わらずウキウキ。私にも炎竜を食べてもらいたいのだと必死に訴えている。

『絶対にリゼが食べても美味だからな。楽しみにしているがいいぞ。我は絶対に捕らえてみせる。共に食そう。美味《うま》いぞ』

これほど真剣に語っているのだから、きっと美味しいものなのだとは思う。

ラナグは熱々をそのままいただくのも美味だと言う。

私としては冷ましてから、適温で食べたいなと思っている。

そんなおしゃべりもしながら探索を続ける。

しかし結局のところ、探せど探せど炎竜の姿は影も形も見つからなかった。それどころか、ラナグが欲しているような上位の魔物はなに一つ存在していなかった。

やや離れた場所に人間の一団の気配が感じられる以外には、周囲には下級モンスターがちょこちょこ湧き出している程度だ。炎竜はおろかトカゲらしき姿すら確認できない。魔物の大発生とはこれいかに。魔物の数はそこそこ程度。ぽつぽつと出現してはいるけれど、大物はゼロだった。

これには流石《さすが》の大はしゃぎ神獣さんも、意気消沈のがっかり神獣である。

「だからなリゼ、本格的な竜なんてそう簡単に発生するもんじゃないんだよ」

隊長さんが言い放った残酷な真実。いやしかし、と私は思う。

「そうは言っても隊長さん、邪竜はいたではありませんか。あれはどうなんです。完全に立派な大人の竜でしょう」

「まあまあ、アレはな。しかし暗黒大神官だかなんだかが人為的に召喚したようなやつだろう？　ベースは石像だったしな。天然物はまた別だ」

曰《いわ》く、一般的に天然物の魔物というのは、突発的に大発生したりまったく出現しなくなったりするものらしい。だからこそ厄介《やっかい》なのだという。

それでいてひとたび発生したら近くにいる生命体にのべつまくなしに襲い掛かる。動物であろうと植物であろうと、精霊であろうとなんだろうと。放っておけば、挙げ句の果てには世界の構造をも破壊し始めるというのだから大変なものだ。

にしてもこのあたり、食べられる普通の魔物すらほとんどいないではないか。モーデンさんが言っていたとおりである。

火の岩、火の玉、火の河童《かっぱ》などなど。ある程度魔物は存在していて、元気いっぱい襲い掛かってきているが、実体がないタイプや無機物タイプが多い。倒すと黒い霧のように散ってしまったり、石の塊になったりするばかり。他に残るのは核である魔石のみだ。

それでもあきらめずに再び歩いて探索。

唐突に、火の河童《かっぱ》がジャバッと現れた。流れる溶岩の河から前ぶれなく発生して襲い掛かってきた。実に恐ろしい形相で不意打ちをしてくる。しかも火の攻撃に弱い水クマのタロさんをピンポイントで狙ってきたのだ。

私はたいそう冷や汗をかかされた。

戦闘意欲が不足しがちと言われる私だけれど、流石《さすが》に驚きすぎて反射的に雪魔法を発射。

雪だるまボンバーだ。

とっさに出たこれは、ミニ雪だるまの大群がブリザードの如く吹き荒れるオリジナル魔法である。なぜ雪だるまなのかは分からない。反射的に出ただけだ。

火属性のモンスターには効果絶大で、火の河童《かっぱ》は大量の雪だるまに呑まれてそのまま黒い粒子になって姿を消した。雪だるま軍団はさらに自動で周囲のモンスターを探し追尾し、殲滅《せんめつ》した。雪だるま強し。

ただし水蒸気が大量発生して熱い。視界もふさいで邪魔だし、とても熱い。

ストップ雪だるま。私は雪だるまボンバーを解除した。

やはり実戦は大切である。この魔法の弱点を私は学んだ。

火の弱点が水や氷雪だからといって、無闇にぶつけてはならない。熱々のモンスターにぶつけると水蒸気が大発生してしまうようだ。

『リゼ、安心するがいい。あの程度の河童《かっぱ》の攻撃ならばリゼはもちろんのこと、子精霊達にもほとんどダメージを与えないぞ』

ラナグはモウモウと立ち込める水蒸気の中から顔を出して、冷静に言った。私としたことが、少しばかり取り乱してしまったようだ。

だがしかし考えてもみてほしい。例えばだ、ホラー映画だって見ている人になんの物理的ダメージも与えないけれど、それでも怖いものは怖いではないか。同じである。

いくら相手からの攻撃でダメージがなくとも、溶岩の中から燃え盛るリアルな火の河童《かっぱ》が飛び出してきたなら、それはもうびっくりせざるを得ないのだ。迎撃だってしてしまう。

とまあそんな状況なのだが、考えてみると、なんとこれが私にとって単独での初の魔物討伐でもあった。

今までもさんざん色々な存在と出くわしてきたが、いつも私のバトルターンはまともに回ってこないのだ。

むろん周りの人達が大暴れを好むせいである。

魔物となんて戦えないのだわ、などとのたまう私ではないけれど、自然と戦闘機会がない。

あの血の気の多いバトルジャンキー達に先んじて戦いに赴《おもむ》かねば、私のバトルターンはこないのだと気づかされる。


午後のひととき、獣人村の周囲を散策してきた私達は、再び村の入り口近くまで戻ってきた。

ちょうどそのとき、とある一団が急速にこちらに近寄ってきた。

初めは真っ直ぐ村に向かって疾走していたが、途中で私達の存在に気がついたように進路を変えた。なにかご用だろうか。

騎士隊と、その中に偉い人が一名という雰囲気。その一名以外はいかにも騎士でございますという風情で、白銀にキラめく金属鎧が目にも眩しい。

ついにすぐそばまで来たところで、不意に男が叫んだ。

「アルラギア隊か？　なにをしている？　呼んだ覚えはないが」

威圧的な口調だった。言葉を吐いたのは一団の中心にいた、偉そうな壮年男性。たぶん本当に身分が高いのだろうと思う。

どうやら彼がこの集団のトップで、そしてアルラギア隊長とは顔見知りのようでもあった。

「あの獣人村を荒らしてくれるなよ、あれは私の契約相手だ」

男性はそれだけ言ってから、アグナ獣人村の入り口へと向かった。

お付きの騎士らしき人物が、大声を出して村の中に呼びかけている。

しばらくして村の中から出てきたのは、十歳くらいだろうか、子供の狼獣人さんが一名と、見るからに高齢なクマ獣人さんが一名。

狼獣人さんと騎士風の人間は互いになにかを渡し合い、あとはなにもなく別れた。

人間の一団は去り際にまた隊長さんのほうを一瞥《いちべつ》し、唾を吐くとそのまま村をあとにして駆けだした。

私は隊長さんを見る。

「今の人って、お知り合いですか？　アルラギア隊長」

「まあ多少はな。確かあれは……誰だったか……どっかのちょっと偉いおっさんだ」

「アレは、珀帝《はくてい》騎士団の元総団長のバイダラ卿ですよ」

相手のことを思い出そうとしている隊長の横に、ロザハルト副長が姿を現して言った。

副長さんは周囲の環境調査をするために外を回っていたけれど、ちょうど戻ってきたところらしい。

「ああそれだ。しかしロザハルトは、そういう細かいことを本当に良く覚えているよな。立派だ、偉いぞ」

「お褒めにあずかり光栄ですが、隊長が大雑把《おおざっぱ》すぎるんです。なんですかちょっと偉いおじさんて。伯爵ですよ、あの人」

「爵位はすぐ変わるから覚えてられん。顔は覚えてるぞ。確かあの男がまだ珀帝騎士団てのに所属していた頃に一緒に仕事をしたことがあったな」

「ええそうです。あのあと騎士団の総団長の職を退くと同時に、フロンティアと隣接する領地を得て、今は伯爵に。その後ついでとばかりにフロンティア内へも精力的に進出中。そんなところです」

副長さん曰《いわ》く、このアグナ獣人村というのも彼の出資を受けて始まった開拓村なのだそうだ。

完全な従属関係にはないけれど、部分的には支配を受けている。そういう状態らしい。そのわりにあの伯爵様、甚大な被害を受けている村のことは、チラリと見ただけで、すぐにどこかへ行ってしまった。

一方でバイダラ卿とやりとりをしていた狼獣人の少年。彼はこの村の長らしい。まだ子供っぽく見えるのだけれど、実際はそうでもないのだろうか？

そう思っていたら、当の少年がこちらに駆け寄ってきた。

「すみませんアルラギア隊の皆様。外に出ていたものでご挨拶が遅れてしまって失礼をいたしました。若輩ではありますが、私はこの群れの長を務めているバルゥと申します。この度は村の危機に駆けつけ、助力をいただきありがとうございました」

そう言って深々と頭を下げた狼獣人のバルゥ君。

その姿は子狼達ほど小さくはないけれど、大人狼達ほどの体格でもない。ご自身で若輩というだけあって、本当に若い。まだ十歳なのだとか。

日本基準で考えれば小学五年生くらいである。それで長を務めているとは難儀というか驚愕《きょうがく》というか。

モグラ獣人のモーデンさんも十五歳ですでに第一線でモリモリに働いているようだっ

たから、獣人村の基準では年齢の感覚が違うのだろうが、そうだとしても若い。もっとも彼らからすれば、五歳程度の幼女に言われたくもないだろうけれど。

それにしてもこのバルゥ君。なんだか身体がボロボロである。毛皮が焼け焦げ、酷い傷跡が体中にある。見たところ片足は麻痺していて、動きがぎこちない。

「ああ、これしきは大丈夫。これでも群れの中では一番の耐久力。丈夫さではクマ獣人をも超えるのです。ひと晩眠れば回復いたします。お気になさらずに」

私達が治療を申し出ても、本人はいたって平然としている。

ちょっと外に出ていたような口ぶりだったけれど、彼は村の方へ押し寄せる大量の魔物を迎え撃ち、そのまましばらく外で戦っていたらしい。

私達とは顔を合わせていなかったが、先にこの村に着いていた副長さんとはすでに一度会っているのだとか。

彼は先代の群長の忘れ形見で、すでに彼の両親はいないのだという。

詳しくは聞かなかったけれど、とにかくこの村には若い子や子供ばかり目立つ。

「はっはっは、流石《さすが》に今回ばかりは私も死ぬかと思いましたよ」

バルゥ君はあっけらかんと笑っていた。

基本的に狼獣人の方々は陽気というか、素朴というか。

私達はバルゥ君の住む建物の中へと招かれる。彼は部屋の奥から小さな皮袋を取り出してきて、円卓の上にトンと置いた。

「駆けつけていただいた傭兵団の皆様に感謝をいたします。ただしかし申しわけのないことに、今回の要請に対する代金のほうは少しだけお待ちいただきたいのです。今すぐにお支払いできるのはこれだけ。まったく恥知らずなお話ですが、とにかく貧しい村でして。ああいえ、なにがあろうとお支払いはいたします。なんなら私のこの毛皮をお持ちいただければ少しはお金になるはずです。なにせ丈夫さが自慢の私の毛皮ですから」

彼はそう言って自分の身体を覆っている毛皮を引っ張った。こらこらこら、と叫びそうな私がいた。毛皮といってもそれ、ほんとうに自分の毛皮、生えているやつではないか。聞けばこのバルゥ君、とにかく村が全滅しかねない危機だったので救援要請をかけたものの、支払うお金がほとんどないと言うではないか。

うちの隊長さんも副長さんも、そのあたりの事情はある程度分かっていたようで、気にするなとだけ答えていた。

しかしこの村、私が思っていたよりも酷い有様なのではないだろうか。子供ばかりで、魔物に襲われる前からすでにお金もない。

村長は少年でズタボロ、しかもそんな彼が村の最強戦力でもあるらしい。モーデンさんもあれで技術者の棟梁だとか。まだ若い十五歳のモグラだ。

確かに魔物大発生も大変なことだけれど、それ以前に村はすでに滅びかけていた。

もっと話を聞いてみると、さらに壮絶だった。彼らの親のほとんどは、この開拓村に移住してくる前に亡くなっているらしい。だからこの村に残っている大人の数は少ないし、ほとんど子供とお年寄りばかりなのだそうだ。

私はのんびりとモグラさんの地下住居でお茶を飲んでいる場合ではなかったのかもしれない。余計なお世話かもしれないけれど、なんとも心配になってくる。

「大丈夫だ、安心しろリゼ、この村は俺が守る！」

少年村長バルゥ君はニカッと笑った。安心からは程遠いズタボロ姿を見せつけながら。

ちなみにこのバルゥ君はアルラギア隊長達には敬語だけれど、私にはフランクな口調である。

幼女だからなのか、初対面とは思えないようなゼロ距離な親密感で挑んでくる。そもそも狼獣人の子供らは人懐っこいのかもしれないが。

こうして村の状況を聞いている間に、周囲はすっかり暗くなり、夜が訪れていた。

ラナグはまだまだ炎竜探しに行きたそうだったけれど、今日はここまでだろう。

少なくとも近場を探知した限りでは大きな魔物はいない。ただこのエリア全体の魔力の活性化は引き続き感じられるから、可能性はあると思うけれど。

どくんどくんと大地の奥底が脈打つような感覚で、あまり気持ちの良いものではない。

さて村長バルゥ君の家には、彼の他に婆《ばあ》やさんと爺《じい》やさんが住んでいる。それに加えて他の子供達もたくさんいて、大人数で暮らしている。我らがアルラギア隊も、こちらのお宅に何泊かさせていただく予定である。

隊長さん&副長さんは、この村にお金がないことは初めから察していた。

彼らは隊の別な任務をこの件にくっつけ合わせ、経費のかなりの部分を浮かせようとしていたようだ。

名目上はフロンティア地域の環境調査がメインのお仕事となっていて、それも兼ねてここに滞在するのだ。

環境調査のほうは日常的にアルラギア隊で遂行しているお仕事で、依頼主は大国。資金はそれなりに潤沢。もちろん村にもそれなりの代価は請求するけれど、かなりのディスカウントが用意されているようだ。少年村長バルゥ君に、あらためてそのあたりの説明がなされた。

「かたじけない。お心遣いに感謝いたします」

バルゥ君は、背筋を伸ばした綺麗な居住まいでスッと頭を下げる。

「なにもない村ですが、せめて宿泊場所と食事はご用意いたします。では用意してまいりますので、しばしお待ちを」

それから少し経過。共同の炊事場が賑やかになり始める。

どうやら夕食には、雑穀スープを用意してくれているらしい。私も夕食作りを手伝おうと炊事場に入らせてもらって腕まくりするのだが、いかんせんあまりやることがなさそうだった。

スープに具はなく、塩の汁に少しだけ雑穀っぽいものが浮かんでいるだけであった。

これまた村の困窮具合が表れていた。

私達が今日運んできた物資の中には、多少なりとも保存パンや干し肉もあったのだけれど、村の人達は手をつける気がない。保存食はいざというときのためにとっておきたいらしい。

干し肉はアルラギア隊の皆さんだけで食べてくださいなんて言われても、気まずくて食べられたものではない。

ならば私の亜空間倉庫に眠っている食料ストックを使おうか。ちょっとくらい食材提供してもバチはあたらないよね、などと考えていると、その直後。

激しい閃光が窓の外に見えた。稲光？　空からは轟音《ごうおん》も聞こえてきた。やはり雷だ。

雷か、雷ねぇ。なんだったか、つい先ほど雷の魔力があれば云々という話もあったが……

なんて思いながら外に出てみると、村の人達も皆外に顔を出してなにかを見上げていた。

視線を追う。

ふむ、そこには再建中の防壁の上で、稲光を背にして高笑いをしているモグラさんの姿があった。

「ハァッハァッハッハッッ成功だ！　リゼ印の招雷砲の成功だぞ！　空よ落ちるがいい」

あれは、モグラのモーデンさんだ。

まるきり人が変わってしまっているけれど、間違いなくモーデンさんである。

彼の傍《かたわ》らでは、壁に備え付けられた謎の大型装置が蒸気を噴き上げている。

村の広場には、焦げたなにかがドサリッと空から落ちてきた。

鳥だ。鳥形の魔物だ。美味しいけれど倒しにくいと言われていた火呑み鳥の姿がそこにはあった。しかもすぐに追加でドサドサッと落ちてきて、合計で三体ほど。

近くで見ればなるほど確かに、食べ甲斐のありそうな、鶏にも似た鳥の魔物だった。

「村の皆よ喜ぶがいい。見よこの威容を！　リゼ印の招雷砲、試作三号改を！」

モーデンさんが操るあれは、先ほどモグラ屋敷で実験した装置なのだろうか？　もうまったく原型をとどめていないけれども。

この短時間で三号機まで試作をしたのだろうか？　しかも改までついている。

名称に「リゼ印」という言葉まで使われているからには、あの装置がもとになっているのだとは思う。

「ああ〜〜リゼさーん。見てくださいい見てくださーい！」

私の姿を見つけるや、激しく手を振ってくださるモーデンさん。失礼ながらちょっと気恥ずかしい。できれば装置の名称に「リゼ印」とつけるのも考え直してもらいたかった。

モーデンさんの傍《かたわ》らにはたくさんのモグラ技師さんと、そしてブックさんもいた。

皆さん真剣な顔であの装置を眺めたり、調整作業をしたりしている様子だ。両腕を振り回して、議論を白熱させている姿も見えた。盛り上がっている。

技師達のその姿を、他の村人達はわけも分からず呆然と見上げていたが、とにかく火呑み鳥が落ちてくる。なので今度は、そちらはそちらで次第に盛り上がり始める。

「とり、鳥だ」

「モーデンさん達がなにかしたのか？」

「とにかく鳥だ」

「火呑み鳥が落ちてきたぞ」

興奮、そして興奮。なにせご馳走《ちそう》が落ちてきたのだ。この気持ちについては、私も良く理解できた。うおお、チキンだ。チキンっぽいのが食べられるぞと興奮する。

がしかし。この盛り上がりに反し、火呑み鳥を追加で二体撃墜したところで試作三号改は沈黙してしまった。

あとにはただモウモウと蒸気が漂っているばかり。

工作精度の問題か、蒸気が漏れているようだった。

ちょっと残念だけれども、いや、あんな簡易的な実験装置からあそこまでたどり着いたことに、あらためて感嘆する。

こうして試運転が終わったモーデンさん達は、連れ立ってぞろぞろとこちらに下りてきた。

「リゼさん！　見てくれましたか？　ああ、私達に御返しできることは少ないですが、まずはどうか心ばかりのお礼を受け取ってください。ほんの気持ちですが」

下りてきた彼はまだ興奮覚めやらぬ面持ちで、私になにかを手渡してきた。

「いえそんな、そんな、私はなにも」

と言いつつも、もらえるものがあると手を差し出してしまう私。

「はいこれ、私のとっておきですよ」

モーデンさんの好物、ミミズであった。ええと、あの、そうですね。

失礼があってはいけないから、最大限丁寧に慎重に、私は一つの事実を告げる。人間は、ミミズを食べないのですと。

「‼」

モーデンさんのショック顔に、ああごめんなさいごめんなさい、という気分になる。

一応、ジョセフィーヌさんは好きだからと言って、ありがたく受け取っておく。

しかし今後のためにも、伝えるべきは伝えておいたほうが無難かなと思ったのだ。今後別な人間とのお付き合いで、微妙な空気になりかねないのだから。

「本当に？　召し上がらない？　え、えええ、そんなことありえるのですか？　え、じゃあなにを食べてるんです人間は？」

どちらかといえば、そうだなあ、私は今、鶏肉に興味があった。ハラペコを司《つかさど》る神が私のお腹の中に降臨してきたのかなと思えるくらいに、お腹がグゥグゥウである。

すぐそこにドカンと落ちてきた大きな鳥形モンスターが合計五体。こちらは実に実に好ましい。大歓迎。実に素晴らしい晩のおかずの登場なのである。

「ならば良し、皆で食べましょうリゼさん！」

という話になる。私は歓喜でほんの少しだけ飛び跳ねた。もしかすると私も、村の人達の熱気にちょっぴりあてられて高揚しているのかもしれなかった。

ただ待てよ？　冷静に考えてみるとこの人数の村民だ。チキンが足りないように思える。とくに元気な子供達にはまだ足りないだろうことは明らかだった。

よしここは……私は亜空間倉庫の中身を思い出して、ワイバーン一体を取り出し、

「今晩は鳥祭りにしましょう」

そう言った。入れっぱなしにしておいた食材だけれど、亜空間の中は空気もないし、冷凍して保存してあるから状態は良いままだ。

バルゥ村長は遠慮していたけれど、子供らはさっそく、凍ったままのそれに食いついてしまっていた。こうなればもう食べるしかあるまい。

「リゼ、かたじけないな」

やたらとかたじけながる少年村長である。

子供らは凍ったままでも噛み千切りそうな勢いだった。

ワイバーンは軟骨が多く、そのまま食べるには不向きと聞いていたが、むしろ狼獣人には好ましい食感のようだ。

またワイバーンからは出汁が本当に良く出るので、村の料理担当者の皆さんとも相談

し、先ほどのちょい雑穀スープに合わせて炊くことにした。

火呑み鳥は焼き鳥風だ。ひと口サイズに切って串を刺し、岩塩をまぶし、地下の溶岩コンロの直火でかりっと香ばしく焼いた。

盛り付けが始まると、それを見て子供らが盛り上がる。とても近くにまで集まってきた。

「うおぉぉぉ祭りだぜ、火呑み鳥だ！　ワイバーンだ、鳥祭りだぁっ」

「鳥ってか、半分はワイバーンだけどな！」

「うるせぇ食うぞっ！　ワイバーンだって鳥だ！　美味《うま》けりゃなんだって鳥だぁっ」

鳥祭り。自分で言い出したものの、ワイバーンは鳥ではない気がする。

ギリギリドラゴンでもない下級飛竜と分類されているけれど、じゃあなんなのだといわれると良く分からない。やはり、鳥なのかもしれない。

ともかくこうして始まった晩ゴハンは、できた分から各家庭にも配られていく。

村長宅にも大勢集まってきていて、私達と食事を共にする。

それでは皆さんいただきます。

私はまず焼き鳥から。あ、ああ、美味しい……。岩塩で引き立つ旨《うま》みと、地鶏のような強めの歯ごたえがある食感。じんわりジューシーな肉汁。シンプルに美味しいお味であった。流石《さすが》に人気食材だけのことはある。

　ワイバーン肉はやはり少々食べづらかったが、皆さん喜んで食べてくれた。狼とクマの獣人さん達には、鳥よりもこちらの方がさらに好評なようだ。

　その姿はさながらカニを食べる日本人の如く。骨をとったりしゃぶったりかじったり、思い思いに寡黙に黙々と食事に勤《いそ》しむ風景が食卓で繰り広げられていた。

　そんなお食事会も済むと。

「なあお前、実はお前、すげぇやつだな。昼間もアルラギア隊長の結界をちょっと凹《へこ》ませてたし！　なあ、俺の子分にしてやるからさ、一緒に冒険に行こうぜ！」

　一人のクマ系少年から、とんでもないお出かけに誘われてしまう。あまりにキラキラした目で誘ってくるモフモフ男子。なぁっ行こうぜ行こうぜっと盛り上がっている。

　いや、行かないけれど。なにか色々と大変そうな予感しかしないのだから。

　彼にはとりあえず、私と冒険の旅に出るならば、まずはアルラギア隊長を倒してみせよとだけ言っておいた。すると、それから少年は少しだけ考える時間を挟み。

「よっしゃあ！　オーレー、隊長ぶったお～す～♪」

　そう言って隊長さんを抹殺しに行った。おそらくは昼間も隊長さんに絡みに行っていた子の中の一人だろう。隊長さんも隊長さんで満更でもない様子である。

　続いてクマ獣人の子供達の中で一際強そうな子が私の前に現れた。

「リゼって言ったよな。よし、おいらと相撲をとろう」

「は？」

思わず淑女にあるまじき返答をしてしまう。相撲、クマと相撲。それではまるで足柄山のきんたろさんだ。相手は子供とはいえクマなのだ。大きい。あまりに体格が良すぎる。

しかしなんだろうかこの感じは。食事を終えたあたりから、村の皆さんがより一層元気になっている気がするのだ。初めから元気な子供は多かったが、なおさら激しくなっている気がしてならない。

どうも聞くところによると一部の獣人さんは、食べたものによって一時的にパワーアップするらしい。長い場合は一週間ほど、魔力や身体能力が上昇し、動きたくてたまらなくなるらしい。

それで皆さん元気なのだ。

ふうむそうですか、分かりました。まあ良いでしょう。では相撲のお誘い、受けましょう。

私は準備体操をしてから、パンパンッと両肩を叩いて気合を入れた。

淑女たるもの、相撲の一つや二つエレガントにこなせなくてなんとする。

「かかってくるがいい！」

「GRUUOOO」

猛《たけ》るクマさん、迎え撃つ私でがっぷり四つ。

「どっせりゃほい‼」

「なっなにぃぃ‼」

上手投げ一閃《いっせん》。クマさんが体勢を崩し宙を飛んで転がった。驚愕《きょうがく》に目を見開くクマさん。

「お、お前マジでつぇぇな。信じらんねぇよ。どうなってんだよ」

ふふふ、相撲は私の前世の国では盛んな競技であったから、多少は心得がある。

いや、嘘だ。本当は、昼間の訓練中に隊長さんから言われた重力操作の魔法を、ここでちょっぴり実戦練習してみたのだ。ずるかもしれないが、体格差を考慮して許してほしい。

そんなこんなで、この熱い夜は過ぎていった。

「ワォーーーーン」

「「「ワオォォーーーン」」」

村には各家庭から聞こえてくる荒々しい声が響いていた。

これがご馳走《ちそう》を食べたあとの喜びの雄たけびだと教えられるまで、私は何事か分からず戦々恐々とさせられていた。とにもかくにも今夜もご馳走《ちそう》様でございました。

朝日が昇る。

私達は獣人村の村長宅にて、そのままひと晩を過ごした。

寝床から出た私はまず隊長さんに軽く体術の稽古《けいこ》をつけていただく。それが終わると、目の前には、少年村長バルゥ君が元気もりもりな姿で立っていた。

有言実行だった。確かに昨日彼が言っていたとおりに、傷のほとんどは自然に治ってしまっていた。裂傷も打撲痕もすっかり治り、焼け焦げた毛先すらもツヤツヤに修復されていた。

「見たかリゼ。これが俺のタフさだ。惚れたか？」

ガウガウとキバを誇らしげに剥《む》いて、エッヘンとでも言わんばかりに胸を張る少年村長。

「実のところ昨日の食事が良かったから、そのおかげでなおさら毛艶は良いんだけどな」

と言いつつ、身体を見せてくる。

我が尻を見よ！　というような勢いで、深い傷のあったお尻も私に向けてくる。

ただし、ここであまりに私に近づきすぎてしまった少年村長は、ラナグの大きな尻尾によってペシンとはたかれていた。

『小僧、リゼに近づきすぎだぞ。ぐるる』

軽めに唸《うな》るラナグであった。そんなに警戒しなくても大丈夫だと思う。バルゥ君は純粋に、自分のお尻を見せたいだけなのだから。

さて、そんなふうに傷は完全に治ったのだと言い張るバルゥ君なのだけれど、実のところ腕には包帯がまだ巻かれている。昨日からあったものだが、これは治っていないらしい。

「これは大丈夫」

生まれつきのものだからなんでもないと言う。

しかし気になる。なにかが包帯の隙間から漏れている。観察する。

これ……、傷ではないな。おそらく、なにかの呪いなのでは?

少し前に見た吸血鬼化した人達とどことなく似たものを感じる。

もっといえば、どこか遠くから、呪いのターゲットにされているような魔力の流れを感じる。

本人があまり触れてほしくなさそうなので、それ以上深くは聞かなかったが、あまり良くないなにかに縛られている気配があった。

ラナグ先生にも確認してみるが。

『緊縛呪法の系統ではあるようだが、なんとも珍しい型のように思う。このような状態異常、どこで拾ってきた？　かなり古いものだし、その上から幾重にも別の術が施されていて、判然とせぬな』

ラナグ先生でも完全には分からない呪いらしかった。

ラナグは常識問題には弱いけれど、魔法やら精霊やら自然界のことについてであれば、たいていは良くご存知だというのに。

一方でバルゥ君は、こちらが腕を見ようとすると逃げるのだ。

「大丈夫だと言っているだろう。そもそも診てもらったところで治す術《すべ》もない。辺境の貧しい村で、こんな希少な状態異常を治療する方法などあるものか」

私とてこの状態を治癒できるのかなんて分からないけれど。そもそも彼は治療自体を拒否する。困りものだった。

一応、ただの傷ならば回復魔法でだいたいのことはなんとかなる。そのはずだ。膨大な魔力さえあればどうにかなる。だけれどもこういった状態異常となると話は別。個々別々、それぞれに適した対処法が必要になるらしい。

毒、石化、呪い、マヒ、アンデッド化、氷漬け、魅了、魔法阻害、瘴気《しょうき》や時空の歪みによる悪影響。こういったものは全てひとまとめにして状態異常と呼ばれる。

村がまるごと吸血鬼化したなんて例にも私は遭遇したけれど、あのときも吸血鬼化の治療は難しいものだと教わった。

今回の件に関しては、そもそも患者さんが治療を希望していないという点はもちろんのこと状態異常の構造がやや複雑かつ特殊で、フェニックスアローで直接焼くだけでは、治癒は難しそうだった。

「それじゃリゼ、行ってくるな」

バルゥ君は元気いっぱいな男の子らしいスマイルを私にぶちまけてから、獣人村の若い戦士を連れて出かけていく。

まるで夏休みにカブトムシを採りに行く小学生の如きハツラツぶりだ。まったく本当に大丈夫なのかと心配にもなる。しかも彼らの行き先は鉱山だそうだ。

それが彼らのお仕事。鉱山へ行って、そこに出現する岩タイプの魔物を倒し、ドロップした魔石や鉱石を収集してくる。

このアグナ獣人村の基幹産業の一つで、日常業務らしい。

今日はそれにプラスして、魔物大発生の原因調査まで兼ねているとのことだ。

バルゥ君以外のメンバーは、ほとんど彼よりは立派に育った体躯をしている。けれど、やはり年若い獣人達ばかり。私は彼らを見送るのだが。

出がけにチョロリと補助魔法をかけさせてほしいとお願いした。

余計なお世話かとも思ったが、これで私の気が済むのだから仕方あるまい。

体力と膂力《りょりょく》、防御力なんかを向上させる補助魔法。

これらは私がやや得意としている聖属性の魔法に分類される術だ。

基本的な術で、多くの聖属性の使い手が、初歩の回復魔法の次に習得する術だ。ラナグ先生からはそう教わっている。

私も魔法訓練を始めた初期の頃から習ってはいたのだけれど、いかんせんアルラギア隊の中で過ごしていると使う機会がない。なにせやたらに強い人達ばかりだから、補助魔法の必要性が低い。必要になったためしがない。

補助魔法どころか、回復魔法ですら出番がないというのが、私の前に歴然と存在する現実である。

それに比べるとバルゥ君達はなんと補助魔法のかけがいのある人材だろうか。せっかくの機会なので、二重三重に色々とかけさせていただいた。

「ありがとうな。でもリゼも気をつけろよ、お前の魔法はなんだか凄いけどさ、とにかく俺よりはずっとチビなんだからな」

微妙に失礼な少年村長を見送ってから、私達も村の外へ向かう。

昨日同様に、周辺の探索に精を出すつもりである。

大発生の原因を探りつつ、ついでに、美味しいと評判の炎竜を探そうという計画だ。

いや、ついでにと言うのはおかしな話。この村に来た初めの動機はなんだったのかを、我々は強く胸に刻んでおかなければならない。

初志貫徹。まずは美味しいお肉ありき。

我々はあくまでも、炎竜の素材を獲りに来たのだ。

昨日に引き続き防壁の再建工事をしている建築術士のブックさんと、モグラのモーデンさん達に軽く手を振りながら、いざ出発進行。

ロザハルト副長はすでに出かけている。今日も周辺の環境調査と、魔物の大発生の原因を探りに行くと言っていた。

私達一行は村を出てから、昨日とは違う方向へ。昨日はいかにも魔物が現れそうな焔山《ほむらやま》のほうへと向かってみたけれど収穫なし。今日は反対に山裾のほうへと足を延ばしてみる。

『リゼ、リゼリゼ、リーゼリゼ。炎竜はいそうか？』

探索を始めると、さっそくハシャギだす神獣ラナグだ。

「ラナグも使えるでしょう探知術」

目ぼしい大型魔物なんて近くにいないのは分かっているはずだが、落ち着かないらしい。

『探知術に関しては、我よりリゼのほうが適性が高い。我には見通せぬものがリゼには見えているやもしれん』

こちらは魔法初心者な幼女なのだから、過度な期待は禁物だ。ともかく近くに炎竜らしき美味しそうな気配は見当たらなかった。

今度は私の周りをグルグル周るラナグである。

なにも言わないけれど、じれじれ感が伝わってくる。

『ピュイ。ピュゥイ』

そんな様子を見た風の精霊、風衛門さんがピュイと鳴いた。

私の髪の中から顔だけ出してラナグを見る。

『ピュウウウイ（あんまり煩《うるさ》くするとリゼちゃんに嫌われちゃいますよラナグ様）』

と言いたいらしい。

『ぐぬ、ぐぬぬ、そうか？　そうなのか？　我は煩《うるさ》かったのかリゼ？　煩《うるさ》かったのか？』

可愛いような煩《うるさ》いような、紙一重の神獣さんであった。

私はラナグの腹を撫でる。どうどう、落ち着けと言わんばかりに撫でつける。

『ぬう、ぬううう』

まんまと大人しくなる神獣様だったが。

『にしても腹が減った』

やはり空腹は空腹。切実な声で鳴かれてしまう。

しかし探せども探せども、地中には大小様々なミミズ型モンスターがいるばかり。地上には火の岩、火の玉、火の河童《かっぱ》と、昨日と代わり映えのしない面々だ。

またしばらく探索を続ける。やはり変わりなし。

そんな中だったが、今日は風衛門さんが張り切っていた。

普段から子鴨フェニックスのジョセフィーヌさんと共に戦闘意欲が高い彼だけれど、昨日と今日はまた一段とヤル気が満ちている。

このあたりでは、ほとんどの魔物が火属性だからかもしれない。同じ火属性のジョセフィーヌさんの攻撃がやや効きにくいのだ。その分僕が頑張るぞと息巻いているらしい。

もちろん火に対する属性で、一番攻撃が効きやすいのは水クマのタロさんだけれども、彼はあまり前に出て戦うタイプでもないのだ。しかも水は、逆に火の攻撃には弱い。なのでタロさんの戦闘意欲の低さに磨きが掛かっている。

そんなわけで風衛門さんが、二人の分まで頑張るぞと張り切るのだ。

よし。ならばせっかくなので、今日は風衛門さんとの精霊魔法を試してみよう。精霊魔法は連携が大切だ。日々練習しておくに越したことはない。

私はちょうどこちらに襲い掛かってきた魔物の集団を指差した。

「いっけぇ風衛門さん。サイクロンカッターだっ！」

『ピュルピューイ』

というような具合で、精霊魔法発動。

風衛門さんに魔力を分け与えている感覚が起こり、一瞬おいて風衛門さんが光を放ち、ひゅんひゅんと姿を変える。

可愛らしかった子オコジョのような姿から、数十倍に身体が膨れ上がって逞《たくま》しくなる風衛門さん。ドドンと登場した姿は、竜巻を纏《まと》った白毛の竜であった。

フェニックスに負けず劣らずの気高い姿が勇ましい。

空を飛びながら、いくつもの竜巻を飛ばして魔物をかき消していく白毛の竜。

無数の竜巻は風の刃を乗せてその場に残り続け、次第に視界を埋め尽くすほどに増えていく。その合間を縫うようにして白毛をなびかせた竜が空を泳ぎ回る。まるで天変地異の風情だった。

ジョセフィーヌさんにしても風衛門さんにしても、なんだか思っていたよりも凄まじくてびっくりさせられる。

「なぁリゼ、ちょいといいか」

「はい、なんでしょうかアルラギア隊長」

下がり眉毛の微妙な表情をした隊長さんが、なにか言いたげにこちらを見つめていた。

「ああ〜、その精霊魔法っての、もうちょっとだけ地味にならんかな」

「ふむなるほど」

フェニックスのときにも、そんなお話をしていた隊長さんである。

気高いジョセフィーヌさんの姿も、勇ましい風衛門さんの姿も格好良いのだけど、ときと場合によってはシーンにそぐわないこともあるだろう。狭いところとか町の近くとか、あるいは他にも。

隊長さん曰《いわ》く、珀帝騎士団やバイダラ卿やらにも、あまり見せないほうが良いだろうと言う。

気をつけたほうが良いと言う。

「ああいう連中は厄介《やっかい》なところがあってな。聖騎士に神官、聖女に巫女《みこ》、その中には、神殿組織内でのヒエラルキーで上位に立つために手段を選ばない者も多い。そのために力ある神獣を欲しがる。なにをしてくるか分かったもんじゃないんでな」

いつもどおりのぶっきらぼうな話し方だけれど、いつもより少々真面目にお話をしている様子が窺《うかが》えた。隊長さんは話を続ける。

「まあ俺も普通なら細かいことは好きじゃないんだがな。自由にやっていたいよ、まったくな。しかしあれだ、リゼってやつは、普通に生きてるだけでやたらに目立ってしまうって面がある。最初は神獣ラナグだけだったのに、あれよあれよと全身が精霊まみれ。その三精霊も、初めは小さな目立たない小動物みたいだったってのに、あっという間に不死鳥になるわ竜巻の竜になるわ。あらためて口に出してみると、俺が焦るのもうなずけるだろう」

なるほどとうなずく私。まだまだ精霊魔法には練習が必要そうである。ならばやってみせよう、地味モード。なにせ私の得意とするところだ。見事に、慎み深さをこそ発揮しようではないか。

さてここまでに倒した魔物は昨日と変わらず、火の岩、火の玉、火の河童《かっぱ》。火の玉と火の河童《かっぱ》はどちらもはっきりとした肉体を持たないタイプで、あとには魔石が残るのみ。

火の岩も似たようなもので、魔石以外には花崗岩《かこうがん》みたいな無機物だけが残る。

『くまぁ』

「はい、ありがとうねタロさん」

水クマのタロさんは散らばっている魔石を一生懸命に集めて拾ってきてくれていた。小さな腕に魔石をたくさん抱えている。さらにはスケ感のある水ボディの中にも、魔石を収納していた。タロさんは集めたり収納したりが得意なようだ。

『くまぁ（なんか変なのもあったよ）』

そんな雰囲気でタロさんが最後に差し出したのは、砂粒だった。とても小さい。魔石集めをしていたあたりの、地面の割れ目の深いところに落ちていたらしいが。

今私達がいるのは、先日、魔物大発生が起こったという現場だ。ここで魔物が大発生して、獣人村のほうまで流れてきた。

タロさんが拾ってきてくれた砂粒は、確かにぱっと見でどこかに違和感があった。なんだろうか、もしも人の手が触れる場所に無造作に置かれたガラスのコップが、あまりにピカピカで手垢一つついていない状態だったら、不自然に思えたりしないだろうか。そんな感じなのだ。

この砂粒からは、魔力も手垢も一切感じられない。

普通なら、大地そのものに土の魔力は多少なりとも宿っているはずなのに、いくら小さな粒とはいえ、そういったものもなにも感じない。

ふうむ、似たようなものが他にもあるだろうかと思って、集中して周囲に探知術を広げてみるが……ないか。

こうして午前中を過ごした私達だったが、結局、目ぼしいものはこれくらいだった。

午後はバルゥ君達の向かった鉱山方面にでも赴《おもむ》いてみようかと進路を変更する。

ちょうどそんなときだった。

ん？　今のは？　炎竜探しのために広い範囲に張っていた探知術に、引っかかったものがあった。

あれは昨日も村に現れた騎士の御一行様？　その中の、確かバイダラ卿とかいう名の伯爵の気配に、ほんの一瞬、妙なものを感じた。

距離もあったし広範囲を感知していたせいで正確には掴めなかったのだが……

今ほんの一瞬だけ、このあたりの土地の魔力の高まりに干渉していなかっただろうか、あの人。

それも、妙にぎこちない動きをしたあとにだ。人間の動きとしてはどこかおかしいような、紐でつるされたパペットのような動きに感じた。

ドクドクと大地の奥から湧き上がるような魔力の異常な脈動が、今一瞬僅《わず》かに強まった。あの人物を基点にしてだ。

気になる。あの人がなにか細工をして大発生を起こしている？

そんな気もするが確証がない。

彼はなにか小ビンのような入れ物を、大切そうに胸の内ポケットにしまい込んだ。

あんなところにビンがあると邪魔そうだなと思う。

色々と訝《いぶか》しく思いつつも、とりあえずは引き続き探知術で観察を続ける。もう一度同じことをやってくれないだろうかと思って見ているのだが、なかなかそうもいかないらしい。

しばらくするとバイダラ卿らしき気配が急に移動を始めた。私達のほうへと向かってきている様子。

そうして近くまで来た姿を見れば、やはり彼らだった。

せっかくなのでこうして近くでバイダラ卿の魔力の様子を観察してみるのだが、まったく普通。この人自身の魔力はごく一般的。目立ったところはない。やはりおかしかったのはあの一瞬だけ。

近寄ってきた彼は馬上から怒鳴り、私達に尋ねてきた。

「おい、先ほどこのあたりに、竜のような生き物が現れなかったか？　白い毛の、竜のような姿のなにかだ」

ふむ、白毛の竜。それを探しているらしい。その話か。

もちろん私達には心当たりがあった。どう考えても我が家の風衛門さんのことである。

つい先ほど精霊魔法で大きくなった彼の姿は実に竜っぽかった。しかも白毛だ。

しかしである。この私はつい先ほど隊長さんから、あまり目立つことは避けたほうが良いとアドバイスを受けたばかりなのだ。

精霊も神獣も大変珍しい存在なのだと釘を刺されたばかりである。

よって、私はごまかすことにした。

「はて、なんのことやら。どうにも激しいつむじ風が吹き荒れていて、良く見えませんでしたけれど。えっ？　竜ですか？　そんなものが？　なんて恐ろしいことでしょう」

見事なごまかしの腕前だった。嘘も方便。

大人の女性たる者、これくらいの方便は使いこなせなくてはならない。まだ小さな精霊である風衛門さんに余計な害が及ばぬように、私は立派に方便を操ってみせた。

しかし残念なことに、馬上の男は納得していない様子。ギロギロとした目つきであたりを観察して回っている。

「おいアルラギア」

野太い声で、恫喝《どうかつ》するような言葉が紡がれる。

今度は私ではなく、アルラギア隊長へと向けて。

「貴様、なにかを見なかったかと聞いているのだ。おぬしらのような野良犬が我らの庭先で好き勝手にうろつくのも目障りだが、せめて少しは役に立ってくれ。分かっておるだろう？　今この近辺では魔力の流れに変化が起きている。魔物の大発生までもが起きた。起きたばかりだ」

なにやら語る彼だったけれど、そういえば昨晩のうちにロザハルト副長から、バイダラ卿についていくらか注意喚起されていたのを思い出す。

できるならばあまり関わらないでいるほうが得策だろうという話だった。

アルラギア隊長も、バイダラ卿の相手をまともにしないつもりの様子。しかし、隊長さんが相手をしないせいもあってか、卿は再び私めがけて話しかけてくる。

なんだかとても一生懸命に話しかけてくる。

「いいかそこの幼女よ、傭兵などは野良犬だ、獣人は家畜なのだ。ワシら尊い血と職務の者に従っていれば、間違いはないのだぞ？」

目の前にまで来て力強く演説を打つバイダラ卿である。

この人は自らの所属していた珀帝騎士団というものに非常にこだわりと誇りを持っているようで、今は私に滔々《とうとう》と素晴らしさを伝えようとしているらしい。

「よいか、そもそも珀帝というのが、とある強大な精霊の名でな……、それを奉っている高位の神殿があって、さらにそこを守護する騎士団があって、その騎士団というのが珀帝騎士団なのだ」

　バイダラ卿は自信満々に誇らしげに語り続ける。

「いまやワシも総団長の職務は後任に譲ったが、精神はまだ珀帝騎士団の中にある。外部顧問としての職責もちゃんとある。どうだ分かったかねお嬢ちゃん。ワシの偉さ、尊さが」

　熱弁。なるほどこれは迷惑な人である。

　傭兵は野良犬、獣人は家畜。獣人村は家畜村なのだそうだ。

　まあ、そもそもあの獣人村というのも、バイダラ卿の出資があって作られた村なのだとは聞いている。だから支配者というほどではないけれど、ある程度村の所有権を卿が持っていることに間違いはない。

　定期的に村の収入の一部を分け前としてバイダラ卿が回収していく契約になっているようだ。

　この関係性を家畜という言葉で表すべきか、互いにとって協力者であると表現するべきか。

私は彼と議論をするつもりはなかった。

高位の神殿と、貴族の血。ただ彼は明確な階級社会に生きていた。

そんな彼からすると、どうやら私は神殿組織の中で生きるべき存在なのだとか。

「ああ小娘よ、お前の噂《うわさ》は届いているのだ。その隣にいるのがなにかの神獣らしいという情報もな。しかし神殿に属さぬ神獣など、そこらの獣も同然。魔物とたいして変わらない。ある意味では家畜以下だ。どの程度の力がある存在かは分からぬが、今ならワシが協力してやっても構わぬぞ。口利きをしてやろう。珀帝神殿の中に間借りをさせてやっても構わない」

白毛の竜を探しているという話はいつの間にかどこかへ消えて、なぜか今は私とラナグが謎の誘いを受けていた。

昨日アルラギア隊にいた私達の姿を見て、不思議に思って情報を集めてきたらしい。

そこでアルラギア隊に現れた妙な幼女と野良神獣の話が浮上したそうだ。

「お前も変わった能力を持った聖女だと聞いている。ゆえに、我らが珀帝神殿での修養を許可しよう」

これほどついていく気にならない勧誘を受けたのは、初めての経験だった。

ただ念のため、このお誘いについてはラナグの気持ちも聞いてみるのだけれど、グルグルルっと唸《うな》って終わりであった。

そもそもラナグは自由な気風が持ち味だ。神殿などの格式ばった施設は好みではない。

野良犬、結構である。偉大なる野良犬が私の好きなラナグである。

なにやらふとホームのことが気になってくる。菜園も桃の木のピチオさんも置いてきているのだ。そろそろ炎竜のお肉だけでも手に入れてしまいたいな、なんとなく帰りたい気持ちでいっぱいな私であった。

そしてなんの予兆もなく、それは発生した。

炎竜発生

おそらくそれは炎竜だった。待望の炎竜だったのだがしかし。

私は大至急で告げた。

「アルラギア隊長。炎の竜です。他にもかなりの量の魔物が発生、バルゥ村長達のいる鉱山に発生しました」

「行くぞ」

私の言葉を聞いて、バイダラ卿などどうでもいいとばかりに隊長さんが走り出した。

魔物というのは唐突に出現する。そういうものである。

現場は狭い坑道の中。出かけているバルゥ君達から極めて近い地点。

私の探知魔法の感覚に、竜の吐いた轟炎らしきものがチリチリと熱を伝えていた。坑道へと急ぐ。

ある意味では心待ちにしていた炎竜。ついに現れたなという感じもある。

ただこの美味しいけれど強大なモンスター炎竜が現れたのが、鉱山の中だという点には問題があった。なにもそんなところに現れなくとも良いものを。

バルゥ君も村の若い戦士達も、その坑道の中なのだ。

『なあに、そう心配するなリゼ。炎竜の攻撃くらいならば、リゼが朝方に獣人連中に施した補助魔法で十分に防げる』

ラナグは言い放った。本当かしらん。やや安心するが、気にはなる。

なにせ魔物の大発生がいつ起きてもおかしくないと言われていたから、彼らの安全のためにできるだけのことはしておいたのだが……、バルゥ君は身体が丈夫だけれど、少し危なっかしい感じもする人だ。ふむむむむ。むむむむ、どうなのか。

うむ、探知魔法の反応を見る限りラナグの言葉は正しいようだ。

坑道内のバルゥ君達は、大騒ぎでてんやわんやしている様子はあるけれど、皆さんお元気である。防御強化の術の強度は十分だったらしい。とりあえず一安心だろうか。

となると、次は……お肉だ。

ラナグにとっては重要な晩ゴハンのおかず。これをゲットするチャンスがついに巡ってきたというお話でもあるのだ。

待望の獲物だ。これまでラナグが終始一貫して求め続けてきた待望の成竜が現れたのである。

神出鬼没にして、とてもレアなモンスターである大人の竜。ちゃんとした竜。

その中でもラナグがとくに美味だと言って憚《はばか》らない炎竜なのだ。これは必ずや捕まえねばならない。

とにかく私達は現場に急行しなくてはならない。まだ安否も気になるし、みすみす炎竜を逃すわけにもいかないしで大騒ぎである。

ラナグは今ハラペコである。ラナグは猛然と走った。炎竜が現れた坑道へ。

とても、とても速かった。駆ける速度は隊長さんを凌駕《りょうが》していた。

彼は急いだ。少しでも早く行こうとしたのだ。

そして大急ぎのラナグは、あろうことか私を口で咥《くわ》えて疾駆していた。

いつもなら背中に乗せてもらう私だけれど、今日のこの瞬間は咥《くわ》えられていた。ラナグのよだれで服がびしょびしょになりそうだ。

きっとこの姿をはたから見たなら、幼女が巨犬の餌にされているようにしか見えなかったであろう。幼女まるかじり事件が発生、しかるべき機関に通報されてもおかしくはない。

が、もちろんラナグはとても優しい。実際に咥《くわ》えられている私には苦痛もなにもない。ふんわりそっとお姫様だっこをされているかのような快適さで私は運ばれた。よだれはついたけれど、特殊な服のおかげで結局は弾くし、まったく快適であった。

三精霊は皆、私にしがみついて運ばれた。

そのままズボッと坑道内へと突入。おそらく炎竜が出現してから時間はほとんど経っていないだろう。ラナグの全力疾走は、ほぼ瞬間移動と変わりない速度に思えた。

ラナグは基本的に力を抑えて暮らしている。なんなら普段はダラダラしているように見える。けれども本気の姿は、やはり流石《さすが》の神獣さんなのであった。

ほんの僅《わず》かに遅れて隊長さんも到着した。ラナグと隊長さんはそのまま坑道の中へと進み、中に大量発生していたモンスターを弾き飛ばして、蹴散らしていた。

奥へと進むラナグ。そこにいるのは獣人村の戦士達と、そして炎竜であった。

両者はそこで激しいバトルを繰り広げ、少年村長バルゥ君は炎竜を最前線で迎え撃ちながら仲間の撤退を進めようとしていた。

「リゼッ⁉」

「なんだと？　リゼ達が来てくれたぞ村長⁉」

「アルラギアさんもだ。よし！　なんとかなるぞ村長。この機に撤退しよう！」

歓迎ムードだった。

百戦錬磨と名高いアルラギア隊長のほうは、もちろん歓迎されるだろうけれど、私も歓迎されているムードだった。

どうやら補助魔法の効果がそれなりにあったかららしい。

とある狼獣人さんは、これがなけりゃあ竜となんて一瞬だって戦えるかよっ、というようなことを口走っていた。

喜ばしい。私としてもお役に立てて光栄だった。けれどもそのあとすぐに、ちょっとしたクレームじみた話も同時に聞かされる。

どうも反射効果を持たせた防御魔法に、軽微な問題があるようだった。

少し前に転移術士のグンさんから教えていただいたものなのだが。相手の攻撃を倍化させて反射。そのままお返しする術である。

時空魔法の応用で、空間に干渉して攻撃のベクトルを反転させる技術だ。

今回はこの技術を応用して、防御力強化の補助魔法に上掛けしておいたのだ。二重の備えである。

これで物理攻撃も魔法攻撃も二倍にして相手に反射するようになっているし、もしこの反射魔法が壊されても、その下にもう一重に普通の防御魔法も構築してある。安心設計である。私は安全のために全力を尽くしたまでだ。

だけれども、どうやら狭い坑道の中で、竜の吐き出す炎を倍化して跳ね返したりすると、いささか問題も起きるようだった。

確かにそこは惨憺《さんたん》たる有様である。

竜の吐いた炎が繰り返し反射して、いつまでも消滅せずに倍倍ゲームで強大化していったらしい。

驚くべきことに、この世界の魔法の炎は酸素がなくても燃えあがる。もととなる魔力がある限り燃えあがる。

「生きた心地がしなかった」

「目の前が炎で埋め尽くされて上下も左右もなくなった」

「凄く怖かった」

「いや、でも」

「「「助かったことは助かった。ありがとうな」」」

そんなご意見が私のもとには寄せられていた。これは褒められたのか貶《けな》されたのか、それとも別ななにかなのか。私はとりあえず決心した。これはお礼なのだと受け取っておこうと。

そしてせっかく獣人チームの皆さんが無事でいてくれたのだ。あとはこのまま、彼らには安全な場所へと脱出してほしいと思う。

反射結界があるから今のところ大丈夫だとはいえ、もしもなにかのアクシデントで術が解けたら恐ろしい。私の見立てでは、たった一度の攻撃でも丸焦げにされる人がほとんどだ。急いで逃げていただきたい。

「補助魔法も反射の術も、いつまで続くか分かりません」

だから私はひと言、そう付け加えておいた。補助魔法にはあくまでも耐久値が存在する。限界がくれば壊れてしまうのだ。

実際にはまだまだ大丈夫なのだが、とにかく見ているこっちが緊張するのだ。ここは私に任せて、皆さんにはいち早くお逃げいただきたい。私のほうがずっと丈夫なのだ。

私の声に、皆さんのお耳がズバッと反応していた。えっ！　それってまずくない？

みたいな顔をして、いっせいに退却する速度が加速していく。

さあ来い炎竜。私（とラナグ）が相手だ。あとアルラギア隊長もいるぞ。怖くないぞ。

「凄いなリゼ、ひと言で。で、実際はどれくらい持つんだ？」

仲間達の退避を進めていた少年村長バルゥ君は最後尾で、私の隣に来てそっと囁《ささや》いた。

私は答える。あの炎なら、たぶん今日の深夜くらいまでなら大丈夫だろうと。

笑うバルゥ君。まだまだ反射結界には余裕があることに、彼は気づいていたようだ。

相変わらず戦士団の殿《しんがり》に立ち皆を逃がしていた。

思っていたよりも彼は、ずっと立派に村長なのかもしれない。

迷路のように掘られた坑道の中を、私達も大急ぎで脱出する。

ただ単純にこの坑道内の温度上昇だけでも地獄のようだ。熱耐性を上げていなければ、少しも耐えられないような環境。狂ったように暴れる炎竜は今もすぐ近くにいるが、横道に潜ってみたり、こちらへ戻ったり、跳ね回っていて落ち着きがない。

向こうは向こうで混乱状態になっているのかもしれない。

気がつけば炎竜は、私達を無視して坑道の奥深くへと身を隠そうと身体をひねっていた。

あの巨体で小さなトカゲのような俊敏さ。クルリと身をよじり、スルスルと岩の隙間に消えてゆく。あんなに大きな身体がアラびっくり、という感じの早業であった。

とってもとっても優しいラナグは、私達を守るのを優先してくれていて、大切な獲物を逃してしまったのだが。

「こっちはもう大丈夫だから、行ってきてラナグ」

『……、すぐ戻る』

一言そう言って炎竜を追いかけた。

あたりには数え切れないほどの魔石だけが残されていた。全て、炎竜の攻撃のとばっちりを受けて滅んだ魔物の落とし物である。

まさに大発生の名に相応しい量の魔物がつい先ほどまでこの場にはいたのが分かる。

いやそれどころか、この坑道内では未だにそこらじゅうで、岩タイプの魔物がモリモリモリッと現れては蠢《うごめ》いていたが、そちらはアルラギア隊長が完全対応。

周囲の魔物を蹴散らしながら、皆をエスコートしてくれている。いよいよ外に到達。

ああ、まともな外の空気が吸えるぞ、さぞかしすがすがしいものだろうな。

そう思った次の瞬間、出入り口の岩陰に、あまり好ましくない人影が見えた。

バイダラ卿と珀帝騎士団だ。私達を追ってここまで来たらしい。

進路をふさいでいてほんのり邪魔なだけでなく、彼ら自身にとっても危険である。バルゥ君が叫んだ。

「バイダラ卿、中に竜が潜んでいる。黒焦げになりたくなければ外へ」

「馬鹿め、竜だと？　信じるとでも思ったか。いやいや、本当にいたなら歓迎だがな、竜退治は騎士の誉れよ。惰弱《だじゃく》な犬どもとは違うのだ我らはな……いや、そうか、奥になにかを隠しておるな？　珀帝騎士よ半数は我に続け。残りは犬どもの監視を続けよ」

などと言いながら、本当に坑道の奥へと駆けていった。

私は少し思うところがあって、彼を止めなかった。

せっかくの機会だから様子を見させてもらおうと思う。

ただ中は本当に危険。危険が危ないのだ。流石《さすが》にあまり大きな怪我をされたら困るので、そのあたりはこっそりサポートしながらだ。

魔物がゴロンゴロンに湧く坑道、突き進むバイダラ卿。珀帝騎士団は逃げ腰でついていく。

まだ大丈夫そうだ。良し、ちょうど良さそうな炎が奥から噴出してきた。焼かれかけるバイダラ卿。

身体の動きや、魔力の流れを観察するためにギリギリまで放置。

ふむ、ふむ、ふむむ。反応しないか。普通だ。

私は先ほどの違和感を思い出していた。この坑道に来る前、バイダラ卿に感じたあのぎこちない動き。糸でつるされたパペットのような動きだ。

あのおじさん、なにかに操られでもしているのではないかと思ったのだが、さて。

死にそうな目にあったり、極限状態にでもなればまた見られはしないだろうか。いや、そう上手くはいかないか。これ以上はあまりに危険だから連れ戻そうと決めた。と、来た。

上から落ちてきた大岩タイプのモンスターにまったく気がつかず潰されそうになった瞬間。明らかに不自然な動きでそれを回避した。

これは思いがけず良いものが見れた、得をした。やはりあのおじさん、なにかに操られている可能性がある。

「バイダラ卿よくぞご無事で。流石《さすが》の力量です」

「ハッハッハ、まあなこれも神の御加護だろう」

珀帝騎士はそんなことを言っていたが、今の身のこなし、明らかに彼自身の意思で動いていなかった。なにか別の力が働いたような不自然な動きだった。

さて、彼らは坑道の中の惨状を自分の目で見た結果、踵《きびす》を返してすぐに戻ってきた。そして喚《わめ》く。

「おい、これはいったいなんなのだ。何事が起きているのか我らに説明しろ。獣人どもめ。

この一帯の開拓村の最大支援者はワシなのだ。誰か前に出て現状の報告と説明をしろ」

相変わらずの高慢ちきな伯爵様である。律儀にもそれに応えたのは少年村長バルゥ君。

「バイダラ卿、この坑道内で炎竜が出現したのだ。同時に魔物の大発生が起こったが、その多くは竜の炎で燃えるか溶け落ちた。魔物はまだ残っているが、あとは外にて抑える。それだけのこと。以上だ」

バイダラ卿は顔を顰《しか》めて、それからバルゥ君を睨み付けていた。

「なに！　またしても魔物の大発生だと？　しかも竜まで？　そして、それが、それだけのことだと言ったのか？　貴様、大発生はこれで三度目だぞ。貴様の父親が死んだときが一度目、二度目は昨日、そして立て続けに今だ。全て貴様の近くで起こった。妙だろう。そんなことがありえるだろうか？　今回も貴様のいた場所で、またしても大発生が起こった……、そうか、分かったぞ！　原因はお前にある、もはや明らかにだ！　おのれ薄汚い獣め。ワシが資金提供した開拓村で、いったいなにをやろうとしておるのか！」

そこまで言って剣をバルゥ君に向けた。ふむ、この人の行動原理はいまいち良く分からない。

「者どもこやつを捕縛せよ。いくら人の法が及びがたいこのフロンティアといえど、意図的に魔物の大発生を引き起こしていたとなれば、極刑をもってしても許されぬ蛮行だ。

犬め、しかるべき場で裁きを受けよ」

珀帝騎士達は指示に従いバルゥ君を取り囲み、捕縛の態勢に入っている。

獣人戦士達は迎え撃つべく武器を構えた。

ほとんど一触即発のような状況である。ちょうどそのときである。

坑道の中から、ラナグが『美味しいもの』をぐいぐいと引きずり出してきたのは。そして、私に言うのだった。

『リゼ、メシにしよう。いや、楽しみだな』

ハラペコのラナグが目的の魔物を仕留めてきていた。待望の獲物、炎竜だ。

彼のホクホクとした笑顔は私の心を穏やかに和ませるが、その反面、場を凍りつかせていた。バイダラ卿が叫ぶ。

「ほ、ほほ本当に、りゅ、竜じゃないか！　それも、これほどの!?」

顔は引きつっている。

炎竜の巨体はラナグを遥かに超えている。手足と羽のある西洋タイプの竜だけれど、未だ炎に包まれていて、胴体はグニャグニャと長く、長大である。大物である。

珀帝騎士団の人達は、困惑の様子で固まっている。

つい先ほどまで獣人村の戦士達と一触即発だったけれど、今はすっかり、動かぬ炎竜に視線が釘付け。警戒感をあらわにして、全ての武器がそちらに向けられていた。

ラナグは私の隣でご機嫌な顔をして、鷹揚《おうよう》にうなずいていた。

デロリンと横たわる炎竜を咥《くわ》えながら。

今まで見た中で最大サイズのモンスターである。というか長い。比較的冷めていそうな場所を探して触れてみると適度な弾力を持った肉質で、骨は多くなさそう。つまりは食べるところがたくさんあるということになる。そしてやはり、熱々である。できれば私は冷ましてから調理したいなと思う。

『ふふん、ようし獣人村の連中にも人間どもにも喰わせてやろう。驚くが良いぞ、この美味しさにな。そのうえこの上等な食材を、こともあろうか、リゼに調理してもらうのだ。天地広しと言えど、これほどのメシは他にはないと断言できよう』

先ほどまでゴタゴタしていた雰囲気を、炎竜を咥《くわ》えたラナグの勢いが全てかき消していた。

ちょうど日も落ち始めた頃合だ。

「それでは始めるとしましょうか。晩ゴハンの時間を」

SIDE バルゥ

いったいなにがどうなっているのやら。

それは小さな人間の娘。類稀《たぐいまれ》なる収納魔法の使い手で、ワイバーンを川魚かなにかのように扱い、異次元レベルの反射結界を村の戦士全員に付与し、炎竜の炎から我らを守ってみせた娘。

獣人の守り神なのか、あるいは祝福の女神か。

それが今度は炎竜を食わせてくれるという。もしこれで彼女がなんらかの神の化身ではないというのなら、一体全体なんなのだろうか。

そして、妙に可愛い。

いやまさか狼獣人である俺が人間の少女をそんなふうに思うとは。

リゼはいくらか年下ではあるが、しかし可愛いことはもはや否定ができない。目が離せなくなる。しれっとわけの分からないことを始めるから、そのせいもあって目が離せなくなるのだろうか？

あろうことか彼女は、またしても手料理を振る舞ってくれるという。僥倖《ぎょうこう》だった。バイダラのアホめは今日もまたなにかを言ってきていたが、リゼの夕食は食わないらしい。やはり愚かだ。せっかくのチャンスを棒に振ったな。

第一にリゼの作る食事はとても美味《うま》いということもあるが、そのうえ食材が炎竜だぞ。普通なら貴族王族でも一生に一度だって口にできるような肉ではない。ひと口食べただけで力と魔力が湧き上がってきそうな食材だ。

そしてこの炎竜を討ち取ってきたのは、あの、ラナグ様という御名の神獣様。近寄りがたいほどの存在。そばにいるだけで我らの中の太古の狼の血が沸き立つようだ。ラナグ様を直視するのも、お名前を口にするのも憚《はばか》られる。どうやって接すれば良いのやらまるで分からないほどだ。

リゼが言うには、普通に接してくれれば良いとのことだが、なかなかそうもいかない。下手をすれば、一族郎党、村ごと丸呑みにでもされるのではないか？

バイダラも珀帝神殿の騎士も、神殿に属していない野生の神獣を神とは認めない。それが通常の対応ではあるが、それにしても相手の実力くらいは本能で分かりそうなものだ。

あいつの目はどこまで節穴なのか。ところどころでラナグ様に無礼な態度をとるから、こちらが冷や汗をかかされる。

バイダラ達は少し距離を空けてついてくる。村にまで帰りつくと、連中は外で夜営の準備を始めていた。大人しくしておいてくれるならばありがたいが、くれぐれも余計な真似はしないでほしい。

魔物の大発生の件についても、こちらで片を付けるから放っておいてほしい。

確かにやつの言うとおり、大発生の原因はこの俺だ。

がしかし、どうせあの呪いに対しては、あの男にはなんの手出しもできない。

俺は自らこの呪いを打ち破る。

誇り高き我ら一族。

我が一族はかつて獣を統《す》べた古代獣王の右腕たる、聖騎士長ルヴァの末裔なのだ。父は俺にそう教えた。

獣王伝説など伝説にすぎない。今では獣人達ですらそう考えている者がほとんどだが。

亡き父上を思う。

我らはかの獣王様のもとへ再び参じる。そして願わくは、リゼ、あの女神を連れて帰りたいものだ。

いざいざ、晩ゴハンです。

坑道からアグナ獣人村への帰り道。

バルゥ君から妙に熱い視線を感じる。私を見ながら小さな声で、ああ食べてしまいたいだとかなんだとか言っていた。これはもしや……、私から美味しそうな匂いでも出ているのかもしれない。だとすると。そんな女はきっと人間からはモテないだろう。そうでないことを祈るばかりだ。

祈っていると、バルゥ君が真剣な目をして話しかけてきた。食べられるのかもしれないと思いながらも話を聞く。

彼は告白した。バイダラ卿の言うとおり、魔物大発生の原因は自分にあるのだと。真面目なお話だった。力強くも悲痛な面持ちであった。

腕を見せてくる。包帯を外した腕からは鎖のようななにかが生えていて、強く巻きついていた。

この鎖。代々群長に引き継がれてきた呪いの証であると言う。しかもその呪いの力は、このところ急激に大きくなっているらしい。この呪いがあるところに魔物が現れそして大発生が起こる。

そのせいでこれまでにも、多くの仲間に被害を与えてきてしまったと、彼は言った。

なるほどそうですかと、私はうなずいた。

しかし言っておかねばならないが、そんなの私はだいたい知っていた。

初めに腕を見た時点で知っていた。ラナグも知っていた。

この腕に掛けられている呪いの特殊性も、なにかのターゲットにされていることも。

ただそんなバルゥ君への呪いはあくまで、ターゲットにされる呪いだ。魔物大発生のターゲットとしての呪い。被害者なのだ。

問題は掛けている側にある。私は彼にそう告げる。

「ありがとうリゼ。そうか君は優しいな、本当に」

バルゥ君は続けて語り、いくつかの話を教えてくれた。

まずは以前村があった場所で急に呪いが強まって、かなり強力な魔物の大発生が起こったという話。

そしてその国にはいられなくなったという話。

被害は彼らの村だけではなくて、周辺にもかなりの迷惑をかけたからだそうだ。

彼のお父さんとその世代の戦士達は、村と近隣の人達を守りながら戦って、亡くなったそうだ。

その後行くあてもなかった彼らは、縁があってバイダラ卿からの出資と支援を受け、ここに開拓村を作った。

そしてもう一つ別に、この地に来た理由があった。

バルゥ君の父親は亡くなる前に、この呪いと一族に語り継がれた伝承について調べていたらしい。そして情報を掴んだ。

このフロンティア地域の焔山《ほむらやま》の地下。ちょうどこのあたりに呪いを解くためのカギがあるかもしれないと。

棄てられた古い坑道から地中深くへと続く道の先に、かつて獣人の聖地だった場所があるという。だがしかし、それは希望の道であると同時に困難を象徴する道でもあったらしい。

彼のお父さんの調べによると、呪いを継いだ群長がその地に近づくほど、呪いの力は強く発現。強力な大発生が起こるのだとか。

そんなお話をひと通り聞きながら、村に着いた私達。

バルゥ君は晩ゴハンを食べたらまたすぐに出かけると言い出した。焔山《ほむらやま》の地下深く、そこに眠るカギというのは古代獣王の遺跡だそうだ。またなんだかファンタジックな話である。流石《さすが》は異世界、実に興味深い。

さて伝承によると、ちょうど今夜は、定められた星回りの夜だったらしい。獣王の古王国への道が開かれる日。そこで群長は呪いを解く機会を与えられるという。

今度は星か。どれだけファンタジック成分を私にぶつけてくれば気が済むのだろうか。まったく大歓迎な話だった。

ばれないように密かに興奮する私をよそに話は進む。

バルゥ君は、今日のバイダラ卿との一件がなくとも、どの道今晩そこに挑む予定だったそうだ。

彼は出発の準備をしてくると言って、席を外した。

その間に、私のほうは料理を始めることにした。

細い腕だが振るおうではないか。旅立つ彼のためにも。

一部の獣人は食事の質によって一時的に身体能力を向上させる。バルゥ君もその一人なのだ。

昨日の食事のワイバーンと火吞み鳥でも能力が向上していたから、炎竜ならばなおさら効果はあるはずだ。

さあ、お料理の始まりだ。

このとき私の隣では、もう一名の犬さんが上機嫌さを隠しきれないでいた。

はっきり言って、そこにシリアス感は皆無である。がしかし、こちらはこちらで、これまでずっと我慢して楽しみにしていた食事なのだから、これはもう仕方あるまい。

『美味しい美ー味しい、アッツアッツ炎竜。わーれの口腔が、開ーいておーるぞ』

陽気。食欲満々の我が家の神獣さん。陽気な歌を口ずさんでいる。いつもの渋めの雰囲気を保ちながらも、微妙に節をつけて歌っている。

『ん？　どうしたリゼ？　なにゆえ我を見つめている』

そんなことを問うてくるラナグさん。歌なんて歌ってご機嫌ですねと言ってみるけれど、いいや歌ってなんかいないと返事が返ってくる。無意識に歌っていたとでも言うつもりらしい。

なおのこと面白いやら気まずいやらである。

しかしこう見えてもラナグは優しい、とっても優しい。バルゥ君のことも気にかけている。そもそもバルゥ君達にも炎竜の肉を食わせてやろうと言い出したのはラナグなのだから。

炎竜を食わせて送り出せば、あやつなら大丈夫だろうとも思っているようだった。

さて一方で村の人達の多くは、伝承のこともバルゥ君がこれから出かけることもすでに知らされている様子だった。

群長が遺跡に近づくことで、また周囲で魔物の大発生が引き起こされる。その可能性が高いから、迎え撃つ準備があらかじめ必要だからだ。

しかし彼らはいつだって底抜けに明るい。自分達はこの村を守り、そして村長を信じて送り出す。まずはメシ食って力を入れるぞ。

そんな様子で、気合入れ祭りとでもいうような盛り上がりを見せ始めていた。

バイダラ卿達は村の内外を歩き回り、バルゥ君達を見ていた。食事には参加しないようだ。

炊事場の近くに置かれている炎竜の姿は、部位によっては竜というよりも炎そのものに近かった。今でも僅《わず》かながら炎が揺らめき、その隙間から覗く肌も、鱗《うろこ》よりは固まりかけた溶岩のようだ。私達は近くに集まって、これを眺めた。

こんなものをどうやって料理するのか、そんなことは知らないけれど、ともかくラナグは美味しいと言っている。そのまま丸呑みにしても美味しいらしい。

ただ今回のように大物すぎると、丸呑みではお腹がパンパンになって苦しくなってしまうのだともいう。それはそうだろう、ラナグの何倍も、何十倍もこの炎竜の姿は大きいのだから。

そんな竜に興味深そうに触れながら、綺麗に三枚おろしにしてくれているのは隊長さんだ。

相変わらず小さなナイフで大きなものを切るのが好きな隊長さんである。

いつもの手際の良さ。動作そのものが芸術品とでも呼ぶべきもの。熟練の達人のマグロ解体ショーの如き技だった。

いつまでもメラメラと燃え続けている熱々の部位もあって、そこはラナグがあとでそのまま食べると言う。別に取り分けておく。私もお勧めされたけれど、流石《さすが》にちょっとその部位はツウすぎるように思えた。

地球では火の玉を口に入れるパフォーマンスがあるが、あんな感じなのだ。決心がつかないので、またあとで様子を見てからいただくことに。

他の部位は、私の必殺魔法、雪だるまボンバーを駆使して丁寧に処理、常識の範囲内の温度に下げてある。

隊長さんにはラナグの指示を私が伝えて、特別美味しいという部位を切り分けてもらう。

全体のちょうど中心になるあたりに格別の部位があるのだとか。と、その指定の部位の近くから、ぽんっとなにかが出てくる。

人間の拳サイズでハートの形、真っ赤なルビーのように輝いているけれど、お餅のように柔らかい物質だ。

『…………』

ラナグは黙ってそれを見つめている。隊長さんがそれを覗き込む。

「こいつは……ドラゴンハートか？」

隊長さん曰《いわ》く、これは竜の核のようなものらしい。ただ普通は倒された瞬間に消えてしまうことが多く、かなりの希少部位だとか。

一般的に魔物は二つのタイプに分けることができる。

討伐されたときに核となる魔石だけを残すタイプと、肉体を中心に残すタイプとだ。ほとんどのドラゴンは後者で。しかも肉体だけを残す。それが極めて稀《まれ》に核となるドラゴンハートと呼ばれる物質を残すことがあるらしい。

魔石とも違っていて、こちらは食用になるそうだ。美味らしい。ただでさえ希少な竜。そのさらに希少部位中の希少部位が、今そこに登場していた。

『グルルルル』

唸《うな》りながらよだれを垂らし、鼻先にシワを寄せて変な顔をしているラナグ。これは一応、感嘆のあまり言葉も出ないという状態らしい。思いも寄らない幸運にたじろいでいるようだ。がしかし、しばらくして、そのラナグが……スッとこちらにドラゴンハートを差し出してきた。

どうやらこれを、バルゥ君に譲るつもりらしい。良いのだろうか？　あんなに楽しみにしていた竜食材の、それも最も希少で美味しいと話していた部位を。

ラナグは言う。バルゥ君がこれから古王国の遺跡に行くというなら、これを食わしてやるのが良いだろうと。これ以上の食材はあるまいと。

『美味しく、してやってくれ』

ラナグは食いしん坊だが、とっても紳士な優しいワンちゃんだ。私はゆっくりとうなずいた。

「分かったよ、ラナグ」

ひとまず預かる。あとでバルゥ君が来たら、あらためて調理をしよう。

まずは先に、ノーマル炎竜肉から始めることにした。

私はひと口サイズに切り落とした炎竜肉の端っこを、多めの油を引いた中華鍋っぽい鍋にサッとすべり落とした。パチパチと弾ける音が心地好く、香ばしい香りが漂ってくる。そしてひとかけら味見をする。

あらかじめ世に知らしめておく必要があるけれど、けっして私が食いしん坊なわけではない。これは味見。食材の味が分からずして料理などできるものだろうか。仕方ないのである。

蠱惑的《こわくてき》な香りが、私の鼻孔を襲った。いやがおうにもよだれが湧く。

断じて私は食いしん坊などではないが、重ねてもうひと口つまみ、そしてまたひとき れ焼いてから、さらにつまんだ。美味しかった。

炎竜のお肉は、スパイシーで辛かった。美味辛《うまから》だった。

初めの段階では、もしかすると燃えるように熱かったりするのかなと思っていたから、恐る恐る口に運んだけれど、熱はほどよく消えていて、その代わり旨《うま》みのある辛さが広がった。

スパイシーでエスニックな風味の下味が、最初からついているようなお肉である。

流石《さすが》に塩味までは効いていないけれど、それ以外には調味料要らずのお肉であった。

なるほどこれならラナグが好むわけだ。

なにせラナグは自分でお料理ができないのだから。ワンワンハンドだから仕方がない。

鋭い爪も戦いの役には立つだろうけれど、調理などの細かい作業には向かない。一長一短である。

その点この炎竜肉はもとから下味がついているようなもので、だからこのまま丸呑みにしたって美味しいのだろう。

いやもちろんこのスパイシーな風味は、なにもラナグだけに有効なのではない。私の口だって十二分に楽しませてくれる。こちらの世界では香辛料の流通は少ない。高度な物流網が発達していた現代日本に比べると遥かに少ないのだ。これは確かに貴重な食材だといえる。

ずいぶんと久しぶりに出会えるこの味に、私は感動すら覚えている。ああ、スパイシー。時空を超えた遥かなるお久しぶり、ああスパイシー。

ひと口だけ試しに食べてみた結果、メニューはすぐに決まった。これは、まず唐揚げにしよう。

今日の晩ゴハンの一品目は炎竜のスパイシー唐揚げで確定である。

他に必要な材料といえば、卵、小麦粉、塩、揚げ油。

村にはあまり食材がなかったけれど、ラナグが超特級のハイパースピードでホームのキッチンにまでとりに行ってくれると言うので、首のところにコックさんへのお手紙をくくりつけた。

その間に私は他の準備を済ませておく。

時間を空けずにラナグは帰ってきた。本当に早くてビックリした。

背中に材料をくくりつけられている姿が愛らしい。しかしなぜこんな姿に。ラナグも収納魔法の一つくらいは使えるというのに。考えてみればラナグとコックさんは意思疎通ができないから、そのせいで、微妙に変な感じになったのかもしれない。

ともあれ荷物を下ろす私。よし、食材はしっかり入っている。

まずはなにより揚げ油だ。これがなくては始まらない。

できればサラダ油系が欲しかったけれど、今回はオリーブオイルっぽいやつが到着した。それでも十分な量はある。コックさんありがとう。

ラナグ曰《いわ》く、ホームではコックさんも炎竜肉に激しい興味を抱いていたそうだ。当然のことだろう。ああ、ちゃんとおすそ分けはしますからねと、私は心に固く誓った。

私の心の中で、コックさんがゆっくりとうなずいていた。

それで、この量である。一人では当然埒《らち》が明かないので、村の人達の手も借りる。

ありったけの鍋を総動員してスパイシー唐揚げが生み出され始める。

村の人達は唐揚げを知らないようだったので、初めはレクチャーから。それからいくつかの班に分かれて作戦は遂行されていった。

せっかくだから少し手間をかけて二度揚げ。まずはしっかり中まで火を通してから、二度目でカラッと感を追加である。

やがて、村中が香ばしいスパイスの香りに包まれていく。

ついでもう一品。今度はバターチキンカレーっぽいひと皿である。

もちろん食材はチキンではなく竜ではあるけれど、食味としてはチキンに近い。

お米は手に入らなかったのでパンを添えてお召し上がりいただく。こちらも村の人が総動員されて調理されていった。

ちなみに地球の動物達とは違い、この世界の獣人さん達は人間と同じものが食べられると確認済みだ。むしろ人間よりも食べられるものの許容範囲は広いようだ。

さてすっかり日も落ちて、空には星。いよいよもっていただきますの時間がやってきた。

村のあちこちに松明《たいまつ》が灯される。今日は大変お日柄も良く、外に出てのお食事だった。

村の外に出ていた方々も、もう皆さん帰ってきている。

副長さんも帰還済み。なにかお仕事に必要になるらしく、新たに三名の隊員さんを連れてきていた。

こうして獣人村の一同に私達が加わって、カレー&唐揚げのお食事会が開催される。

ちょうど出発の準備が終わったというバルゥ君も出てきて、私は最後にまた調理場に行き、渾身《こんしん》の力を込めて揚げた。できたてアツアツの、ドラゴンハートの唐揚げ。さあ、召し上がれバルゥ君。

皆さん揃って、はい、いただきます。

……がしかし、誰がなにを言ったわけでもないのだが、皆自然に、初めはまずラナグから、という雰囲気になっていた。ラナグは周囲をさっと見たあと、目の前の唐揚げのお皿に全神経を集中させた。むしゃり。むしゃり。むしゃり。

『くっ………………、くぅぅぅ……美味《うま》いぃ……』

ラナグはひと口食べて、ピタリと止まり、そして。

『くぅ〜これこれぇ、これだよねぇはぁぁぁぁ、しみわたるぅぅ、満たされるぅぅ』

口腔から全身へと、好物を食す喜びを染み渡らせていた。大好きな味を久しぶりに口に入れたラナグの目じりには、キラリと光る涙が見えた。

うん、そうだね、染みるね。ならば私は、そっと彼の目じりをハンカチで拭こう。

しみじみムード、がしかし次の瞬間には、隣で猛烈な雄たけびが。

「WAOOOOONNNN　AWOOOO」

少年村長バルゥ君が吼《ほ》えていた。準備万端、戦いの準備を済ませた状態の彼は席を立ち、全身の毛を逆立てて空に吼《ほ》えていた。

ふむ。ちょっとやかましいけれど、存分に食い、堪能するが良い。ドラゴンハートの揚げたて唐揚げは、ラナグさんからの渾身《こんしん》のおごりなのだから。

私も唐揚げをいただく。サクッ。ほう、なるほどう。

火の属性を持つ竜の中でも上位に君臨する炎竜、その肉質はサクサクほっくほくである。

噛んだ瞬間はしっかりとした弾力があるけれど、そこからほろほろと繊維がほどけてゆき、最後にはふんわりと口の中を包み込むような、羽毛布団に包まれるかの如き優しい食感に襲われる。

丁寧に揚げたことでなおさらそれが引き立っている。

そのわりに、風味はこれほどスパイシーなのだから恐れ入る。流石《さすが》の上位竜とでも言うべきか、ワイバーンや岩石小竜のように食べるのに苦労するような食材ではなかった。涙を滲《にじ》ませたり、わおーんと叫びたくなったりする気持ちも分かるお味だった。

ふむふむ、ふーむふむ。

唐揚げはおおむね上手に揚げられていた。ちょっと黒くなったものなんかもあるけれど、惜しみなく油もたくさん使って上出来だ。

ただし私やラナグ、大人の人にとっては刺激的で良いのだけれど、辛味に慣れていない人も多いようだ。それは初めからなんとなく分かっていたので、カレーのほうはラナグにホームから持ってきてもらったバターとミルクを使ってかなりまろやかに仕上げてある。ちなみにこの世界では乳製品もまた高級品である。

なにせ大人しく人間にミルクを搾らせてくれるような牛さんも山羊さんもいないらしく、牧畜は命がけの仕事なのだ。

そもそも、あまり弱い動物はすぐに魔物に襲われて生きていけないようである。そんな動物の乳を搾るのだから、必然、人間のほうもそれなりの実力を持ち合わせねば、お乳など搾れぬのだ。

そんな高級食材たる乳製品を惜しみなく使った甲斐もあって、バタードラゴンカレーは好評を博した。おおむねスパイシー唐揚げよりも人気であった。

とくに子供達にはこちらが大人気。

バルゥ君も村長を務めているとはいえまだまだ子供。舌もお子様である。バタードラゴンカレーは甘めに作ってあるし、ほど良い刺激。ほとんど丸呑みにする勢いで口に運んでくれた。

基本的に狼獣人さん達は人間のような頬袋がないので、やはり豪快な食べ方をする。バクゥッバクゥッというような擬音語が聞こえてくるようであった。

大人やお年寄りには唐揚げが好評。香りが良くて、食欲が湧くわいと老クマさんの一人は語っていた。

ハッと我に返る。思わず色々と考えながら食していたら、食べすぎたかもしれない。食べた。良く食べた。もうしばらくは動きたくないなと思うくらい食べてしまった。ちょっと休憩していいですか。

ちなみに夕食の後片付けは、獣人さん達が率先してやってくれていた。もちろん初めは私も、重いお腹をペシペシと叩いたりさすったりしながら参加しようとはしたのだけれど。

「いやいや、お休みください。これほどの食事をいただいて、これ以上なにもしていただくわけにはいきませぬ」

「そうですそうです、それに私達、ここのところ良いものを食べすぎて力が溢れて余っているんですよ。少しは働かせてもらわないと」

「炎竜肉なんて食べたら、私なんてもうじっとしてなんていられませんから」

などと言われてしまい、洗い場から追い返されてしまう私だった。

獣人さんは良いものを摂取すると、元気がモリモリになるとは聞いているので、ここは大人しくお任せしてしまった。

『ハァ〜。食べた食べた』

そうしてふらふらと広場に戻ると、見えたのは神獣様らしからぬ姿。お腹がポンポコリンなラナグである。もはやドラゴンハートのことなど気にしていないのがラナグらしいと私は思う。流石《さすが》私の見込んだ犬。男前だ。

『ちと食べすぎたな』

そんなことを言ってから、ころんと身体を横たえた。久しぶりの大物食材である炎竜をたらふく食べたので、消化にはしばし時間がかかるらしい。

その隣で私。やや消化も進んだので動きだし、お弁当セットを一人前こしらえた。ホームでお留守番中のコックさんにも、ちゃんと持っていってあげねばならない。食材を提供してもらったのだから。

バタードラゴンカレーにスパイシードラゴン唐揚げのセット弁当。パンやドリンクはホームにもたくさんあるだろうから省略とした。

すでにできている料理を詰めるだけだから、時間もかからずに完成する。あとは配達あるのみである。

ここは本来自分で送り届けたいところだが、配達はアルラギア隊長が行ってきてくださるという。

「まさかとは思うがな、リゼ。こんな夜遅くに一人で出歩こうとする五歳児なんているわけがないよな」

お弁当を作っている最中から、釘を刺してくる隊長さんだった。相変わらず心配性な。

まったくいつまで幼女扱いをするつもりなのであろうか。いまどきは五歳児とて、夜遊びの一つくらいしたっておかしくはあるまい。

それにしても残念なことだ。

つい先日、隊長さんが精密水晶玉という魔導具を取りよせたのだけれど、それで調べた結果、私の年齢は五歳だと確定してしまったのだ。口惜しいことである。

ずいぶん前に手配したものだけれど、ようやく到着して、それで私の年齢を調べたのだ。

普通の水晶玉は、町の門番さんが使っているようなやつ。あれでは種族や犯罪歴くらいしか分からないが、精密バージョンはひと味違う。

精確な年齢や体重、体脂肪率まで分かる優れものである。

どうにも私の様子があまりに幼女らしからぬから、見た目と実年齢が違っている可能性を考えたらしい隊長さんだ。

その結果。私は確かに五歳の女の子、確かに人間であった。確定である。五年分の記憶一切はまるでないけれど、確かに五歳児らしい。ぐうの音も出ぬほどに、五歳児らしい。

そんなわけで、もし五歳児が夜間に外出をしようと思えば、保護者である隊長さんを倒してから行く必要があるのだ。

もっとも今回の場合には、私に代わって隊長さんが配達をしてくれると言うから、それなら別に倒す必要もないだろう。配達はお願いしてしまうことにした。

傭兵部隊とはいえ、百名を超える猛者《もさ》達を束ねる長がやる仕事としてはどうだろうか。隊員さんへのお弁当配達などという業務を頼んでしまって良いのかは気になったが、目をつぶった。

アルラギア隊長はいつものように行動が早い。とうの昔に食事も終えていて、食後のトレーニングにもちょうどいいだなんて言いながら、宙を蹴るようにして走り去った。

隊長さんやラナグの足なら往復するのにも時間はたいしてかからないけれど、夕食後にわざわざ走ってお弁当を届けに行くなんて、本当に奇特な人である。

隊長さんには食材の代金も預かっていただいた。コックさんから提供してもらった食材の代価だ。お金の代わりとして炎竜のお肉少々と、ウロコ数枚をお渡しした。

乳製品も高額だけれど、しかし、それ以上に竜の素材は希少。聞くところによると、ウロコ一枚でも売却すれば今日の材料費を支払ってもおつりがくるようだ。

そうこうしている間に、バルゥ君の身体に今回の食事分の尋常ならざる力が湧いてきたらしい。

そこはかとなく、ドラゴンっぽさすら感じさせるオーラを立ち上らせている。

「リゼ、それじゃあ俺は行ってくる」

「ああ、ちょっと待って。行けるところまでは送っていきますから」

私はバルゥ君のお父さんが作成したという地下遺跡への地図を見せてもらっていた。

これによると、最終的にはバルゥ君が一人で進まなければいけない場所に繋《つな》がっているのだが、途中までは、私の短距離転移術でショートカットできそうな造りになっていたのだ。

「そうか、助かるよ。なにからなにまでありがとうな。リゼほどの時空魔法使いに手伝ってもらえれば、もうゴールまで行ったも同然だな」

バルゥ君は爽やかワンちゃんスマイルを炸裂させた。そして。

「俺は……必ず帰ってくる。だから村で待っていて……くれないか？　きっと生きて戻ってくる。リゼを迎えに来るから、そしたら俺の想いを……」

え、と思う。

ムム、と思う。なんだか妙に意味深な発言があったからだ。とてもではないけれど、出会って二日程度の幼女に対して言う台詞《せりふ》だとは思えなかった。今のは恋人とかに言うべき台詞《せりふ》だったのではなかろうか。

無事に帰ってきたら彼はなにをするつもりなのだろう？　この発言を私はどう受け取ったら良いのやら。考えてしまう。

実に恐ろしいシチュエーションを仕掛けられたものだなと思案していると、ちょうど帰ってきた隊長さんが話に加わってくれた。

「俺もちょいとそこまで、少しだけ付き合わせてもらうよ村長さん」

隊長さん＆副長さんも途中までバルゥ君に同行してお手伝いをするつもりのようだ。

私達四名（＋神獣＆精霊）は坑道の入り口まで行った。

ここからアルラギア隊長は、バルゥ君と一緒に短距離転移で飛び、そのまま地下にとどまって帰り道を確保しておくそうだ。

坑道の中もこの周辺も、これからまた炎竜などが発生する可能性が高いからだ。

私は二人にかけられるだけの補助魔法をかける。よし、行くが良い男子諸君。

そして転移術を発動。できる限りの最深部までバルゥ君を送った。転移の光の中に消えていくバルゥ君の笑顔には、犬歯がキラリンと輝いていた。

「よし、それじゃあ俺達は村へ戻ろうか。あっちも魔物の大発生で大変な状況になってるだろうからね」

ロザハルト副長はいつもの調子でそう言った。

そう、バルゥ君がこの土地の中心地に近づくほど、より激しく魔物が大発生するのだ。呪いは強く働くのである。

副長さんがここまで一緒に来たのは、私が大発生に巻き込まれる可能性を考えてだったが、今のところ大丈夫。

私達は急ぎ獣人村へと戻る。あちらはどうなのか。

戻ってみると当然のように魔物がたくさんいた。それどころか炎竜までもが三体も発生していた。これだけいれば、今後しばらくはスパイシーなお肉には不足しなさそうな量である。

他にも大地を埋め尽くすようなおびただしい数の魔物。空には怪鳥の群れ。これが大発生か。目を見張るものがある。そして、もう一つ別に、目を見張るものが。

「リゼ式招雷砲、放て放てっ！　撃ち続けぇる‼」

技術者モグラのモーデンさんは新造の防壁の上に立っていて、スコップを振り上げながら技師達を指揮していた。

仮復旧したばかりの防壁の上のほうには、見覚えのあるようなないような装置が数機取り付けられていた。時折水蒸気が立ち上る。

もはや試作機ではないらしい。

ぐるぐる回る謎の機械にイカズチの短槍が数本突き刺さっていて、モーデンさん達が複数人でそれを操っている様子だ。

この獣人村がちょっとしたスチームパンクのような見た目になっていた。

「テメェら！　技術屋の腕の見せ所だ！　力を見せろォッ！　バルゥ村長が戻るまで耐えるぞ！」

「「「ォオオオッゥ！！」」」

そしてモーデンさんの口調が激しい。普段はですます調だった気がするけれど、すっかり人格が変わっている。答えるモグラ獣人さん達の声も甚《はなは》だしく猛々《たけだけ》しかった。

「親方、水の使いすぎです。もう空っぽですよ」

あの招雷砲、一応はケースで覆ってパイプを繋《つな》げて、水蒸気が外に逃げ出さないようにはなっているのだけれど、流石《さすが》に全てが一朝一夕にはいかない。あっちこっちから蒸気が漏れている。

「ちくしょうめ、水の魔石持ってこい」

もの凄くてんやわんやしているが、モーデンさんはどこか楽しそうであった。彼らは主に空からの魔物に対して応戦しているようだ。

ブックさんは別行動で、ロザハルト副長がつい先ほど連れてきた隊員さん達と共に、三体の炎竜と交戦中である。善戦している。とくに問題はなさそうだった。

一方先ほどまで村の外で野営準備をしていた珀帝騎士団の面々はというと……ふむ、彼らも無事だ。村の奥に避難したようである。

怪鳥や炎竜以外にも、地上に魔物はたくさん発生している。

こちらは獣人村の戦士達が応戦。ブックさん支援のもとで急造された村の防壁を盾にしつつの戦いである。いつの間にかアルラギア隊長が張っていたダイヤモンドっぽい結界は消えている。術者が遠くに行きすぎてしまったかららしい。

私もできる範囲でお手伝いをしよう。竜巻で吹き飛ばしたり、時空魔法で消し飛ばしたり、補助魔法や回復魔法を邪魔にならない範囲で皆にかけたり。

我が家の三精霊もそれぞれ頑張ってくれた。こっそりミニフェニックスになったり、珀帝騎士団から見えないところでプチ風の竜になったり。水クマのタロさんは後方支援の回復役である。

「おお来たぞ！　リゼ姫だ！」

「よし勝てるッ！」

「今だ押し返せィ」

などという怒号が飛びかっていた。姫ってなんだろうか、と思いつつも今は敬称にこだわっている場合でもあるまい。

この世界の人達は、わりあい敬称や役職名、称号の使い方が雑である。ちょっとなにかあるとすぐに聖女様だとか姫だとか言い出すように思う。あまり深い意味もないのだろう。

こうして副長と私達が合流してからは、状況はすっかり安定していた。魔物は何度となく繰り返し現れるけれど、すぐに返り討ち。

途中では炎竜がもう何匹か追加で現れたりもしたけれど、これも副長さんが中心になって返り討ちにしていた。どこかで人手が足りなくなればラナグもちょこちょこ戦ってくれていた。ラナグはなんでもできる万能タイプである。流石《さすが》神獣、といった感じだろうか。

私の見立てによると、純粋な強さとしてはラナグほどの存在を今のところ見ていない。圧倒的に抜きん出ているのではないだろうか。これに匹敵する可能性があるのは、隊長さんくらいだろうか。

ただラナグは普段ほとんど力を使わない。お腹がすいちゃうからだそうである。

比べると、アルラギア隊長は安定して常に強い。二人の強さの違いはこんなところだろうか。

さて防衛戦の最中。次第に相手方の勢いも弱まってきたかなという頃合に、妙な噂《うわさ》が私の耳へと入ってきた。噂《うわさ》というか、村の古い伝承だそうで。

〝時空の姫巫女《みこ》が現れしとき、群長は古王国へと帰り、二人は永久に結ばれる〟

そんな伝承らしい。結ばれるらしい。

おやおやまあまあ、なんということだろうか。そういう伝承は早めに言っておいてくれないといけない。

どうしたものか。先ほど出発したときのバルゥ君の意味深だった言葉が、なおさらに意味深さの度合いを増していく。ゴゴゴゴォという音をたてて意味深度合いを増していくような気がした。

うーん、まあいいか、と気分を切り替えて防衛。そうこうしている間に村の周囲は静かになってくる。そろそろ魔物も打ち止めかと思ったが、それはそうでもないらしい。いつまでもだらだらと出現している。

大きな第一波はやり過ごしたが、まだどうなるか不明な情勢だ。

幼女である私は夜更かしだけは苦手なため、落ち着いた頃合を見計らって睡眠をとらせてもらった。警戒しながらもひと晩経ち、翌早朝。

まだ薄暗い中で二波の発生。正直言って私はまだおねむであった。目が開かない。大丈夫だから寝ていろと副長さんやモーデンさんに言われ、お言葉に甘える。しばらくしてまた外も少し落ち着いてきたかなという頃合。そんな中。

「おい、貴様ら！　これはいったいなんなのだ⁉　世界の終焉か⁉　獣人どもの邪《よこしま》な企てか⁉　いったいなにをした⁉　なにをどうしたらこんな惨事が起こる？　村長の犬小僧はどこへ消えた？」

昨夜からずっと村の奥に隠れていたバイダラ卿が、珀帝騎士団を引き連れてのそのそと表に出てきたようだ。なにがどうで、あれがこうでという具合に、愚問を繰り返している。

「おぃ！　いったいなにがどうなっている。誰でも良い！　説明と報告をよこさんか！」

相手をしてあげられる暇のある人が少ない。

村の中をあちこちうろうろと動き回り、なにかを探り始めるバイダラ卿。

と、今度は防壁に妙なものが仕込まれているぞと騒ぎ始める。

もしや招雷砲のことか？　と思ったけれどそうではない。損傷した防壁の中に呪いが埋め込まれているのを発見したと言っている。

「この壁を構築した者、責任者は誰だ」

と言われてモーデンさんが迷惑そうに下りてきた。途中で交代しながらとはいえひと晩中、壁を守っていた彼である。

バイダラ卿、昨日はバルゥ君を捕まえようとしていたが、それに引き続き今度はモーデンさんを拘束して断罪裁判にかけると言い始めた。モーデンさんがこの土地に魔物大発生の呪いを掛けているのだと言うのだ。

またも珀帝騎士達が動きだし、剣を抜いてモーデンさんを取り囲んでいた。

「あらあら、こんなときにちょっと迷惑な人ですね。なにせ村の中は子供とお年寄りだらけ、そこにこの量の魔物ですから忙しいのに」

ちょうど私のそばにいたブックさんがそう言った。

モーデンさんは、獣人村防衛の指揮を執っている人だから、いなくなると困るのだ。アルラギア隊の面々もいるから村が壊滅する事態にはならないだろうが、それでももしも壁が突破されでもしたら大変困る。

そもそもバイダラ卿自身だって自衛するだけの力があるのか疑問である。

まったく変なおじさんなのだ。ただこれでも一応は、この村の最大出資者としての権限を持っているから、それが困りものだ。

とてももめる。バイダラ卿はあーだこーだと言い続け防衛の邪魔をし、モーデンさんは舌戦にてそれを迎え撃っていた。村の人達も集まってきて加勢する。

するとと村の人達の抵抗が思ったよりも激しかったのか、

「ええい煩《うるさ》い！　モグラめ。その生意気な口をワシ自ら叩き切ってくれようか。男ならば黙って、捕縛されろ。さもなければ決闘でも受けてみるか？　ふふん、もしもお前のような者にも誇りというものがあるのならだがな。土台無理な話だろうが、やれるものなら剣と誇りにて身の潔白を証明せい」

バイダラ卿は今度は決闘だなどと言い出した。

モーデンさんは自分の身体で戦える人ではないから、それを知っていて言っているのだろう。

ならばよし、ここだなと思い、私は前に出た。

「なんだ？　幼女。なにをしに出てきた。モグラの代わりに我らと行くか？」

「いえいえ、そうではありません。今おっしゃっていた決闘のお話の方ですが」

「なんだ？　代わりにお前が戦うとでも言うのか!?　ぬわぁっはっは。こいつは愉快だな。構わんぞチビ娘。代表として戦ってもな。光栄に思うがいい、ちゃんとワシが相手をしてやる。ヴァッハッハ、そうだ、もしもお前が出て、そして勝てたなら、そのときにはワシが持つこの村の権利も、まるごとくれてやる。ヴァッハッハッハ」

いきなり釣れた。願ったり叶ったりだった。

世の中分からないものだ。まさか本当に、寝起きの幼女に決闘を申し込む伯爵がこの世に存在するとは。しかも勝てば村の管理権限までくれると言い出したのだからありがたい。

私はむにゃむにゃと目をこすり、水魔法で顔を洗った。よしやるか。

モーデンさんもスコップを片手にヤル気まんまんのようではあったが、しかし、私はこの決闘を譲ってもらうことにした。まだ気になることがあるのだ。

バイダラ卿の呪い。いや、彼の場合は正確にはまだ呪いかどうかは分からない。しかし、彼が時折、無意識に身体を動かされているのは確かだ。そして、このあたりの土地の地下で高まる魔力の脈動に干渉しているのも、やはり間違いない。

今さっき、防壁に呪いが掛けられていると騒ぎだしたバイダラ卿だが、彼自身が黒い小さな砂粒を埋め込んだのを確認している。

懐の小さなビンから、見えないほど小さな砂粒を取り出して、密かに埋め込んでいた。ドクドクと高まる土地の脈動に、ほんの一瞬、彼が禍々《まがまが》しい魔力を同調させて働きかけていた。昨日はまだ不確かだったが、ここまで近くでつぶさに見させていただければ確かだ。

私は思う。バルゥ君は自らに呪いが掛けられているのを自覚していたが、バイダラ卿はそれと対になる呪いに、無自覚で掛かっていますよねと。

少々種類は違うようだが。ともかく調べさせていただこう。

ロザハルト副長とブックさんにも、手伝っていただけるように伝えておく。

そんなこんなで開催が決まった決闘。種目は馬上槍試合であるらしい。

ちなみにこのバイダラ卿の身分は伯爵だけれど、今でも騎士の称号も持っている。そして騎士ならば騎士らしい決闘をするのだと言う。

馬上槍試合。お馬さんに乗りながら、槍を持って突撃し合うという野蛮な競技である。

地球でもかつて騎士が好んでやっていたとは聞く。

おそらくバイダラ卿は、ここで最も弱そうな相手を選んだつもりなのだろう。そもそも幼女なら馬にも乗れそうにない。流石《さすが》に偉くなる人は違う、手段を選ばないし、恥も外聞もない。

勝ちを確信した様子の彼は、誓約の女神に誓って正式な決闘を申し込むと語った。

『誓約の女神』というのは魔法の一つで、私もラナグ先生の魔法授業で教わったから知っている。基本的にこれに誓った約束は破ることができないとされている。

バイダラ卿は胸元に縫い付けられたマジックバッグから、この術を使うための魔法の巻物を取り出して手続きを済ませた。

ふむ、ふむふむ……これを見て私はちょいと他のことに思いを巡らせていた。

バイダラ卿は、やはりマジックバッグを持っているのか。持っているのだ。

昨日からやや違和感があったことなのだが、そう、ある程度の財力や力量がある人ならば、普通大切なものはマジックバッグか亜空間収納にしまって持ち運ぶはずだ。

とくに、小ビンなんて壊れやすそうなものだったらなおさらだ。懐の普通のポケットにしまうのはいかにも邪魔そうだ。けれど彼はしまっていた。

ならばそう……あの小ビンには、亜空間にしまえない理由があるのかもしれない。

例えばそれは……あの小ビンの中になにか生き物のようなものが入っているから、なのかもしれなかった。亜空間には基本的に生き物を入れておけないのだから。

このあたりを確かめてみたいなと私は思っていたのだが、同時に村の権利までもらえる機会がきた。実に幸運である。

それでは一挙両得作戦を始めてみよう。

「では、諸々整いましたね」

五歳児VS伯爵という姿は、どうにも見た目が滑稽《こっけい》だとは思いながらも、ひと通りの準備を終える。

「ちょっとリゼちゃん？」

ここでブックさん。モーデンさんの代わりに防壁のチェックに行っていたのだが、やや慌てた様子で駆け戻ってきたのだ。

「ねえちょっと、おかしいでしょう？　確かに貴女は魔力も魔法技術も、普通の大人を遥かに上回ってはいるけど、そんなトテトテ歩きで決闘なんてする幼児はいませんっ。いけませんよっ！」

どうやら私をたしなめに来たらしい。トテトテ歩くのは体形だけの問題で、走ればちゃんと速いのだが、しかしごもっともなご意見である。なんて真っ当な意見を言う人だろうか。

ちなみにロザハルト副長は、

「リゼちゃんなら万に一つも心配はないんだけどね。相手はかすり傷一つつけられないだろうし、そもそも普段から魔物とは戦ってるしさ、今さらな気もする。逆に手加減も上手だからやりすぎもしないよね。けどね。うーん、なんていうか、隊長だよね。アルラギア隊長が見たら、怒りそうだなぁ。暴れないかなぁ、相手、殺されないかな、大丈夫かなぁ。そこが心配」

なにやら悩んでいた。主に隊長さんと相手の心配をしているようである。

言い出しっぺのバイダラ卿本人は、初めは少し想定外であるような顔をしていた。五歳の女子が本当に受けるとはっ、みたいなリアクションである。

しかしすぐにニンマリと笑った。幼女相手の勝ちを確信して、喜びを隠せないというような笑みである。

さて決闘だ決闘だ、決闘をしてしまおう。確かに隊長さんがいたら止めてきそうだけれど、今はちょうどいないのだから、早くやってしまったほうが良かろう。

隊長さんは夜間の出歩きすらもしっかり阻止してくるような人物。馬上槍試合などもってのほかだと言いかねない。けれどもなあに、実際のところ隊長さんはお出かけ中なのだ。まだまだ帰ってくる気配もない。鬼のいぬ間に槍試合。今のうちにやってしまうに限る。さあ決闘だ。なんだか楽しくなってきた。

こんな淑女魂の塊である私にも、野生の本能みたいなものもあるのかもしれないな、なんて思いながら、ラナグさんの背中に手をかけて、ヨジヨジとよじ登って跨《また》がった。

「こちらの準備は万端です。いつでもどうぞ」

決闘のルールは簡単で野蛮である。双方とも馬に乗ったまま突撃し合い、地面に叩き落とされた方の負けとなる。

私は馬を所有していないので、代わりにラナグに乗らせていただく。

馬ではないけれど大丈夫。

騎士の中にはユニコーンナイトやら飛竜の騎士やらも存在するらしく、なにに乗るかは規定されていないのだ。ロバでもカバでもなんでもあり。私の場合はラナグ。

はっきり言って、本当はこの時点でズルである。

副長さんにしてもブックさんにしても、私に危険がないことはちゃんと分かっているのだ。ラナグもいるし、加護もあるし、服の効果もある。向こうの攻撃がこちらに通ることはないと分かっている。ほとんどズルなのである。

それに比べてバイダラ卿陣営は、村の防衛戦の間もずっと奥に隠れていたから。ラナグのことも私のことも、おそらくあまり分かっていない。

そもそも初めから、野良の神獣を過小評価しているのだろう。坑道で炎竜を咥《くわ》えてきたラナグの姿くらいは見ているはずだが、その凄さをいまいち理解していない。

ラナグはのしのしと歩いて前へと進む。私は拾ってきた適当な棒を構える。

「さあ来い！　こちらも本気でいかせていただきます。いい試合にしましょうね」

私は小さな幼女フィンガーをくいくいっと曲げて、かかってこいという意志を示した。

バイダラ卿も愛馬に跨《また》がって武器を構えて、やる気は満々である。

手にした巨大なランスをブンブンと振り回して準備完了。

互いに身体強化の補助魔法を自分にかける。開始の合図が鳴った。

相手の馬が走りだし、こちらのラナグが走りだし、次の瞬間には互いの武器が重なり合う。

さて、獣人村の戦士達には周知の事実だけれども、私は色々なものに反射結界を付与できる。

今回とて同じ。木の棒の先端は物理攻撃も魔法攻撃も跳ね返すようにしてある。棒そのものは実際には使わないのでなんでも大丈夫だ。

この術は炎竜クラスでも簡単には破れない強度があると証明済みでもある。炎竜に立ち向かうことすらできない人間が相手なら、これだけで十分ではないだろうか。

ただ馬も槍もほとんど関係がなくなってしまっているので、そこはちょっぴり申しわけない気分にもなる。

結局、自分の突進力を二倍の強さで反射されたバイダラ卿の身体は折れ曲がり、馬上から後方にざっと八メートルほど飛ばされていた。

この魔法は作用反作用の原理をまるごと無視した怪現象を引き起こすので、私の手元にはなんの反動も残ってはいない。木の棒も無事だ。

ただゲブフォォッという音声が薄暗い空に響いていた。

少しばかりお転婆すぎたかもしれない、なんてことも考えながら、私はラナグの背中から下りた。

しかし相手も負けん気はあるようで、地面に打ち付けられた身体を瞬時に起こして、戦闘継続の意志を見せていた。偉い。実は私も、まだ続きをやる必要があると思っていたところだ。

さあ第二ラウンドのゴングを鳴らそう。

しかしこの様子を見た獣人村の若い戦士達、それにモグラのモーデンさんまでもが私を守るように飛び出してきた。

「決着はついたぞ」

「この期に及んでなにをする気だ」

「おうっ、俺達のリゼ姫を守るぞ」

そんな感じの発言が飛び交う。それに対して今度は、バイダラ卿の後ろの珀帝騎士団が武器を構える。またまた戦争でも始まりそうな勢いである。

私はまあまあと皆さんを押しとどめるように前に出る。

「皆さん大丈夫です。バイダラ卿、続きをしましょうか。お相手しますよ」

「クソがっ」

淑女らしいお返事をしたはずなのに、バイダラ卿ときたらなんて酷い受け答えだろうか。

それはともかく、もう少しだけ続きをしようと思う。まだ本来の目的はこれからなのだし。

バイダラ卿は長大なランスを捨てて、細身の剣をギラリと抜いた。

剣は一切の容赦なく幼い女の子（私）に対して向けられている。暴漢と被害者のようにしか見えないかもしれないが、相手も私も真剣そのもの。

気がつけば空が明るい。今やすっかり夜は明けている。

「リゼ、本当に良いのか!?」

「そうだよ、決着はすでについたんだから」

「ガルルルル」

獣人村の方々が未だ決闘の第二回戦に異議を申し立てていた。すでに正当な決着がついたのに続ける必要はないと主張している。

私が彼らに答えるよりも先に口を開いたのはバイダラ卿である。馬から落ちたときに痛めたのか腰をさすっている。

「黙れ腐れ獣人どもが、劣等種が！　いいかこのワシが、女子供にやられるわけがない。

今のはなにかの手違いだ。いや、貴様らがどんな汚い手を使ったのかは分からぬが、悪魔の助けを借りたのか知らないが、どうあれ二度目はない！　いや、二回戦をやるのが正当な慣わしだ！　今度こそ血祭りにあげてくれるわぃ!!」

素晴らしい意気込みである。すでに剣を剥《む》き出しにしていて、一歩ずつ歩いて近寄ってくる。

私の隣には神獣ラナグ。彼はもう一度自分の背中に乗るようにと言ってきた。

私はその鼻先をそっと押さえて辞退した。淑女たるもの、相手が徒歩ならこちらも徒歩でお相手しようではないか。ラナグはそっと微笑む。理解してくれたようだ。

獣人村の皆は、完全に納得したふうではなかった。

私は彼らに心配しないように言って、それから、最近アルラギア隊長と訓練している体術を披露するから見ていてくれと告げた。隊長さんからも一本とったことがあるのだと説明し、怪我をするような真似もしないから安心してくれと伝えた。

「リゼちゃん、本当に大丈夫かな」

「せめて神獣様が一緒ならいいのに」

「いやいや待て、俺は見たぞ、アルラギアさんの結界を殴って破壊しようとしていた彼女の姿を」

「そうだな俺も見た……。あの結界が凹《へこ》んでいた」

「あの子の体術か。どんなものだろうな」

「とにかく見守ろう、なにかあれば飛び出す準備だけはしておけ」

「そんな必要があるかね、俺はそれより彼女の戦いを見学させてもらうよ。なにせ体術はあの隊長さんに手ほどきを受けてるって話なんだ」

「俺は心配でしかない、お前は薄情者だ」

「なんだと？」

「まあまあ二人とも、始まるよ」

彼らの中の一部は、私と同じようにアルラギア隊長との訓練を経験している。大げさに言えば、すなわち同門の兄妹弟子と言っても過言ではない。視線が集まる。

戦いが始まる直前。彼らに小さく手を振ってみると、全力でブンブンと振り返してくれた。

狼さんクマさんにモグラさん、皆揃ってこちらに手を振っている。肉球とモフ毛の揺れる、たいそう可愛らしい光景であった。これに癒される。

副長さん達もすぐそばにいて、真剣な眼差しで見守ってくれている。

衆人環視の注目が集まる中、バイダラ卿は剣を握り締め、開始の言葉を告げた。

「よいか？　これはあくまで珀帝騎士の作法に則った決闘。魔法での直接攻撃は禁止。武器および徒手空拳での戦いとなる。周囲の手助けもむろん禁止。汚い真似だけはするなよ。いざ勝負だ、小娘よ！」

戦いが始まった。彼はフットワークを高めるために、まずは身体強化術を足に集中的にかけている様子。魔法禁止はあくまで直接攻撃魔法に関してだけだから強化魔法などは許されている。

私は拾った棒を構えて、トトトンッと地面を蹴る。瞬時に間合いは縮まり、すぐ目前に卿の身体と剣が迫った。

いちにのさん、はい。ではここで訓練のときに隊長さんが絶賛したという、リゼさん式体術を実践してみよう。

それでは。まずはわざと左に重心を崩し相手を誘います。これはフェイントです。ここからまったく身体は動かさずに、時空魔法で重力のかかる方向を反転。垂直に飛びあがります。筋力は一切必要ありません。

そのまま短距離転移術、好きなところに移動しましょう。

この力の軸反転と転移術を組み合わせることで、身体をまったく動かさずに縦横無尽に飛び回ることができます。これぞリゼさん式体術です。それぞれの魔法の発動を手早くスムーズに行えるかどうかがカギになるでしょうか。このあたりの訓練は必要です。

今まで練習では隊長さんを相手にしていたから、これほど簡単に決まったことはなかったけれど、今回の場合は相手の後ろを一発でとることができていますね。

隊長さん相手の場合には、信じられないような先読み能力と反応速度で移動先を潰されてしまったりもします。

「は、速い⁉」

「速すぎて眼で追えなかった⁉」

獣人村の人々の声である。

バトル漫画で見たような台詞《せりふ》が、そこには展開されていた。実際には速いのではなく、ただ瞬間移動をしているだけだから、どうなのだろうか。本当のところを伝えたら、ずるいとか言われないだろうか。

一応、隊長さんからは、この体術は褒めてもらえていた。自分の適性にあった方法がしっかり身についていると言って大絶賛だった。

やはり私の場合、魔法はかなり自在に使えるけれど、背も小さいし手は短いのだ。拳は丸いし、体重は軽すぎて歩幅は狭い。いくら身体強化の魔法も使えるとはいえ、根本的な幼女感は否めない。高速で空は飛べても、食事のときには子供用の椅子が必要になるような身体なのだ。

せめて転移術や反射術くらいは活用しなくてはやっていけまい。

さて、それはともかく、今私は完全に相手の後ろをとった状態だ。そんな状況でどれだけ長考するのやらと、我ながら呆れる。そろそろ殴らないといけない。

バイダラ卿は未だに明後日《あさって》の方向を見上げている。

そこに私は幼女パンチをお見舞いした。お見舞いを申し上げた。

上を見てキョロキョロしている伯爵の脇腹は隙だらけで、ここをフック気味に殴った。硬化させた幼女の拳が、相手の肋骨の下二本程度をグイッと押し込む。

隊長さん曰《いわ》く、ここは人体の急所なので積極的に狙うべし、とのことである。私は真面目で偉いので、教えられたことをきちんと覚えている。

この部位であれば、ひと口クリームパンの如き拳でも攻撃が通りやすい。

対人戦では積極的に目や喉、股間、レバー、みぞおち、後頭部、コメカミなどの急所を狙うようにと聞いている。急所にタイミングよく入りさえすれば、それほど強い力も必要としないから幼女向きだと習っている。

今回突いた肋骨下部も人体の急所だそうだ。大きな筋肉もなくて鍛えにくいし、骨の固定も弱い部位。内部には肝臓、つまりレバーがあって、打撃の効果は絶大。

良かった、綺麗に決まったようだ。手ごたえあり。

これがダメなら後頭部や耳の後ろをイカズチの短槍の柄で殴ろうと考えていたけれど、そちらの部位だと、下手をすると致命的な後遺症が発生してもおかしくない。

後頭部なんて部位は、ついうっかり花ビンで殴ったりするとサスペンス劇場のようになってしまいがちである。今回のようにレバーなら、殴っても呼吸困難で済むようである。これはあくまでも試合。殺し合いではないし、ヤってしまうと負けである。

さてもう一つ。ついでにと言うべきか、こちらが本命と言うべきか。

私は倒れるバイダラ卿と揉み合いになるふりをしながら、彼の懐のポケットへと手を差し込んだ。おそらくこの中にあるのだ、少々気になっていたものが。

バイダラ卿が地面や村の防壁に埋め込んでいた砂粒かなにかが。小ビンに入れてあるはずなのだが。あった。

彼の道具袋の奥から、小さなアイテムを抜き出す。というよりは引き剥《は》がした。

小さな小さな小ビンである。中には黒い砂粒のようなものが封入されている。生物の姿はなさそうだが？

とりあえずこの砂粒のほうは、私の見立てではおそらく呪いを強化するためのアイテムである。

異様で特殊なビンに封じられていて、私にもラナグにもなかなか感知ができなかった。

小ビンは中の黒い砂粒の魔力を外部にまったく漏れないように覆い隠している。かなり上等な隠蔽《いんぺい》の力を持つビンだった。

そのうえ、砂粒は砂粒で、今は強力な呪いの力を帯びているが、ひとたび大地に触れれば瞬間的に呪いの力を広範囲に拡散させて、砂粒自体には一切なにも残らない。

この砂粒&小ビンのセット。かなり強烈なアイテムだ。バイダラ卿はこれを持ち歩いて、大地に呪いを振りまく役を与えられていたと思われる。本人は無自覚かもしれないが。

そんなバイダラ卿。彼は幼女パンチを受けてから一瞬だけ反撃の動きを見せたものの、その場に崩れ落ちてうずくまっていた。

コヒュウ、コヒュウと喉から息が僅《わず》かに漏れる音だけが聞こえている。

激痛と共に、上手く呼吸もできなくなっているようだ。あの部位は殴打されると横隔膜が正常に動かなくなるらしい。可哀想に。

私は小ビンを手の中で厳重に封じてから、一礼をして決闘を終わらせた。

「ひぃ、ひぃ。い、嫌だ」

神聖なる決闘は決着したわけだけれど、バイダラ卿はごねていた。

私が勝てば獣人村に関わる権利を譲っていただく約束である。村の最大出資者としての権益だ。しかし、当然のようにごねるバイダラ卿。

その姿はまるで、お菓子を買ってもらえなかった少年の如く。ジタバタの極み。いいや伯爵たる者、ごねてこそ真価を発揮するのだと言わんばかりのごねっぷりである。

彼は誓約の女神に誓っているので、この約束を破ろうとすると死にそうになる。それでも悶絶しながらごねるし、挙げ句の果てには泣き出していた。

「許してくれよぉ。だって負けるなんて思わなかったんだもん」

可愛くないにもほどがある姿だった。語尾に「もん」をつけて良いのは四歳までだと教わらなかったらしい。今の私ですら、すでに年齢制限に引っかかる台詞《せりふ》だというのに。

ともかく決闘はもう終わりだ。

そんなことよりも、次は小ビンだ。バイダラ卿のポケットの奥にへばりついていたこれだ。

ラナグ曰《いわ》く、むしろ小ビンのほうがバイダラ卿から離れまいと引っ付いていたらしい。

バイダラ卿に、取り憑《つ》くように。

「バイダラ卿、これ、心当たりはございますか？」

私は、地面に落ちていたのを今拾ったというような雰囲気で小ビンをかかげた。

卿は確かに自分のものだと語る。

それから。返せ返せ返してくれ、返さないと貴様ら皆殺しにず゛るぞォ゛オォォ、というような調子で言葉を続けた。

語尾の声質がガビガビである。

昔なにかの映画で見たような、別人格になるあれだ。

これはもう間違いなく悪いものに取り憑《つ》かれてますよと宣言しているようなものだろう。でないとすれば……、よほど変な人物である。

「さあ、ワシの手に返すが良い。その神聖なる妙薬を。神殿の最奥に眠りし聖なる万能薬を、ワシは見つけたのだ。これさえあればあらゆる邪悪は去る゛のだ゛あ゛ぁぁぁ」

相変わらず語尾は聞きづらいけれど、どうも彼自身は小ビンの砂を聖なる薬だと思っている様子だ。

この妙薬を手に入れてから天啓を受けたのだ゛あぁと語る。

しかしそれからも魔物の発生は悪化するばかり。おかしい。これはきっと獣人どもが悪魔に通じる技でも使っていて、悪いことでもしているのではと疑い、だから見回りをさらに強化していたのだ゛あ゛ぁ、と断言した。

ただ、どうやら実際に彼が強化していたのは、土地の魔力を歪める呪いの力。

この呪いは二つで一つ。歪められた土地の力が、バルゥ君の一族へと向かい、呪いとして発動する。

　バイダラ卿としても、彼は彼なりに一生懸命に仕事をしてはいたのだ。おそらくそうなのだ。まあ、その、ドンマイと言うべきか。いや、彼に対してかけるべき言葉は、私の辞書には載っていないようだった。

　私は気分を変えて、小ビンをペチッと指で弾いてみる。中に元凶となる生物か悪魔でも潜んでいないだろうか？　そう踏んで、ペチペペンッと弾いてみる。入ってますか？

　ふうむ、反応はない。

　わざわざこんな特殊なビンを使っているし、やはりあの砂粒だけが収められていると考えにくいような気はするのだ。バイダラ卿を操っていた力の出所もありそうなのだが。

　今度はロザハルト副長が、小ビンを開けずに中を確認した。指先で小ビンになにかの印をつけて魔力を流した。すると、禍々《まがまが》しい煙がビンの中に立ち込めて奇妙な文様を形作った。

「ああ～、これは完全にきてるね」

　鼻をつまみながら言う副長さん。まるで、賞味期限を遥かに越えてしまった食品のビンを開けてしまったかの如き嫌悪感を示した。開封もしていないのにである。

小ビンの中の砂は、すでに誰が見ても禍々《まがまが》しい。

ただバイダラ卿だけが小ビンの砂を心の底から信じている状況。手を伸ばして奪い返そうとして、さらには自らの身体に降りかけるようにと嘆願すらしている。実際、毎日一粒は飲んでいたらしい。この明らかに身体に悪そうな物質をだ。

「いやバイダラ卿、これって呪いの穢《けが》れを永続化させたり、強化させたりするための呪具ですよ？　どこで拾ってきたんです？　こんなもの」

「ヴァカが！　そんなわけがあるか。誉れ高き我らが珀帝神殿の奥に厳重に保管されていたものだぞォ！　あ゛あぁぁ」

怒るバイダラ卿。

ここで珀帝騎士団の男の一人がなにかを言いたげな気配。副長さんが彼を近くにつれてくる。ものをよく見せて、確認していただいた。

「デーモン……パウダーではないだろうか。おそらく、デーモンパウダーだ。これは我らの珀帝神殿の奥底に、厳重に厳重に封じられているはずの悪魔の呪具だ。そんな……、そんな馬鹿な」

「馬鹿は誰かな？」

副長さんがさらりと暴言を吐いた。春の小川のようにさらりと吐いた。騎士団はこれまで卿と一緒に行動していて、まるきり呪具の存在に気がつかなかったのかと問いたいらしい。騎士の男はそれに応える。

「ふふん馬鹿め。これだから傭兵風情は！　いいか、ちょっとくらいおかしいところがあったってな、騎士の立場で伯爵様に物申せるものかっ‼」

大変力強い断言である。

分からなくはないけれど、そんなにきっぱりと断言されると恐れ入る。

「いいか！　そもそもバイダラ伯爵はもともとこんな感じの人なのだ、別段おかしいとも思わぬわっ」

そういうことは本人を前にしても言っても大丈夫なのだろうか。

大丈夫らしい。他の騎士団連中も首を縦に振って同意を示していた。

とにもかくにも、このデーモンパウダーというアイテム名が明らかにされると、

「ダババ゛ア゛ア゛ア゛ア」

変な声を出しながら、バイダラ卿の輪郭がむくむくと膨らみ始めていた。

小ビンの中の禍々《まがまが》しい煙は渦を巻き、外に染み出し、墨汁のようにひゅうと流れてバイダラ卿を覆った。

それは歪《いびつ》に広がり、もとの卿の身体全体が呑み込まれてしまう。

ほうこれは、いかにも邪悪ななにかに呑み込まれたな、という感じであった。

『どこぞの上級悪魔かな』

我が家の神獣、ラナグさんはそう見立てた。

『ただし、悪魔本体……ではない。その影というか残滓《ざんし》のみがアイテムに残っていたかなにかだろう。また珍しいものに取り憑《つ》かれたものだ、このアホウは』

ラナグ曰《いわ》く、おおかたデーモンパウダーの小ビンを手にしたときにでも憑《つ》かれたのだろうという話だ。個別の悪魔の名までは知らないそうだが、見たところそこそこ程度の相手らしい。

『まああの程度なら問題なかろう。リゼなら無傷で倒せる』

私が倒す前提で話をするラナグ。まあそのつもりで準備しているけれど。

さて、ここまでくると村人のみならず、珀帝騎士団までもがバイダラ卿に対して臨戦態勢だった。

「ぐべべ馬鹿なぁ。気配は完全に断っていたはず……だがどのみち時は満ちたのだ。この騎士団の命と忌まわしき獣王の血脈を糧に、我が肉体を復活させせん」

先ほどまでガビガビしていた声が、完全に別人のものへと変わっていた。周囲には暗い雲が立ち込めていた。

どこの誰だか知らないが、復活するつもりでいるらしい。

さてこういうときは、待っているのが礼儀だろうか。やはり完全復活した姿を披露していただいてから先に進むのが世の習いであろうか。

しかし下手に相手に本気を出させて、それで誰かに迷惑でもかけたら大変だ。

結局はそう思い、このとき私は、すでにジョセフィーヌさんとの精霊魔法の準備を済ませてしまっていた。しかも、ちゃんと地味バージョン。フェニックス感を抑えた新作魔法である。

真幼女パンチ。これの準備ができていた。

つい先ほどバイダラ卿（人間状態）にあてたのが安全幼女パンチだとすれば、これは真幼女パンチだ。

バイダラ卿を覆った暗い影は、悪魔の形を浮かび上がらせ実体化している途中。

私の肩に止まっていたジョセフィーヌさんは飛び立ち、バサリと羽を広げる。

『ピーピー、ピヨリ（古《いにしえ》の悪魔よ、美しく気高い、乙女のパンチを受けなさい）』

そんな雰囲気でジョセフィーヌさんが叫び鳴いた。

私も気分が乗ってきてしまって大声を出す。精霊魔法を放つときには必要な詠唱（掛け声）だ。

「焔《ほむら》立つ浄化の魔力、我の右腕に顕現せよ。セイントジョセフィーヌパワー、ウェーイクアーーップ」

　この瞬間、右腕を中心に、ジョセフィーヌさんの魔力が私のお洋服の上に一体化して、炎の衣のように覆っていた。

　フェニックス感を抑えようと頑張った結果として、今はこの形に落ち着いている。

　そして彼女と私の魔力が、完全なるシンクロを見せた。

『「ジョセフィーヌ・フレェイム・ナァッッックゥゥル‼」』

　収束された浄化の炎はやがて翼を形作り、舞うような拳の一撃が、敵を貫く。

　渦を巻く黒い影。それは赤く輝いて消し飛んだ。

　練習していたときよりも、遥かに格好良く、程良く地味に必殺ナックルは決まっていた。

　ああこの必殺パンチ。お披露目の機会があったのは幸いだ。ボスっぽい魔物でも出てこないことには、気分が乗らずに使いにくいし、どうしようかと思っていたのだ。炎竜はラナグがサックリ倒してしまうし。

　大満足の私は拳を振り上げ、雄たけびをあげてみた。正確には雌《め》たけびだけれども。

「うおおおお」

　ちょっと気分が乗りすぎたかなと思っていると、

「「「GRUUU　WHOOON」」」

遠吠《とおぼ》えの大合唱が巻き起こっていた。獣人ボーイズ&ガールズ総立ちだった。どうやらこの種の必殺技の格好良さは、異世界でも通じるらしい。私は密かに微笑んだ。

ヒュッと右手を振って精霊魔法を解除。私の腕から飛び立ち、宙を舞うジョセフィーヌさんの姿は誇らしげだった。

私はアルラギア隊長から、フェニックスの姿は人目につくところでは自重するようにと言われている。それで密かに開発した精霊魔法の新形態でもある。どうだろうか、およそ上手くいったとは思うのだけれども。

「なあ、だからなリゼ、どうも目立ちすぎるんだよリゼは」

朝の空。ジョセフィーヌさんが元気な鳴き声をあげた頃、ちょうど我らのアルラギア隊長も村に帰ってきたようだ。隊長&村長コンビで向かっていた冒険仕事も終わったらしい。

「いや前よりはかなり抑えられてて洗練されてるとは思うぞ、凄いなリゼは、偉い偉いぞ、それでいて、ちゃんと悪魔っぽいのも倒したみたいだしな、でもなあ……」

隊長さんはそんなことを言いながら、私に怪我やなんかがないかを確認し始めた。子供特有頬っぺたにちょいと汚れがついていたらしく、ハンカチで拭われてしまう。

の、大人にちょっと雑にぐいぐいと顔を拭かれる感じ。あれを久しぶりに味わった私であった。

「あの、リゼさんすみません」

そうこうしていると今度は珀帝騎士団の人が話しかけてきた。なぜか敬語である。

「はい？」

「えっと、うちのバイダラ伯爵はこちらで回収してもよろしいですか……これ生きてますよね？」

むろんバイダラ卿は生きている。無傷である。

今は地べたに寝転がっているし白目も剥《む》いてはいるけれど、それは私のせいではない。小ビンの悪魔だかに身体を乗っ取られかけた弊害だ。

私はそれを浄化の炎で焼いただけなので、バイダラ卿自身を燃やしてはいないのだと説明をしておく。そりゃあちょっとくらいは生身のパンチ部分もあたっているかもしれないけれど、そんなのは言わなければ分からないことだ。

「は、はい、そうですか。それはそれは」

その点に関しては、意外とすぐに納得していただけたようだ。バイダラ卿のお仲間だから、難癖でもつけられるかと思ったのだけれど。

けれども、相変わらず騎士団の方々は妙に畏《かしこ》まっている。先ほどから急にどうしたのかと思い、聞いてみる。

「いや、あの、リゼさん。ほんと、うちのアホンダラがすみません。それであのう」

どうも根本的な問題は、エフェクトの不死鳥っぽさにあるらしかった。

かなり抑えたつもりだけれどＪ《ジョセフィーヌ》・Ｆ《フレイム》・ナックルを放ったときの私の背後に、不死鳥が飛び立つ姿のオーラが見えたらしい。オーラって、そんなことを言われたら私に手の打ちようがないのでは。

そしてこの不死鳥というのがまた、神殿的ヒエラルキーの中でかなり格の高い存在らしかった。レアな存在らしい。

「今のお力はなんなのでしょうか、ええと、リゼお嬢様。我らをお導きください。願わくはそちらの可愛らしい小鳥さんのことも、ご紹介いただければと存じます。不死鳥となにか関わりのある存在なのでしょうか？」

どうやら私の努力の甲斐があって、ジョセフィーヌさんそのものがフェニックス化するとは思われていないらしい。研究成果がちゃんと出ていて喜ばしい限りだ。

ただ、是非珀帝神殿に今の鳥を譲ってくれないかとは言われてしまう。ありえないお話である。我が家のジョセフィーヌさんはそういうのではない。レアとかそういう問題ではない。

不死鳥化するとはいえまだ小さいし、責任をもって私が育てるぞと決めたばかりだ。いずれ本人が望めばどこへなりと巣立っていくかもしれないが、まだそのときではなかろう。

一つ幸いだったのは、それほど強引に誘ってこなかった点だろうか。

なんだか皆さん逃げ腰なのと、妙に私に対して言動が丁寧である。これは偏《ひとえ》に、精霊魔法を地味化しつつも、全力を尽くした私の努力の賜物《たまもの》である。そういうふうに解釈しておこう。

子ガモモードに戻った彼女は、私の肩の上で羽を休めていた。耳元でピーピーと鳴いている。これが意外とやかましいのだが、可愛いところである。たくさん頑張った彼女を労い、乾燥ミミズをあげると、またピーピーと鳴いて喜んでくれた。

さて、バイダラ卿が寝転がっていたあたりに目をやれば、今はただ小さな黒ダイヤのようなものがカランと転がっている。魔石のようだ。

魔石とはモンスターが倒されたときに残す核のようなものだ。つまり先ほどの小ビンの悪魔というのも魔物の一種ではあるらしい。

正確には悪魔そのものではなくて、その残滓《ざんし》みたいなものらしいけれど、それでもやはり魔石は残すようだ。

ちょっと気色悪いような気もするが、念のために拾っておく。ラナグ曰《いわ》く、どんな魔物のものであれ魔石には直接的な害はないという。すでにこれは浄化されている状態らしい。

もっとも今回の小ビンの悪魔の魔石の場合、魅了系の魔法を強化するための触媒になるそうだから、使い方によっては害も生まれそうだが。

一方その頃アルラギア隊長は、昨晩から今朝にかけての獣人村での出来事を周囲の人達から聞いて確認していた。

そして私に視線を移すのだ。じっとジーッと視線を向けてくる。

「なありゼ、どこの世界に伯爵との決闘なんてのを喜んでやり始める五歳児がいるんだよ。こんな早朝からな、おかしいだろ」

少し困ったような下がり眉毛の隊長さんである。やれやれみたいな雰囲気を出す。

私は思う。今さらそんな手前の部分に突っ込みを入れられても仕方がないではないかと。

「リゼはな、ちょいと目を離すとすぐに突拍子もないことをするからな。こっちが気が気じゃない。伯爵は伸《の》すし、炎竜を食材としか見てないし、庭で育てた植物は見たことないものに変わるし、あちこちで精霊は拾ってくるし。俺の子供時代よりよっぽどやんちゃだよ。放っておけないにも程がある」

「そんなことより隊長さん。バルゥ村長は一緒では？」

「全然そんなことよりじゃないが、村長もすぐに戻るよ」

私は無理やりに話題を変えて難を逃れた。

その代わり今度はロザハルト副長がちょっと叱られていた。リゼをきちんと止めろよな、なんて言われていた。

「アルラギア隊長がいたとしても結局は止められませんよ。分かってるでしょう隊長？　妙なやる気を発揮したときのリゼちゃんのことは。それでも今回の決闘に関する『誓約』は俺のほうで引き受けてあるんですから、それだけでも褒めてもらいたいくらいですよ」

そうそう、その点では副長さんにお世話になっている。『誓約の女神に誓う』というやつ。約束が破れなくなるあれだ。

あの誓約は決闘の前にロザハルト副長とバイダラ卿の間で取り交わしている。流石《さすが》にそこは子供ではだめらしい。

ついでに彼らへのフォローを入れておこう。小ビンの件を始める前に、あらかじめ念のためにブックさんと副長さんで周囲に結界を張っておいてもらったのだ。

例えばビンから出てきたなにかが逃げ出さないように。監視もしてもらっている。が、用意していただいたものは結局なに一つ使わなかった。

これをアルラギア隊長には私から伝えておいた。ちゃんと働いてましたよと。

ロザハルト副長は、これにさらに付け加える。

「もっと言えばさリゼちゃん、俺がこの二日くらいなにもしないでブラブラしてただけみたいな感じになってるけど、こっちはこっちで、土地の呪いを封じる準備はしてたからね、このあたりを一生懸命に回ってさ」

驚愕《きょうがく》の真実がここに明かされた。

というよりも、そもそも今回は応急処置でそれだけをやる予定であったらしい。

魔物大発生の根本原因は不明だけれど、とにかく大地の異常な魔力の高まりだけは封じる。また後日詳しく調査をしましょうねと、そういう予定であったそうだ。

「まあもちろん、全然良いんだけどね、むしろリゼちゃんは偉いんだよ？　でもね、俺の仕事も少しは残しておいてくれないと。ヒーショのやつにさ『副長はブラブラしてただけっすねー』とか言われかねないよね」

なんて言いながら私に笑いかけてくる副長さんであった。

そうこうしている間にバイダラ卿が復活魔法で治療されて意識を取り戻したので、今度こそ誓約のとおり、村の権利を移譲していただいた。

一応これで村の権利は私のものという形になるが、別にいらないのでバルゥ村長が帰ってきたらあげてしまうつもりだ。

ひと通り手続きを終えると私達は暇になってきて、片付けを始めた。

今のところこのあたり一帯から魔物の気配はなくなっている。

村の外では昨晩倒した炎竜が、数匹ドデンと転がったままになっていた。魔石も大量に散乱している。皆で一度、回収とお掃除の作業が必要だった。

それにしてもバルゥ君はまだ帰ってこないのだろうか。アルラギア隊長の話では、すぐに戻るだろうとのことだったけれど。

バルゥ君が出かけているのは、遥か昔に存在した幻の獣人古王国の遺跡である。

そこに、この村の人達と、それを束ねるバルゥ君に掛けられた古い呪いを解くなにかがあると言い伝えられていたのだが。なかなか帰ってこない。

なんて思っていると、ちょうど来た。遠くにバルゥ君の気配。良かった、元気そうな姿である。

しかし少しばかり様子がおかしい、妙に慌てている。全力ダッシュの大慌てである。

「皆!?　無事かッァ!?」

そんなふうに叫びながら帰ってきた。

急いで村へと入り、皆の無事が確認できると、今度は戦いの準備を始めるようにと指示を飛ばした。

凶悪な悪魔がこれから地上に復活してくるぞっ、という話である。

どうもバルゥ君は、封じられた獣人古王国という場所でなにかを見てきたようだ。皆で詳しい話を聞いてみる。

曰《いわ》く、かつてこの地には、獣王とその偉大な王国が存在した。

そして同時に、王国を壊滅に追い込んだ凶悪な悪魔も存在したそうだ。悪魔ストゥルテ。人の社会に入り込み蠢《うごめ》く、強大な古《いにしえ》の悪魔。

一方の獣王さん。こちらも自国を壊滅させられただけでは終わらなかったようで、王国がやられてしまう最中に、相打ちで悪魔ストゥルテを滅ぼしたとか。

はいそして今度はまたストゥルテ。そっちも完全には消えなかった。分霊を残し、呪いのアイテムを残し、さらには獣人王国の土地と、その一族に対して、長く永く消えない呪いを残した。

それ以来、獣王も国も姿を消した。獣人古王国の僅《わず》かな生き残りは遠い地へと逃れた。

生き残りの一族は、古王国が封じられた土地の近くにいると、ストゥルテの呪いが強烈に発生して暮らしていけなかったからである。それが今にまで続く永い呪いとなった。獣人達は再びいつかその土地へ戻ってくることを誓ったそうだ。

さて獣人村の少年村長バルゥ君は今日、そんな獣王さんの過去の記憶と会うことができたそうな。ついでに悪魔ストゥルテの亡霊にも遭遇し、様々な話を聞いたらしい。

バルゥ君には他にもなんだかんだと大冒険があったらしい。そんな色々ななんだかんだの結果、古王国の最奥でストゥルテの掛けた呪いの弱点となる場所をついに破壊。これで全ては終わったのだ。

と思いきや、そこで悪魔ストゥルテが仕掛けた最後の罠が発動したという。くどい。

ともかくバルゥ君が大慌てなのはそのせいなのである。

なんでも……、地上のどこかの神殿の奥に潜ませてある小ビンの中に、悪魔ストゥルテの残滓《ざんし》が保存されている。それを核にし、人間を餌にして、永らく掛け続けた周囲の呪いの力を全て取り入れて、いよいよ完全体で復活をする。これまで地上では人間を操って力を溜めていた……云々かんぬん。

おや？　そのあたりになると、どこかですでに目にしたような話だなと私は思う。

「リゼ、これが最終決戦になる。古代の悪魔ストゥルテが復活するぞ！」

ふうむ、と思う。

確かつい先ほどのことなのだけれど。まさに、どこぞの神殿の奥から掘り起こされた小ビンというのが発見されて、その中にあった悪魔の残滓《ざんし》が、バイダラ卿という人間のおじさんを呑み込もうとした。私はそれを邪魔してしまったわけだけれど。

今の話はそれだろうと思う。もしそうであれば申しわけのないことに、ストゥルテとやらの復活はすでに防いでしまったようにも思える。

大急ぎで村へ帰ってきたバルゥ君は今、魔力を思い切り高めて戦いに備えている。

それどころか、古王国への冒険でとある力が覚醒したのだと言って、唐突にライオンの姿に変身した。

たてがみがフサフサである。いかにも百獣の王っぽいなという感じである。バルゥ君本人が言うには、古王国への旅の途中で、獣王の力を引き継いだとのこと。

彼のヤル気がメリメリ上がり、頂点に達している。

なんだか言いづらい雰囲気である。しかし私は意を決して彼に小ビンの悪魔の魔石を見せて、地上サイドの状況を話した。

バルゥ君の黄金のたてがみが揺れた。

「それは……、え、リゼもしかしてもう倒したのか？　そうか君が……、古代の悪魔ストゥルテを未然に倒してくれてしまっていたのか。グルバッハッハ」

覚醒モードまで披露してくれたのにあっけない終わり方で申しわけない気持ちである。

けれど幸いにもバルゥ君は唸《うな》り声をあげて笑いだし、目をキラキラさせて喜んでくれた。ああ良かった。なんで先に倒しちゃうのとか、先走りだぞなどとは言われなかったのだ。

獣王村長と

思い返してみると。

そもそも私達は、美味しいお肉を探しに来ただけである。

ラナグが欲していた炎竜肉。それは自然の状態で初めからスパイスが利いているという、とても美味なお肉であった。

だから別に古代の悪魔がどうのとか、そういう話は副次的なものである。

妙な事件に巻き込まれただけで、獣王の古王国などというのも私は良く知らない、部外者なのだ。

なのだけれど、ひと通りの事件が片付いたあと、バルゥ君は鼻息も荒くこう語るのだ。

「リゼはきっと、獣人村に語り継がれた伝承の女の子だと思うんだ」

「ふむ、気のせいでしょう」

「………」

私と彼の間では、そんな話が繰り広げられていた。

ロザハルト副長達は今、村の周囲の状況を確認中である。

魔物の気配はすっかり弱まっているようだ。

心なしか空気までもが澄んで感じられた。

獣人村の人達は喜んでいたし、すぐさまお祭り騒ぎが始まっていた。なにかというとお祭り騒ぎをする民族性なのだけれど、今回は一際大きなお祭り騒ぎだった。

悪魔の呪いだかなんだかは、完全に効力を失っていって消滅していた。

大地の不自然な脈動もない。

バルゥ君は確かに、坑道の奥に封じられていた獣人の古王国という場所へたどり着き、呪いの根源を打ち破ってきたらしい。それから地上で私達が浄化したのはやはり、人の世に入り込んで復活を画策していた古代の悪魔の残滓《ざんし》であったと確定した。

すでに、バルゥ君の腕に刺さっていた鎖も綺麗さっぱり消滅済みである。良かった良かった。

バルゥ君は今やすっかり、現在に蘇った獣王モードである。

狼系少年だったバルゥ君がライオン系獣人に変化している。

恐るべきことに、ネコ科である。

科が変わっている。

ここまで種族が変わってしまって体調とかは大丈夫なのだろうかと心配にもなるが。

「そんなのなんてことないさ。俺はこの群れの長だからな」

ガオガオ言いながら、バルゥ君は元気いっぱいに走り回って見せてくれる。

とても元気そうである。

ただやはりネコ科特有の、背骨をうねらせて走る感覚だけはまだ慣れないそうだ。

ちょっと疲れてきたと言ってもとの狼獣人へと姿を変えたバルゥ君。それからおもむろに、少し前の話題に流れを戻してきた。

「それでなリゼ。やっぱり君は獣人村に語られる伝承の女の子だと思うんだ。だからな、結婚しよう」

驚愕《きょうがく》する私。それは唐突な申し出であった。古王国から帰ってきたら話があるみたいなことは言っていたが、まさか本当に話があるとは。

まだ出会って数日。獣人の男の子は誰もが皆こんなふうに積極的きわまりないのだろうか。

まず、そもそも婚姻可能な年齢は何歳なのだろうか。

聞いてみると、男女共に十六歳かららしい。先が長い、遠い。五歳の私からすれば最短でも十一年も先の話である。やんわりと、そのあたりの話を伝える。

「いやでもなリゼ、俺達は伝承と運命に定められた恋人だし。絶対そうすべきだと思うんだ」

絶対ときたものだ。

「いえいえ、きっと気のせいなのですよ。そもそも、その伝承ってどんなものでしたかね。本当に私がその子かなんて分からないような内容だったと思いますが」

ごたごたしている最中に私もいくらか聞いてはいたが、あまり正確には覚えていない。

「伝承が？　伝承はこうだけどな」

バルゥ君はあらためてそらんじる。

「時空の姫巫女《みこ》が現れしとき、その力を借り受けて群長は古王国へと帰り、二人は永久に結ばれる……、どうだ、完全にリゼだろ。時空だし姫巫女《みこ》だし、君の力を借りて俺は古王国へ帰れたんだから」

「そうですねぇ、まず私は姫でもなければ巫女《みこ》でもない、平民かつ俗物ですよ」

「いやいや、リゼのそばには神獣たるラナグ様がいるじゃないか。リゼには神獣様との深い繋《つな》がりがある。ならばもう巫女《みこ》と言っても問題ない。むしろそこらの巫女《みこ》様よりも特別な関係を築いているから、巫女《みこ》以上に巫女《みこ》だよ」

ここで割って入るのは、神獣たるラナグさんだ。

『ふふふふふん、馬鹿め、リゼは巫女《みこ》でもなければ、おぬしの番《つがい》でもないわ。リゼは、リゼだ』

「うちの神獣さんの意見としては、私は巫女《みこ》ではないようです」

「ぬぬ、ぬぬぬ。がるぅ」

残念そうに唸《うな》るバルゥ君である。

さて彼の一族の伝承というのは他にもいくつかあるそうで、念のため聞いて確認してみることに。

聞いてみると話の中には、姫巫女《みこ》様のお話がちょこちょこと出てくる。

しかし、どうも気になる点が一つ出てきた。

バルゥ君の話を止めて、尋ねてみる。

「すみませんがバルゥ君。一つ質問を。そもそもその伝承の子は人間なのですかね？　お話の中に、尻尾がどうこうという描写が出てきてますけれど」

「ん？　んん～どうだろうな。まあ言い伝えでは、月のように輝く尻尾があった話になっているが。リゼはどうだ？　そんな尻尾はあるのか？」

ない。そもそも尻尾がない。つんつるてんである。

「そんな、馬鹿な!!」

バルゥ君は私のことをなんだと思っていたのであろう。人間には尻尾はない、私にもない。せいぜい尾骨がある程度だ。とてもではないが、月のように輝きそうにはなかった。

「これから生えてくるのでは？　大人になって成長すると生えるんじゃないのか？」

「人間は大人になっても尻尾は生えないはずですね」

「待ってくれリゼ！　考えてみてほしい、俺だって狼の一族だったのに、ライオン化したんだぞ？　リゼにだって尻尾が生えてくることくらいは普通にあるだろ」

確かにファンタジーなこの世界なら普通にありそうだけれども。

うーん、と考えていると、彼の話は次第に熱を帯びてきていた。

「リゼ!!　俺は絶対に！　君に尻尾を生やしてみせる!!」

いやそれはちょっと。

いったいどんな主張なのだろうか。

「生やしてみせる！」

それは思いとどまってもらうように説得する。

無理に生やそうとすることだけは思いとどまってもらう。

「ともかく、もしも自然に尻尾が生えてきたら、そのときまた考えてみましょう。いずれにせよ私はまだ五歳ですから、そういう話はいささか早すぎるでしょうし」

「よし、ではそうなったら、失われた古王国へ新婚旅行だ！　それまでにはある程度王国を復活させておくぞ。目指せ！　リゼは俺の運命の番《つがい》だ‼」

まるでマグマの如きバルゥ君である。獣人恐るべし。

そこで勢い良く私に鼻先を近づけてきた彼だけれど、これがいよいよ神獣ラナグさんの防衛ラインを踏み越えてしまったらしい。

『ガルルル、調子に乗るなよ子犬めが。リゼにそんな話は百年早いわ‼　喰ってしまうぞ』

バルゥ君は一瞬激しくひるみながらも、明日へと向かって目を見開いていた。

頑張れ、少年村長、いつかの獣王バルゥ君。

『ふうう。リゼ気をつけるのだぞ。獣人連中は本能的に、直情的に番《つがい》を求めることがある。あいつらは速攻だ』

とにもかくにも、そもそもが伝承に絡んだちょっとした思い違い。そこから始まっただけのこと。

伝承はあくまで伝承。正しい情報も含まれていれば、長い年月の間に脚色されたり物語化したりするのが常である。

バルゥ君もまだまだ若い、子供だ。

そのうちもっとナイスなセクシー狼獣人と出会って妙な幼女のことも忘れるだろう。

小さな子供が、将来は〇〇ちゃんと結婚するんだいっ！　と言っていたって、大きくなったら赤面するような黒歴史と成り果てる。そういうものだ。


この日こうしてアグナ獣人村での出来事も結末を迎え、あとは片付けをして、それから撤収をするばかり。

この地でバルゥ君は村長として新たな一歩を踏み出した。一族の呪いは解けたわけだけれど、しばらくは今の場所で開拓を進める予定らしい。

モーデンさんは技術者として、新境地を開拓したいと張り切っていた。

防壁の再建だけは未だ完成を見ていない。すでに立派な姿に見えるが、あくまでまだ仮の状態。

建築術士長ブックさんは、これに目途がつくまで滞在すると言っていた。

アルラギア隊の他のメンバーは帰還する。

　帰り際、私はバルゥ君とモーデンさんに呼び止められて、匂いを嗅がれた。これは変態的行為ではなく、別れの挨拶だとか。貴方の匂いを忘れませんという意味らしい。

　それから、また遊びに来てくれともお誘いいただいた。ホームからも近い場所だし、是非また。いよいよ村を出て空に舞い上がると、たくさんの方が出てきて盛大なお見送りをしてくださっている様子が見えた。

　それではまたねと手を振る。

　空を飛んでブーンブン。久しぶりのホームに帰ってくる。

　あたりはもう暗い。夜になっていて、私はすぐにおねむモード全開。そのまま就寝となった。


　翌朝起きると、アルラギア隊長の執務室に呼び出された。

　執務室は私の部屋からはすぐ近く、隊長さんの寝室の向こう側だ。

「すまんな、時間をとらせて」

「いえいえ別に、でもなんのお話でしょうか」

　わざわざこちらに呼び出すというのは珍しい。たいていここは、なにか重要なお話をするときなんかに使われている部屋だ。

隊長さんの話を聞いてみると、どうも昨日までの獣人村での一件が、騒ぎになってきているらしい。

一連の出来事は「獣王復活事件」などという名称までつけられて、呼ばれているそうな。

バルゥ君が受け継いだ獣王。古い時代の獣の王。それが思いのほか大人物だったとか、そうでもないとか。

「なにせ一部の獣人の口伝《くでん》でしか伝わっていない伝説上の人物だ。なんともな」

曰《いわ》く、今このあたりの獣人さんというのは、ほとんど国らしい国を持っていないのだそうだが……、それが大昔に一度、獣人の統一国家を建ててまとめ上げた人物がいて、それが獣王と呼ばれたお方。そんな伝説的存在らしい。

「獣人界における大英雄。ではそんな人物が現在に蘇ったとしたらどうなるか」

「なるほどつまり、バルゥ君が突然受け継いだものが大きすぎたわけですね」

「そんなところだ。獣人達は上手くいけば、伝説の指導者を再び得て勢力を拡大するかもしれんが、つまりそれは周辺国からしたら新たな脅威にもなりうる。まあ、伝説はあくまで伝説で、どこまでが真実なのかは分からんというのが大方の見方だが、少なくとも獣王としての力をバルゥ村長が継承したってのには衆目が集まってきそうな状況だ。まずはそんな話だな」

「それはそれはなんだか大変そうなお話ですね」

私はただ静かにお話を聞いていた。ふむ。

バルゥ君よ頑張れ。ややこしそうなお話だけれど、君ならできるぞ、乗り越えられる、頑張ってくれ。

「リゼ、言っとくがな、そんな他人事《ひとごと》みたいに話してる場合じゃあないからな。いいかあのな？　そんな注目の大人物である新獣王にだな……、すでに、花嫁候補がいるらしいんだよ。年下らしい。人間の幼女だって話だ」

はて？　はてこれは面妖な。ここで私の体がピタリと止まった。

人間の幼女で、バルゥ君の花嫁候補？

「もはやバルゥはそこらの村長じゃあない。まだ非公式ながら獣王だ。なら、その花嫁候補にも、当然注目は集まる。聞くところによると、すでに獣王狩りってのが始まっているらしい。獣人諸族による花嫁の座争奪戦のことだそうだ。だからな、リゼも念のため気をつけてくれ。巻き込まれんようにな。まあここにいればめったなことはないと思うが」

獣王狩り？　またなんでそんな恐ろしげな名称をつけるのやら。いや実際に恐ろしいものなのか。

曰《いわ》く、伝説上の獣王という存在は、かつて多種多様な獣人から花嫁を集め、身近に住まわせていたそうな。本人は獅子系獣人だったのだが、妃達はそれ以外の種族からもたくさん集められていた。これぞまさに百獣の王である。

そして現在。もし今回の新獣王の話が本物ならば、自分達の一族からも必ずや嫁を送り込もう、という獣人の方々がたくさんいるらしい。我が一族から是非に、いいや我が一族のほうが、なんのなんの、まだまだ、やんややんや、ええい、新獣王本人に突撃だ、奪った者勝ちだ、というようなやりとり。それが俗称、獣王狩りと呼ばれ始めているとかいないとか。まだ昨日の今日だというのに、もうそんなことに？

まったく信じられないが、事実であれば、なんとも恐ろしげな話である。確かにこれは関わり合いになりたくはない。

「獣王は人間の娘にベタぼれだって話だが、ついでに、その花嫁候補筆頭が、獣王の力を復活させた張本人なんだって話まで出ててな。というよりもそのあたりの噂話《うわさ》は本人達が出所だ」

バルゥ君達は基本的に純粋だし、普通に大声でそんな話もしてそうだ。

しかし噂《うわさ》話の伝達速度と威力は恐ろしい。すでに周辺の獣人達の村町で、話題が広がっているとか。

あのワンコめ。お口にチャックでもつけて口を封じておくべきだったか。

「まあいずれは広がる話だ。隠せる系統の話じゃない。獣王の件自体はな。とにかく少し気をつけておいてほしい。あとはそれで……リゼは、どうする？」

「はて、どうするというと？」

どうもアルラギア隊長は、私に獣王の花嫁になる気があるのかと確認しているらしかった。

ないない、いや、ないない。第一私には、まだ尻尾だって生えてきてはいないのだから。

そんな意志を告げると。

「分かった、その方向で進めておくよ」

隊長さんは言った。取引のある偉い人達を通して手回しをしておくと。

ふうむ、いつもの偉い人達か。それはそれで、私はちょっと気になっているのだけれど。それで尋ねてみる。

「それってあれですか？　前に一度私も出席した、あの円形会議場の方々」

私は思い出す。

神聖帝国の地下大神殿に行く前に、隊長さんが私を連れていった場所。あそこにいた王様っぽい姿の人々は、アルラギア隊の特別な顧客だとは聞いているけれど。

「まあそんなところだな。リゼにはその気がないってな話をしてやれば、連中も喜ぶだろうと思う。そのほうが地域も安定するからな。獣王の件だけでも脅威に思っている人間の中小国家が、いくつかあるくらいでな」

この際だからと思って。私はもう少しつっこんだ話を聞いてみる。円形会議場の話だ。特別な顧客、取引相手だとはいっても、いささか特別すぎはしないだろうか。傭兵隊長と王様クラスが直接話をするだけだって奇妙である。この世界の常識から見ても奇妙である。

それどころか、あの場で隊長さんは異常なまでに慇懃《いんぎん》な扱いを受けていた。

私からの質問に、隊長さんはしばらく黙っていたけれど。

どのみち近いうちに、私には言っておかなくちゃならない話だからと前置きをして、口を開いた。

「たまにあるんだよ。このフロンティアあたりではな。伝説の英傑の力が突然蘇ったり、目覚めたり。あるいは、リゼみたいなとんでもないのが、どこからともなくいきなり現れたりな。それでな。お偉いさん達は、そういう存在を放っておけないらしいな」

アルラギア隊長はいつもどおりの声で淡々と語っていく。

伝説の英傑。こういった特異な存在達というものは、ときとして人々に歓迎されるが、ときには脅威としても扱われるという。

「とくに偉いさん達にとってはな、重大な問題に映るらしい。異能者、超越者、英傑、言い方は色々だが、ともかくそんな存在を野放しにしておいては、枕を高くして眠れない。過去に姿を消した勇者だの、英雄だの聖女だの大盗賊だの賢者だの。全てが、驚異で脅威だ。そんな存在と、支配者層を繋《つな》ぎ合わせる組織があってな。それがあの会議なんだよ」

そんな話をしたあと、隊長さんは私を連れて、ホームの奥へと歩き始めた。

普段は立ち入り禁止になっている場所だ。境界にあるゲートを抜けてさらに奥。暗い道、大きな建物。重厚な扉を開けて入ると、あのとき見た円形会議場が、そこにあった。

以前は王様っぽい人々が集まっていて、この場所では会議が開かれていた。今日は、誰もいなかった。私達だけである。

この円形会議場は、アルラギア隊のホームの中にあったらしい。

「ここは、こういう場所だ。名称としては『茶会』と呼ばれていてな。大陸の偉いさん達と、特殊能力を持った英傑サイドを繋《つな》いでおく場所。まったく面倒な話だが、俺らのホームには今、そういう機能が結びつけられている状態だ。『茶会』の本部としての機能だな」

「ふむふむ、そうですか本部が。それで隊長さん達は……どう関わって？」

「今は俺とロザハルトが、ここの管理者の立場にある。ロザハルトはどっちかといえば王族サイドの、俺は英傑サイドの人間としてな」

「なるほどそうですか。『茶会の管理者』という立場があって丁重に扱われていたという感じでしょうか。腑《ふ》に落ちました。これですっきり眠れますよ」

「そりゃあ良かったが、リゼはいつもぐーぐーだ。それと、ありゃあ丁重ってよりは、腫れ物を扱ってるってなもんだよ。気持ちのいいもんじゃあないさ。連中にとっちゃあ、俺という人間こそが、重要な監視対象でもあるからな」

両手をあげて、やれやれ困ったもんだぜとでも言わんばかりに邪魔くさそうな顔をする隊長さん。

隊長さん自身、幼少期に厄介《やっかい》な能力に悩まされていて、わけも分からないまま監視下に置かれていた時期があるらしい。今の『茶会』とは体制も違うそうだが、それでも隊長さんはバルゥ君や、そしてとくに私に対して思うところがあるらしい。幼い子供に嫌な思いをさせたくないと。

「なあだからリゼ、リゼが住むのにな、もっと落ち着いたところをどこか探してもいいと俺は思ってるんだよ。ここじゃなくて、もっと穏やかなところを。どこに行ったたって、俺がちょくちょく様子は見に行くし、なにかあったらすぐ駆けつける。だからどこか子供が暮らすのに良い、静かな場所をな」

　私を見つめて話をする隊長さんだった。

　私はまた一つ気になったことがあって、不躾《ぶしつけ》だとは思いながらも彼に尋ねてみた。

　この話を尋ねるのなら、今が良いタイミングだろうと思ったのだ。

「もしかして、なのですが、前に見せたあのカード。冒険者&傭兵団カードの……」

「カード。ああ、あれか。最高等級レアのカードが当たったと言ってたやつ、破滅の御子セタのカード、だったな」

「そう、それです。もしかしてあれ、子供の頃の隊長さんなのではと、思いまして」

　もの凄く邪悪そうな顔つきで描かれている少年で、世界を滅ぼしかねないほどの存在だったと記載されているあれ。妙に親近感を感じたあれ。

「ああ、ああ～あれか、まあそうだな。確かに、そうだ。子供の頃の俺だ。邪悪そうに描きやがって、もっとずっと可愛い俺だったんだがな」

「ふふふ、大丈夫、隊長さんは今でも可愛いですよ」

「またリゼはわけの分からんことを言う。可愛いおっさんなどこの世にいないからな。まあそんな俺の可愛さはともかくとして、あの頃はまだカシウ団長にも会う前でな、そんときには両親も身寄りもなんにもなかった。物心ついたときから人間離れした力があって……そんときの呼び名だよ、破滅の御子ってのはな。あまり褒められた俗称じゃあないがな。しかし敵《かな》わんな。リゼはなんでもお見通しか」

「私も今のはほんの勘です。アルラギア隊長が違うと断言したなら、私には分からないことでした。ただなんとなくあの絵の少年の面影を感じたのと、カードをお見せしたときの反応とか、カードに書かれていた年代と今の隊長の年齢が一致するとか、その程度のことです」

隊長さんはお話の間ずっとこちらを見ていた。温かくなったり悲しげになったり、そんな眼差しだった。

私も隊長さんをじっと見て、言葉を続ける。

「一つ、言っておかねばならないことがありますよ。よろしいですかアルラギア隊長。私がここにいるのは、アルラギア隊長を初めとした皆さんが、気持ちのいい方々で、居心地がいい場所で、好きだからです。私の意志でです。ですからもうしばらく、ここにいようと思います。いいですかね？　アルラギア隊長」

「……ダメな、わけがあるか。俺としてもここにいてもらいたいとは思ってるさ」

隊長さんにも思うところはあるのだろうけれど、そんなふうに気づかってくれる彼に、私はどこか懐かしい温かさを感じている。

ここは『茶会』の本部が置かれるちょっとおかしな傭兵部隊。英傑と呼ばれる人達や、いくつかの思惑があって各国から送り込まれた人達、そんなわけあり人材の宝庫でもあるらしい。

それからこの地域、フロンティアも。今回のバルゥ君の件のように、珍しい出来事が頻発するのだそうだ。次々におかしな出来事が巻き起こる厄介《やっかい》な土地。

アルラギア隊はこのエリアでの不可思議な出来事を調査してもいて、どうやら隊長さん自身の存在も、未だ謎の一つらしい。

隊長さんは仕事も兼ねて、自分自身のことも含めて、このフロンティアエリアに暮らして調べているのだとか。

「リゼのこともな。もしかすると前世の国ってのも、どこかから通じてる道でもあるのか、どうなのか」

隊長さんは言った。

そう。このあたりが色々な現象の起こる場所だというのなら、もしかすると地球との繋《つな》がりもあって、なにか分かるかもしれないのだ。それならばなおのこと。

ひと通りの話を終えて、私は建物の扉に手をかけて外に出た。

振り返ってこの建物を見る。

アルラギア隊の拠点の奥の奥。

厳重な結界が幾重にも張られていて、外からでは認識できないのだけれど、とてつもなく太い一本の木が生えている。その木の中にこの建物はある。

『茶会』のための専用棟であるらしい。

周囲では無数の古木が四方に枝を伸ばしている。空がすっかり覆われていて、不思議な暗さに包まれている。

それでも見上げれば、今がお昼くらいであるのは分かった。

小道があり、その先に石のゲートがあり、立ち入り禁止エリアと外側のエリアが区分けされている。ゲートを抜けて居住区へ。私の部屋がある建物のほうへと歩みを進める。

数日間ホームを離れてしまったから、まずは菜園の様子を確認しに行くことにした。

昨日は夜だったから、まだちゃんと見られていないのだ。

そこには千年桃のピチオさんも植わっているし、それからいくつかの野菜の種も蒔《ま》いてからしばらく経つ。そろそろ芽が出ていてもおかしくない。

不在の間は隊の方が様子を見てくれているはずだけれど、やはり無事に育っているのか気にかかる。さあ、色々とややこしいお話もあったけれど、せっかく数日ぶりに帰ってきたホームだ。

足早に小さな菜園へと向かう。

その道中である。とてつもなく険しい表情の紳士が、事故でも起こしそうな勢いで急接近してきて、ラナグの前足でネコパンチをされて止まった。

「おお帰ってきたか、リゼちゃん師匠！」

コックさんである。今日も元気いっぱいだ。

「しっっかし、美味《うま》かったぞ、スペシャル弁当。わざわざ俺のために送ってくれて、ありがとうなリゼちゃん師匠。それであの炎竜肉なんだがどうやって……」

なんだか今日もいつもどおりのコックさん。その様子に、和んでしまう私であった。

ただいまと告げる。いつもの生活の匂いがあった。

書き下ろし番外編

魔法探偵幼女リゼ

フロンティアエリアのとある小さな町。

私は今日ここに来ていた。

今回の事件の発端は、ある日唐突に私を訪ねてきた炎の精霊だった。この精霊は言ったのだ。ちょいと知り合いを助けてやってくれないかと。

またいきなりな話だが、しかしこの精霊、どこかで見た顔だなと思って考えてみる。と、どうやら神聖帝国での騒動のときに、地下に捕まっていたたくさんの精霊のうちの一名らしい。

我が家の三精霊ともいくらか繋《つな》がりがありそうだったので、この精霊の頼み事を詳しく聞いてみた。結局私は話を受けることにして、今はここにいる。

辺境の町。周囲を見渡せば荒涼とした大地。バルゥ君の獣人村よりはいささか暮らしやすそうだが、それでも岩や瓦礫《がれき》が多い地域だった。魔物は岩タイプや炎タイプ、動物っぽいものと様々だ。

町の門を通ると、すぐに二人組の男が話しかけてきた。

「あの、もしやリゼ様ですか？　精霊様からのお告げで伺っております」

どうやらこの人達が、あの炎の精霊のお知り合いらしい。種族は人間。若めの男性らであった。

なんでもこの人達の所属する小さな自警団の先輩が窮地《きゅうち》に立たされているのだとか。あの炎の精霊もそんなことを話していた。

「あの、リゼ様は精霊の御使い様なのですよね？　ああすみません、まだこんなに小さいので」

「御使いとかそういうのはちょっと分かりませんが、精霊の方々とは多少ご縁が」

「ははぁ、ご縁ですか。なんとも奥ゆかしい表現で、ご謙遜を」

謙遜というか、本当に御使いではないし、肩書のない普通の幼女だ。が、説明してもなかなか納得してもらえない。ただこれも考えてみれば仕方がないのかもしれない。

なにせこの人達は町の小神殿で炎の精霊を祀《まつ》っている。今回も精霊様に困り事を相談し、その結果私が来たのだ。そんな状況だ、私は精霊様に密接に関わる特別な存在だと思われてしまうのも無理はないだろう。

あきらめかけたが頑張って伝えてみると、結局どうにかこの人らは分かってくれた。

「なるほどそうですか、私の知る常識とは違いますが、そういう世界もあるのですか。精霊様とはちょっとした知り合いだったり、お友達だったり、美味しいもの仲間だったり、そういう関係だと。ははぁ」

今日も私の傍《かたわ》らにいる神獣ラナグや三精霊をちらりと見ながら彼はそう言った。

「ちなみにこちらの町の炎の精霊様も、自警団の方から美味しいものをもらったのだと言って、それをたいそう喜んでいましたよ」

「美味しいものですか？　なんだろう。珍味ならあにさんが……」

そんな話をしながら歩き始め、自警団の詰め所に案内される。が、今度は道中で嫌な視線を受ける。武装した男女数名のグループだった。自警団の二人が言う。

「町の者の不躾《ぶしつけ》な態度、申しわけありませんリゼ様。町長派閥の者なのですが、私達は彼らに目をつけられている状態で、快く思われていないのです。ご面倒をおかけして……」

と、この話をさえぎるように罵声《ばせい》が響く。

「おぉぉいお前らよぉ、弱小の潰れかけ自警団よぉ。子爵様に大火傷を負わせたってのに、子供と遊んでる場合なのかよ？　兄貴はどうした。ああもう首切られたんだっけか？さらし首だったら見に行くから、場所教えてくれよ」

なんと酷い罵声《ばせい》だろうかと驚愕《きょうがく》したが、ここは放置。相手にしないで先へと進むことに。

簡素な造りの詰め所が見えてきて、すぐに中へと入れていただいた。

通路を進み脇の部屋。そこにはなんとも優しげというか、素朴で気の弱そうな壮年男性が力なく立っていた。これが今回の問題の中心人物らしい。名はボヘミさん。簡単に挨拶を交わしたが、談笑をする雰囲気でもなく、すぐに話は本題へ。

「なんでも、貴方に冤罪《えんざい》がかけられているとか？　ボヘミさん」

「……ええ。そうですね、そうなのです」

ボヘミさんはその場に立ったままで、うなだれるようにうなずいた。

ここまではおおむね、炎の精霊さんに聞いていたとおりであった。ただこれ以上はなにも聞いていない。というか炎の精霊も、おそらくザックリとしたことしか知らないのだ。

ただ炎の精霊さんはこのボヘミさんから、なにか美味しいものをもらったことがあるようで、それで困っているなら助けてあげたいなと思ったらしい。

私のところへ来た炎の精霊曰《いわ》く。

『ただ某《それがし》にはなにをどうすればいいのかさっぱりで。人の世のことはさっぱりさっぱで』

そんな状態だったとか。人の世のことは人に聞くべしと考え、頼りになりそうな幼女のことを思い出して訪ねてきたらしい。

訪問してきたときの軽い雰囲気の炎の精霊のことを思い浮かべている間に、ボヘミさんの悲壮感はより深まっていた。

「ああ、どれだけ叫び、訴えても、町の有力者は私の話に耳を傾けてくれません。けれど私は、私は、本当に逃げてなどない。子爵様の護衛任務から逃げてなどは……、私は気が弱い、それでも逃げてはいない、いないのです」

彼は強く、そう訴えた。

「恐れ入りますが、少しお話を整理させていただいても？　まず貴方は護衛任務で要人を警護していた」

「はいそうです」

「それを失敗したと？」

「失敗、確かに失敗なのでしょう。子爵様は酷い火傷を負われました。この町の運営に多大なご助力をいただいている子爵様で、貴い身分にもかかわらず、町の近くに新たに現れた魔物の様子を見にいらしたのです。ただ、ただ！　私は逃げてなどいないのです。あの炎に輝く魔物の攻撃から、子爵様の盾となるべく動いたのです。警護任務の放棄などはけっしてしていない」

自警団の後輩だという若者二人も傍《かたわ》らでうなずき、先輩は警護を放り投げるような人物ではないと話す。

「お、お前達は信じてくれるのか。うぅ。やはり私は、この首をかけてでも潔白だと訴える所存。自警団の誇りにかけて!!」

「「あにさん！」」

妙に熱い雰囲気の方々で、やたらに真面目そうである。今にも本当に自分の首をかけてしまいそうだなと思ったのだが、どうやら本当に首がかかっているらしい。

なにせ相手は子爵とはいえ貴族である。この世界に来てから私は、とんでもない身分の人らとの接触が多いから麻痺しているが、子爵様も偉い偉いお貴族様である。それが大怪我を負った。責任は問われる。とくに警護担当が、本当にそのとき逃げていたのだとしたらなおさらだ。

警護担当ボへミさんの処分はいくつか検討されていて、良くて失職、町からの追放、悪くすれば処刑まであリうるとか。なんとも恐ろしいお話である。勘弁してほしい。

「話は分かりましたので、できれば次は現場をご案内いただければと」

私がそう言うと、彼らは説明してくれた。

村の近くに近頃できた洞穴のあたりに、その未知の魔物の住処があるとか。子爵様が視察で怪我をしたあとも、未だ討伐されず洞穴に潜んでいるらしい。おそらく新種だとか。

「現場が見られるのはありがたい。是非一度見に行ってみましょう」

「では我々も」

自警団の彼らはそう言ったが、謹んでお断りして現場に向かうことにした。私としてはそのほうが身軽。戦力も十分。ラナグもいるし、それに外では隊長さんも待っているのだ。

「おうリゼ、町はどうだった」

町の外に出ると、私を待っていた隊長さんが声をかけてきた。彼は続ける。

「俺のほうの仕事はひと段落ついた。このあとはばっちり付き合えるぜ」

今日の隊長さんはこのエリアでの他のお仕事も兼ねて、私に同行してくれている。それをいったん休止して、私のほうに付き合ってくれるらしい。ここまでの状況は隊長さんにも伝えておく。

「にしても良いのですかね、お仕事は」

「余裕だよ。それになんだ？　未知の魔物のところに行くってのか？　ならもう確実に放っとけないだろうよ。本来なら町の中だって一人で行かせるべきじゃないんだが」

『一人？　我がいるというのにこの男は……』

ラナグがそう訴えて、それから三精霊も同様に主張していた。

「ああ、ああ、お前さん達の言葉は聞こえないが、まあなんとなく分かったよ。すまんすまん、立派な護衛が四名、ちゃんとついていたな」

ともあれ、こうして私達は話に聞いた洞穴に行き、探索をする。

が、なかなかそれらしき魔物とは出くわさない。新種の魔物と聞いてラナグのお腹も鳴るが、やはり出くわさない。まだかなまだかなと思っていると、それは唐突にやってきた。

地中深くまで達するような地面の割れ目の奥から、熱風と炎が噴き上がり、蠢《うごめ》く炎はやがて、大きな大きなカニの形を成した。メラメラ燃える巨大ガニである。

それを見たラナグはすぐに食べたがったが、しかし今日は討伐が目的ではないのでまだ我慢していただく。

『ガルルル、美味《うま》そうなのに……』

悲しげな神獣様だったが、ラナグ様は偉いので、ちゃんと我慢してくれた。

皆でこの大型モンスターと対峙。倒してしまわないように注意しながら、観察をしてみる。

確かボヘミさんの話によると、カニ魔物の体が光ってから、大技が発生するのだとか。それで子爵様は怪我を負ったらしい。それを見たいのだが。

今私達の目の前に姿を現したカニは全身から炎を噴き上げ、それを矢のようにして大量に周囲へ飛ばしている。火の矢がこちらに向かって雨あられと降り注ぐ。

恐ろしい攻撃ではあった。ただ聞いていた必殺技らしきものはまだ出ない。

必殺技を見せてもらいたくてここまで来た私は、辛抱強く頑張った。待った。と、光った。大きな火のカニは赤く輝き、あからさまに大技を出す雰囲気。甲羅とハサミの周囲に豪炎が渦巻く。そしてドカン。ハサミのあたりから灼熱に燃えた弾丸のようなものが鋭く飛び出し私を襲った。

私はこれをよく見定めて、その結果、雪だるまボンバーで灼熱の弾丸を迎え撃った。

観察の結果、この方法が一番だと判断したのだ。

受け止めつつ相殺し、火力や威力などを見てみようと思ったのだが……、弾丸はややあっけなく、雪だるまの中で静かに止まってしまった。むむ。

むむむう。ジュウジュウともいわずに静かに止まっていた。

「ふうむ、これは」

「リゼ、どうかしたのか」

「どうも……見た目より熱くないみたいですね、この火の弾。業火《ごうか》の如き弾が飛び出してきたように見えたのですが……私の雪だるまにぶつかっても、水蒸気なんぞはほとんど発生しない。つまり熱くないんですよこれ。威力はあっても、ただひたすら岩石を強烈に飛ばしてるだけみたいで」

「なるほど、つまりそりゃあ属性フェイント攻撃ってことだな。見せかけの属性によるフェイントだよ」

「ほっほう」

隊長さん曰《いわ》く、モンスターの中には稀《まれ》にこういう技を使うタイプがいるらしい。見た目とは違う属性の攻撃をしてくる魔物なのだそうだ。

ぱっと見で判断して、フェイントにはまってついつい炎系の攻撃がくると思い込んでいる相手に、別属性の強力な一撃を喰らわせる。そういう寸法らしい。なんていやらしい性格のカニであろうか。だがしかし、今回に関しては、これは吉報かもしれなかった。あの弾丸は熱くない。

確認するために、時間をかけて何度も必殺の一撃を受けてみるが結果は変わらない。カニの必殺はやはり地属性の弾丸。

「これはもしや、解決したかもしれませんね」

私達はカニをいったんそのままにして離脱、町へと戻る。町を歩きながら、つい先ほど聞いた罵声《ばせい》を思い出す。あの罵声《ばせい》の中に、『子爵様は大火傷』という言葉があったと私は記憶しているのだが。

子爵様のもとへ向かってみる。大きな怪我を負われたそうだが、幸いにも直接会っていただけて、話も聞けた。

「あの自警団の男、どうしてますアルラギアさん」

隊長さんのことを知っていたらしい子爵様がそう尋ねた。ボヘミさんの様子を伝えると、子爵様は困惑の様子。

「はてさてどうしたものか。私も困っていましてね。あの男が持ち場から逃げ、そのせいで私は怪我を負ったということのようですが、この目で状況を見たわけでなし。ただ目撃者は町長のご子息。それも無下にはできないし、私の立場もあってなにかしらの処分は必要。具体的な処分内容については町長ら町の要職の者が決めてしかるべきだが……」

どうやら子爵様自身は判断に悩んでいる様子であった。

そのお悩み、解決できるかもしれませんよと私が告げると、事件当時に着ていた防具のある部屋にまで通してもらえた。フムフムと観察しながら、装備品についてのお話も装備担当の方から伺う。

明らかに確かにコゲコゲ。貴重な証拠となりそうなものだった。これは大切に保管していただくようお願いし部屋の外に出る。

「どうだったリゼ」

「そうですねぇ。このあたりの方は基本的に、火属性の攻撃に対応する装備を多少なりとも身につけているようです。で、やはり子爵様のマントも同様に火耐性の防具でした。それが焦げてました。つまり…どうやら、おかしな話なのです。明らかな矛盾がありますよね。子爵様は、耐火性能のある防具を身につけていたけれど、それを貫通するレベルの強力な炎系の攻撃を受けて大きな火傷を負った。それは間違いない。けれどあのカニモンスターの必殺の一撃は、そんな属性ではない。もうこれは、おかしいおかしい話ですよ」

ならばである。次に話を聞かねばならないのは……糾弾者。現場を目撃したと主張する……確か町長の息子だったろうか。ボヘミさんが職務を放棄して逃げたところを目撃したと主張し、糾弾している人物だ。

そう思って外に出ると、私達を待っていた様子のボヘミさん。その彼にまた新たな罵《ば》声《せい》が向けられていた。

「おやおやボヘミィ。お前まだこの町にいたのかい。とっくにまた逃げ出したのかと思っていたけど、思ったよりずうずうしい男みたいだね。子爵様のお目こぼしで命が繋《つな》がってるうちに、獣人村なりフロンティアの奥なりに消えちまいなよ。首が飛ばないうちにね」

面長で顎の尖《とが》った優男が、ボヘミさんに向かって声を荒らげていた。聞けば、渦中の人物、町長の息子その人らしい。

身なりからすると、肉弾戦よりは遠距離魔法を得意とする魔法使いっぽい人物。僭越《せんえつ》ながら私が男に返答する。

「すみません、その件で一つお聞きしても？　なにか確証があっておっしゃっているのでしょうか」

「なんだこいつは、おいおいボヘミどうなってるんだいこれは。あんたどうかしちまったみたいだね。幼児に泣きついて、助けてくださいとでもお願いしたのかい？　はっはっは、こいつはいい、傑作だ」

「失礼ながら、それで、どうなのです？　ご主張を伺っても？」

「どうもこうもないよ、この私が見たんだ。町を預かる一家のこの私が証拠だよ。その男ボヘミが確かに、恐れて惑い、ビビッて避《よ》けたんだ、逃げたんだよ、あの魔物の灼熱に輝く必殺の一撃からね。本来であれば、その身を呈してでも子爵様をお守りするべき立場でありながらだよ。結果、子爵様は火傷を負われた」

「なるほどそうですか、ありがとうございます」

幸いにも、あまりに大きな声だったおかげで、建物の奥に入りかけていた子爵様も様子を見に出ていらしていた。子爵様が町長息子に尋ねる。

「今の話、やはり間違いはないのかね？」

「天地神明に誓いましょ」

町長息子の片方の口角が上がって歪んでいる。私は口を開く。

「恐れ入りますが私から少しお話をしても？　ありがとうございます子爵様。では一つ大切なことを。まずそうですね、一般的に火属性魔法といえばファイアボールやファイアアローなど、あるいは範囲攻撃のファイアストームなどというものもありますが、いずれにせよ、熱や爆発力そのものを攻撃対象にぶつける術がほとんどですよね」

「なにをいまさら当たり前の……」

「ええ、ええ当たり前ですよね。ただしですよ、この件の魔物、あの新種のカニ場合はどうか。私達の調査によると、少々違ったのです。あのカニは確かに膨大な火属性の魔力は持っている。けれど必殺の炎弾では……。炎熱の威力はあくまで爆発力を生み出すために使われていて、その力を受けた石が、ただ飛び出す仕組みになっていたのです。

外見上では激しい炎の攻撃をするように見えますが、弾丸そのものに、たいした熱はなかったのです。あれは土属性の石つぶてです。炎耐性のマントを焼くなど、到底無理なお話なのですよ」

深い沈黙。気まずい静寂が場を支配していた。

子爵様がそれを破るように声を発しようとしたが。一手先んじて町長息子が動き、そして逃げ出した。見事に逃げ出した。ただそれも無理な話なのだが。

隊長さんと神獣ラナグが瞬《まばた》きの数分の一の間に取り押さえ、お縄頂戴。一件落着。

その日の夕方になるまでの間に、子爵様の手によって詳細な調べがされた。恐るべきことに、子爵様を攻撃したのは町長息子本人であったらしい。本人自らもそう語ったのだ。動機は逆恨み。

なんでも、真面目で職務に忠実なボヘミさんが子爵様から目をかけられ、町の人々からも評価が高いのが気にいらなかったそうな。恐るべき理由である。いい迷惑である。

ただここまでくればあとはもう大丈夫そうだと判断し、私達は帰ることに。荒涼とした大地を照らす夕日に目をやると、なんともいえぬ味があった。

「この恩義はどう返せばよいのやら、礼はなんとすれば……」

西部劇やら時代劇のような趣《おもむき》でボヘミさんが言った。私は、そんなものいらないぜ！

とは言わない幼女である。

「ほっほう、お礼ですか。そういうお話でしたらね、私一つ興味のあるものが」

「な、なんだ。私にできることなら、なんとかしてみせるが……」

ゴクリとボヘミさんが唾を飲む。私も密かにゴクリと唾を飲む。

「あのですねボヘミさん、この町の炎の精霊様になにか美味しいもの、捧げました？　それってまだあります？　なければ情報だけでも教えていただけると、私とっても嬉しいのですが」

なにせ私も含め、我が家は腹ペコ揃いである。しかも精霊さんが喜んで食べたものとなると、とくにラナグあたりが黙っていないのだ。

「う、美味《うま》いもの？　なんだ、なにか捧げたかな？　精霊様に？　ああもしや！」

「おお、やはり心当たりがありますか!?」

「いや、そうは言ってもたいしたものじゃない」

「いいですから、それを教えてください。我々にとっては大事なことなんですよ」

「いやいや、でもなぁ。臭いぞ？　子供が食うようなものでは」

「いいんですいいんです、とにかくまずは教えてください」

「いやいやでもなぁ、もたれるぞ？　辛いし」

「もう煩《うるさ》いなぁ、もういいから早く教えてくださいよ。できることならやってくれると言ったでしょうが」

「分かってる分かってるが、でもなぁ……」

「早く！」

こうしてやや面倒くさいやりとりはあったものの、最終的に彼は郷土料理的な発酵食品を持ってきてくれた。臭豆腐と酸筍《サンシュン》（発酵タケノコ）っぽいものを、さらにアルコールにつけた保存食だそうで、これを豚の角煮的なものに載せて食べるのが一般的なのだとか。ただ一般的とは言っても、この町でこれを食べるのは彼だけ。彼の生まれ故郷の逸品らしかった。

私はこれが目の前に現れた瞬間、恥ずかしながらやや躊躇《ちゅうちょ》してしまったが、ラナグ様は興味津々で食べた。もしゃもしゃ食べた。流石《さすが》である。

『なるほどクサ美味《うま》だな。癖になる味だ』

流石《さすが》の珍味好き神獣様であった。そして食べれば味はちゃんと美味しいらしい。

だがしかし私は所詮幼女、まだまだである。念入りに火を入れさせてもらい、色々な成分をなるべく揮発させたあとに、少量だけチミチミッといただいた。ふむふむなるほど。慣れれば美味しいのかもしれない、慣れればだ。えいやともうひと口。ふむふむ……

「おお～流石《さすが》、凄いな幼女御使い様は。そいつは私の故郷の山奥でも、年寄りくらいしか食べないのに。子供なんて絶対食わないぞ」

いやボヘミさん、貴方さっきね、故郷では一般的で皆食べる的な言い方してませんでしたか⁉　と思ったが、なにせ私から強くお願いしていただいた食べ物である。

結構美味しいです、むしろ全然いけますよといった雰囲気で、私は押し通したのである。

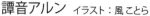

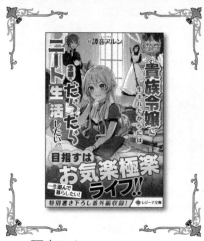

本書は、2021年7月当社より単行本として刊行されたものに書き下ろしを加えて文庫化したものです。


この作品に対する皆様のご意見・ご感想をお待ちしております。

おハガキ・お手紙は以下の宛先にお送りください。

【宛先】

〒150-6019 東京都渋谷区恵比寿4-20-3 恵比寿ｶﾞｰﾃﾞﾝﾌﾟﾚｲｽﾀﾜｰ 19F
（株）アルファポリス　書籍感想係

メールフォームでのご意見・ご感想は右のQRコードから、
あるいは以下のワードで検索をかけてください。

アルファポリス　書籍の感想　検索

ご感想はこちらから

レジーナ文庫

転生幼女《てんせいようじょ》。神獣《しんじゅう》と王子《おうじ》と、最強《さいきょう》のおじさん傭兵団《ようへいだん》の中《なか》で生《い》きる。2

餡子《あんこ》・ロ・モティ

2024年3月20日初版発行

文庫編集－斧木悠子・森 順子
編集長－倉持真理
発行者－梶本雄介
発行所－株式会社アルファポリス
〒150-6019 東京都渋谷区恵比寿4-20-3 恵比寿ｶﾞｰﾃﾞﾝﾌﾟﾚｲｽﾀﾜｰ19階
TEL 03-6277-1601（営業）　03-6277-1602（編集）
URL https://www.alphapolis.co.jp/
発売元－株式会社星雲社（共同出版社・流通責任出版社）
〒112-0005 東京都文京区水道1-3-30
TEL 03-3868-3275
装丁・本文イラスト－こよいみつき
装丁デザイン－AFTERGLOW
（レーベルフォーマットデザイン－ansyyqdesign）
印刷－中央精版印刷株式会社

価格はカバーに表示されてあります。

落丁乱丁の場合はアルファポリスまでご連絡ください。

送料は小社負担でお取り替えします。


ISBN978-4-434-33583-9 C0193